红星骨伤特色治疗技术

贾国庆　王海英　王小斌　主编

图书在版编目(CIP)数据

红星骨伤特色治疗技术 / 贾国庆, 王海英, 王小斌主编. — 上海 : 上海科学技术文献出版社, 2024
ISBN 978-7-5439-9019-7

Ⅰ. ①红… Ⅱ. ①贾… ②王… ③王… Ⅲ. ①中医伤科学—诊疗 Ⅳ. ①R274

中国国家版本馆 CIP 数据核字(2024)第 061646 号

责任编辑：付婷婷
封面设计：崔爱红

红星骨伤特色治疗技术
HONGXING GUSHANG TESE ZHILIAO JISHU
贾国庆　王海英　王小斌　主编
出版发行：上海科学技术文献出版社
地　　址：上海市长乐路 746 号
邮政编码：200040
经　　销：全国新华书店
印　　刷：江苏图美云印刷科技有限公司
开　　本：787mm×1092mm　1/16
印　　张：10.625
字　　数：255 000
版　　次：2024 年 3 月第 1 版　2024 年 3 月第 1 次印刷
书　　号：ISBN 978-7-5439-9019-7
定　　价：98.00 元
http://www.sstlp.com

《红星骨伤特色治疗技术》主编简介

贾国庆，北京市大兴区中西医结合医院骨伤科主任医师，大兴区卫生系统首席专家。从1977年开始师从国家体委任玉衡研究员，学习运用传统医学治疗脊柱、关节损伤相关疾病。

贾国庆主任医师1984年组建红星医院骨伤科，并担任科室主任，与安广林、任玉衡研究员师徒合作，共同创办国家体委科研所整体研究住院部，领导并创立红星骨伤团队。团队传承并培养一大批骨伤专业人才，形成红星骨伤流派，为大量国内外骨伤患者解除痛苦。《北京日报》《光明日报》、北京电视台、中央电视台等多家媒体报道了他所领导的骨伤科医疗团队在治疗截瘫方面取得的突出成绩。

1993年，贾国庆被评为北京市优秀青年医师，应缅甸卫生部邀请为缅甸领导人诊疗，并在缅甸举办为期3个月的中医骨伤学习班，1994年荣获缅甸政府奖章。曾多次受邀到新加坡、缅甸等国家进行讲学和会诊，传播中医文化。他擅于将传统正骨医术与现代科学技术结合，努力发掘祖国医学宝库，先后开展了"大重量牵引治疗颈椎病，悬浮式牵引治疗腰椎间盘突出症"的临床研究，并研制健康枕、翘臀椅，承担北京市科研课题1项，大兴区科研项目2项。主编专著1部，国家发明专利1项。在《中国骨伤》《运动医学》等核心期刊发表文章10余篇，曾获国家体委科技进步二等奖。经北京中医管理局批准，贾国庆主任医师领衔的团队成为2018年度北京中医药"薪火传承3+3工程"基层老中医传承工作室领衔人。

王海英，女，主任医师，北京市大兴区中西医结合医院（红星医院）、大兴区康复医院院长。从事呼吸内科工作30余年，在支气管哮喘、慢性阻塞性肺疾病、肺心病、呼吸衰竭、支气管扩张、慢性咳嗽等疾病诊疗方面具有丰富的临床经验。获得过“全国卫生系统抗击非典先进个人”“全国优秀科技工作者”“北京市三八红旗手”“全国五一劳动奖章”等荣誉称号。

任北京市第十六届人大代表，北京市大兴区人大常委会委员，北京中西医结合学会常务理事，北京中医药学会常务理事，北京康复医学会康复机构管理专业委员会副主任委员。

王小斌，北京市大兴区中西医结合医院骨伤科主任、主任医师。成立王小斌名医工作室。大兴区骨伤科首席专家、大兴区总工会首届大兴工匠、北京中医药正本清源舆情引导员、中国康复联盟中医及中西医结合专业委员会副主任委员、中国民间中医医药研究开发协会骨伤分会副会长、中国民族医药学会筋骨养护分会副会长、《中国老年保健医学》杂志编委、大兴区中医质控中心副主任等职务。北京中医药薪火传承“3＋3”工程师及北京市第三批基层中医药学科团队基地建设带头人、北京市总工会“名师带徒”称号、发表论文20篇、出版《现代骨科诊疗学》《创伤骨科诊疗指南》《红星骨伤流派推拿手法图解·中医骨伤特色流派丛书》和《作业治疗技术》等专著，荣获国家发明专利膝关节三维牵引装置（专利号：ZL 2021 2 1419659.9）、参加及主持市级课题1项、区级课题2项，获大兴区科委二等奖。

专业擅长：“医—体—康”一体化治疗颈椎病、腰椎间盘突出症及膝骨关节病、肩周疾病、踝关节损伤、软组织损伤。在诊疗活动中强调“骨正筋柔、骨为筋用”的治疗理念。

《红星骨伤特色治疗技术》
编 委 会

主　编： 贾国庆　北京市大兴区中西医结合医院
王海英　北京市大兴区中西医结合医院
王小斌　北京市大兴区中西医结合医院

副主编： 董国顺　北京市大兴区人民医院
林红猛　北京市大兴区中西医结合医院
沙益辉　北京市大兴区中西医结合医院

编　委： 彭　海　北京市大兴区中西医结合医院
王保锁　北京市大兴区中西医结合医院
李宏涛　北京市大兴区中西医结合医院
杨　举　北京市大兴区中西医结合医院
杨金贵　北京市大兴区中西医结合医院

前　言

红星骨伤流派特色治疗技术主要是研究人体筋骨系统生理、病理及其损伤防治，它具有独特的治疗理念——整体观念、形神合一、辨证施揉、穴位按摩、医体结合，同时形成了自己的学术思维——意气攻气、定点运穴、大重量牵引、悬浮式正脊、针灸针刀、独特踩法、院内制剂、功法训练。红星骨伤流派结合治疗理念和学术思维形成了医疗、康复、体育锻炼三位一体的独特治疗体系。其有独到临床技艺和诊疗特色，有较为清晰的学术源流、传承脉络和一定的历史影响及公认度，获得群众的认可和美誉。

随着经济高速发展，人们的工作、生活发生急骤变化，疾病谱与治疗方法同样在不断改变。就骨伤科学范畴而言，日常生活中单一因素的损伤明显减少，而严重的交通伤、复合伤增多，加之社会人口老龄化甚至高龄化，急性损伤失治误治，生活和工作方式改变引起的慢性筋骨损伤加剧，使慢性筋骨病损急剧增多，人们对治疗的要求也在改变。

红星骨伤科创建于1984年，目前共有编制床位152张，实际开放152张，拥有三个病区，在国家体育总局安广林、任玉衡等老一辈医学专家的指导下，贾国庆主任医师（原院长）带领骨伤科团队开展非手术治疗脊柱关节损伤疾病的研究工作，形成了医疗、康复、体育锻炼三位一体的独特治疗体系。曾收治全国各地的患者和国家级运动员，以及法国、日本、俄罗斯、新加坡、菲律宾、马来西亚、缅甸等国家的患者，疗效显著，在国内外享有较高的声誉。

本书内容包括红星骨伤流派发展传承史、红星骨伤特色治疗及诊断技术，以传承流派及特色技术的角度入手，对红星骨伤流派的学术思想进行了深入挖掘并整理，在继承前人思想技术的前提下，进行了一定程度的创新，保持和发扬了红星骨伤特色治疗技术，总结整理了骨折、脱位、筋伤的红星骨伤流派特色治疗技术，内容翔实，覆盖面广，突出临床实用性，理论与实际相结合，特别适用于骨伤科的特色专科医师，也可供各医院的住院医生、主治医生及医学院校本科生、研究生阅读参考。

骨伤科学涉及内容广泛，随着科技的进步，其研究领域的发展日新月异，加之作者水平和经验有限，故书中如有疏漏或不足之处，恳请广大读者及医务工作者批评指正，以期再版时予以改进、提高，使之逐步完善。

编　者

2024年1月

目　录

第一章 红星骨伤流派发展传承史

第一节 红星骨伤流派发展史

随着科学技术的日益发展，传统经验与现代科学技术的结合融通，红星骨伤科学者积极利用先进科学技术和现代化手段来探索中医药理论与治法的科学规律、阐明中医中药的疗效与机制，通过论著、论文、学术交流等形式反映最新研究进展，运用组织学、生物化学、生物力学、分子生物学、细胞学、医学影像学等现代科学技术方法对骨伤科基本理论、骨伤科常见病及方药等进行多方位、多角度的研究，使学科学术水平进一步得到提高。关于应用中医药方法治疗筋骨关节疾患，如颈椎病、腰椎间盘突出症、肩关节周围炎、骨性关节炎、类风湿关节炎、腰椎管狭窄症等，从规范性手法治疗到药物开发研制、从临床疗效到机制探讨及骨伤科手术治疗方面学习引进等各方面都获得丰硕的基础与临床研究成果，红星骨伤科经验得到进一步发掘、整理与提高，逐步形成一套有自身特色的治疗骨伤、骨病与软组织损伤的新疗法。

一、安纯如——红星骨伤流派的创始人

安纯如(生卒年不详)，河北省高阳县人，我国著名的中医推拿大师，因擅于腹部推拿而享誉京城，内病外治，以掌为药，以指为针，备受青睐，青年时常行走于紫禁城。安纯如名声大噪，其医馆患者络绎不绝，遂广招弟子。但其招弟子条件苛刻，多为保定、沧州、天津人氏。因为这些地方崇尚习武，少年即练，有一定的功底，且为人忠厚，加之大多是亲友乡亲保荐。安氏带徒严格，弟子众多，如胡秀璋、刘希增、袁正道、王庆传、吴熙朋、安广林等，承袭其衣钵，形成众多流派支系，曾名扬京津冀沪鄂。亲传弟子胡秀璋、刘希增均曾在天津行医，形成“津沽推拿”学术流派；袁正道曾在上海、湖北行医，形成湖北袁氏按导学术流派；王庆传、吴熙朋在河北保定行医，脏腑推拿疗法入选第四批国家级非物质文化遗产代表性项目扩展项目名录，申遗成功；安广林继承安氏推拿精妙，在国家体育总局工作期间，凭借一双妙手为众多运动员解除病痛，助力国家“金牌战略”，屡获殊荣。

二、安广林——红星骨伤流派第一代传人

安广林(1922—1990)，河北省高阳县人，国家体育总局运动队队医。安广林为安纯如亲侄，作为河北高阳安氏推拿传人之一，其运用腹诊运穴、意气攻气疗法治疗骨伤疾病效果显著，享誉

地方，被贺龙元帅点名征调到国家体育总局科研所，为运动员治疗骨伤疾病。

安广林医生手法精妙，被许多运动员亲切地叫作“捏出金牌的安大爷”。在1981年第十一届世界大学生运动会上，三级跳远运动员邹振先赛前髌腱劳损，疼痛不能跑，经过安广林治疗，恢复了运动能力，打破了大学生运动会记录（同心出版社，袁虹衡著《17米34邹振先的故事》）。1984年，体操运动员童非在备战第二十三届奥运会期间因患腰椎间盘突出症而疼痛得夜不能眠，甚至下肢功能不受大脑控制，在做单杠下杠动作时常因失去平衡而摔倒在地，但经安大夫的手法治疗，童非成为获得第二十三届奥运会男子体操团体银牌的功臣。而且经过他的悉心治疗，保证了膝盖有伤的李宁和患慢性阑尾炎的马燕红也能够上阵夺魁。夺得男子体操3枚金牌的李宁获奖后说：“感谢大家，我们的成绩都与安大夫分不开。”马燕红说：“我的金牌应该一半分给周济川教练，一半分给安大爷。”（1984年8月14日，《人民日报》第四版《金牌获得者的后面报道》）

三、任玉衡——红星骨伤流派第二代传人

任玉衡（1936—2009），国家体育总局体育科学研究所研究员、硕士研究生导师，辽宁铁岭人，毕业于大连医科大学。他曾任国家体育总局体育科学研究所第一届学术委员会副主任，中国传统医学手法研究会副理事长，中国排球协会科学委员会副主任，中国运动医学学位评审委员会委员，中国康复协会第一、二届理事，中国康复医学会颈椎病专业委员会委员，第一届脊髓损伤研究会委员，中国运动医学会第二、三届委员，北京中医药学会正骨按摩专业学会理事，北京市崇文区（现东城区）医药学会理事，日本整体学会特别会员，山东省体育科研专家咨询委员会委员。他还曾任中国田径队、体操队、举重队、足球队、排球队、技巧队、自行车队、射击队、国际象棋队、中国体育代表团、中国伤残人体育代表团、中国舞剧团的保健医生。1982—1984年，任玉衡受国家体委委派，赴日本名古屋创办整体研究所，任医务总监。回国后创办国家体委科研所整体住院部（红星医院骨科），为红星骨伤流派的建立做出了巨大的贡献。1987年，他创办了石景山医院运动医学中心，并任主任，且先后在日本、新加坡、马来西亚、苏联、蒙古、也门讲学和举办培训班。他还在第一届中国传统运动医学国际班和第一、二、三届世界太极修炼大会任教，擅长运动创伤的防治，在脊柱、脊髓、膝关节、髌骨区域、足部损伤及疲劳性骨折的非手术治疗和康复医疗专业方面积累了丰富的经验。他还成功研制了“新伤揉药”“损伤速效止痛气雾剂”[京卫药准字(85)第378号]等药物，在治疗软组织损伤及骨折脱位方面取得了较好的疗效，并获得自调便携式颈部牵引器发明专利（85103602），多功能脊柱牵引整复机和颈部气动牵引器实用新型专利。同时，他还主编了《运动创伤诊疗康复手册》，参加了《中国医学百科全书·运动医学卷》《实用脊柱病学》等书的编写工作，并发表了《冻结肩的手法治疗和运动处方》《20～40岁颈椎病患者的短潜伏期体感诱发电位》《颈脊髓损伤的非手术疗法》《中国优秀运动员的运动创伤流行病学研究》等120余篇论文。其中，1978年的“髌骨张腱附丽区及其慢性损伤初步研究”获国家科学大会重大科技成果奖，1986年的“自体悬吊重力牵引治疗颈部急慢性损伤的研究”获国家体委科学技术进步四等奖，1988年的“脊髓型颈椎病的非手术疗法”获国家体委科学技术进步二等奖。1992年，他开始享受国务院颁发的政府特殊津贴。任玉衡在1999年、2003年分别获国家体育总局颁发的“体育科技荣誉奖章”“中华人民共和国体育工作贡献奖

章”，并担任2004年第二十八届雅典奥运会、2008年第二十九届北京奥运会中国体育代表团医疗专家。

四、贾国庆——红星骨伤流派第三代传人

贾国庆，北京市大兴区中西医结合医院骨伤科主任医师、首席专家。贾国庆从1977年开始拜师任玉衡，学习运用传统医学治疗脊柱关节损伤，1984年组建红星医院骨伤科，并担任主任，与安广林、任玉衡师徒合作，领导红星骨伤传承团队并培养一大批骨伤专业人才，为大量国内外骨伤患者解除痛苦。《北京日报》《光明日报》及北京电视台、中央电视台等多家媒体报道了他所领导的骨伤科医疗团队在治疗截瘫方面取得的突出成绩。1993年，贾国庆被评为北京市优秀青年医师，应缅甸卫生部邀请为缅甸领导人诊疗，并在缅甸举办了为期3个月的中医骨伤学习班。1994年，荣获缅甸政府奖章。2019年，获批北京市中医管理局薪火传承“3+3”基层老中医工作室。他曾多次受邀到新加坡、缅甸等国家进行讲学和会诊，传播中医文化。他擅于将传统正骨医术与现代科学技术结合，努力发掘祖国医学宝库，先后开展了“大重量牵引治疗颈椎病”“悬浮式牵引治疗腰椎间盘突出症”的临床研究，并研制了健康枕、翘臀椅，承担了北京市科研课题1项，大兴区科研项目2项。贾国庆参与编写专著1部，国家发明专利1项；在《中国骨伤》《运动医学》等核心期刊发表文章十余篇，《脊髓型颈椎病的非手术治疗》曾获国家体委科技进步二等奖。

第二节　红星骨伤流派传承史

红星骨伤科创建于1984年，目前共有编制床位152张，实际开放152张，拥有3个病区，在国家体育总局安广林、任玉衡等老一辈医学专家的指导下，贾国庆主任医师（原院长）带领骨伤科团队开展非手术治疗脊柱关节损伤疾病的研究工作，形成了医疗、康复、体育锻炼三位一体的独特治疗体系。拥有国家专利和院内制剂各两项。曾收治全国各地的患者和国家级运动员，如国家著名运动员李宁、高凤莲、吴小燕，国家象棋冠军谢军等，以及法国、日本、俄罗斯、新加坡、菲律宾、马来西亚、缅甸等国家的患者，其疗效显著，在国内外享有较高的声誉。

医、体、康三位一体综合治理体系包括红星骨伤特色推拿手法、大重量间断牵引、悬浮式牵引下整复手法、超声引导下精准针刀术、踩法、中药熏治、针灸理疗脉冲磁疗，中频、低频治疗，微电脑疼痛治疗，并拥有疗效独特的院内制剂通督活络洗剂及冰红消肿散中医辨证中药内服及外用等。

在全体医护人员的共同努力下，2010年、2014年被评为大兴区医学重点学科单位，2011年被北京市中医药管理局批准为“北京市综合医院示范中医单位”，2012年被评为大兴区工会“创新工作室”，2013年被评为北京市工会“创新工作室”，2014年被北京市中医管理局评为“十二五重点专科”，2015年被评为全国综合医院中医药工作示范单位，2017年被评为首都区域重点专科，2018年经北京市中医管理局批准成立“北京中医药薪火传承3+3工程贾国庆基层老中医

传承工作室”。科室主任王小斌主任医师是大兴区首席专家、北京市中医疫情引导员，贾国庆主任医师（原院长）是第一批大兴区首席专家，郭勇被评为第三批北京市中医药人才（“125 人才”），王小斌、彭海、郭勇被评为大兴区优秀中青年医务工作者。

红星骨伤以正骨推拿手法治疗骨伤疾病而享誉地方，红星骨伤的正骨推拿手法源于国家体育总局队医安广林医生。安广林继承安氏正骨推拿绝技，创建正骨诊所为人接骨疗伤，不断总结、提高，形成了独具疗效的正骨手法。他在年轻时就颇有名气，曾被贺龙元帅点名征调到国家体育总局科研所，为运动员治疗骨伤疾病。

任玉衡从大连医科大学毕业后，被分配到国家体育总局从事运动医学工作，拜师安广林医生，学习正骨按摩手法，尽得精髓，并深研古今，将安氏正骨技术发扬光大，在运动医学界声名远扬。时任国家体育总局科研所研究员的任玉衡在支援基层期间，与当时的大兴县（现大兴区）鹿圈卫生院合作建立了国家体委科研所鹿圈门诊部，运用传统中医手法治疗脊柱关节损伤疾病。也就是在那个时候，贾国庆拜师任玉衡，师徒共同应诊，继承安氏正骨推拿精髓，不断总结和钻研，以其精湛的正骨医术深为百姓认可和尊敬，形成红星骨伤三代传承谱系。

后来，贾国庆被调入大兴区红星医院（原中朝人民友好公社红星医院）。1984 年 5 月，大兴区红星医院骨伤科成立，与国家体委科研所合作成立整体住院部，作为非手术治疗脊柱关节损伤的基地，安广林、任玉衡、贾国庆师徒联合，在红星医院运用传统手法治疗脊柱关节损伤疾病，开创了红星骨伤流派推拿治疗的先河。随着骨伤科的不断发展壮大，邸保林等医生陆续开始跟师学习。邸保林长期坚持骨伤临床工作，侍诊安广林、任玉衡，学有所成，手法自成一派，同时发挥传帮带作用，为红星骨伤的传承做出巨大贡献。进入 20 世纪 90 年代后，骨伤科的医生进一步增加，一批中医药大学毕业生陆续进入骨伤科工作，李振朝、王小斌、彭海、郭勇、李翔、王保锁、赵鹏、任伟陆续跟师学习。中医药大学毕业生凭借良好的中医学基础，深刻领悟红星骨伤手法治疗特点，不断总结、继承发扬，形成红星骨伤第四代。2018 年 12 月，王小斌、彭海、郭勇被授予红星骨伤第四代传承人称号。

进入 21 世纪后，骨伤科专业人员的数量和质量得到了空前的发展，很多中医院校本科生、研究生毕业后陆续来到骨伤科工作。医院为传承红星骨伤学术思想，启动了骨伤科“师带徒”工作，杨举、林红猛、吴艺男拜邸保林为师，李宏涛、董国顺、杨岐、沙溢辉、陈月峰拜王小斌为师，艾君、刘金成、李进选拜彭海为师。新时代大学生进一步总结红星骨伤手法特点，形成朝气蓬勃的红星骨伤第五代。

第二章　红星骨伤流派对筋骨系统的阐述

红星骨伤流派注重对筋骨系统的研究，掌握筋骨系统的生理功能及其损伤和疾病的病因病机，对发展红星骨伤特色治疗技术有促进作用。筋骨系统是研究骨与筋的生长、发育和代谢等各种功能及其调节机制的科学。纵观筋骨系统的发展过程，可以看出筋骨系统是在骨科临床需要和趋势下发展起来的，同时筋骨系统的每一个突破和每一个进步，都为骨伤科临床打开了新领域的大门，从而推动着红星骨伤流派不断地发展。

第一节　筋骨系统的生理

一、筋和骨的基本概念

关于筋的本义，《说文》曰："筋，肉之力也。从力、从肉、从竹。竹，物之多筋者。凡筋之属皆从筋。"这里表达了三层含义：从力，是讲功能方面，筋是指这一大类中具有力学性能的组织，筋的力学作用主要表现在"主束骨而利机关"（《素问・痿论》），即固定关节及骨架结构和协调关节运动两个方面；从肉，是讲属性方面，筋归属于肌肉这一大类组织；从竹，是讲结构特点，筋是指这一大类组织中纤细而又具有韧性的纤维状组织。

综上，红星骨伤流派认为筋是指具有一定生物力学性能的纤维组织。结合现代解剖学知识，筋的外延可涉及肌肉、肌束、肌纤维、肌原纤维、肌丝、肌小节和肌腱、筋膜、韧带、关节囊等结构中的一部分组织。

骨，是一种坚硬的结缔组织，由细胞、纤维和基质三种成分组成。骨的最大特点是细胞基质具有大量的钙盐沉积。骨的结构包括骨膜、骨质和骨髓。骨的功能主要是支持和保护机体，此外还有造血和维持血钙平衡的作用。中医学关于骨的概念和功能与现代解剖学基本一致。

二、筋与骨的关系

从《素问・五脏生成》"诸筋者皆属于节"，《灵枢・经脉篇》"骨为干，脉为营，筋为刚，肉为墙"，《素问・痿论》"宗筋主束骨而利机关也"等中医经典中的论述来分析筋与骨的关系，生理状态下，筋连接、约束着骨，骨为筋提供了支撑和附着处，两者相互依存、相互为用，从而使人体保持着"筋骨和合"的动态平衡状态。

红星骨伤流派认为筋与骨为五体之一，筋之主在肝、五行属木，骨之主在肾、五行属水；运用阴阳的观点来分析“筋”和“骨”的属性，筋主动、在外、属阳，骨主静、在内、属阴，生理状态下，筋与骨之间的关系如同阴和阳之间的关系，理应是“筋主骨从”的和合状态，而且，它是维系和保障“骨正筋柔，气血以流”（《素问·生气通天论》）的前提和根本。

无论外力打击还是慢性劳损或风寒湿邪侵袭，一般来讲，由于筋的位置比较表浅，起着连接、约束骨的作用，故总是筋先受到损伤，如果损伤持续或者受到的暴力巨大，才会继续损伤骨。故骨伤则有筋伤，筋损未必骨损。

第二节　骨折的病因病机

一、骨折的病因

红星骨伤流派认为造成骨折的原因主要有外力作用和人体内在病理因素两种。

（一）外力作用

外力可分为直接暴力、间接暴力、肌肉牵拉力和持续损伤四种。不同的外力形式所致的骨折，其临床特点各异。

1.直接暴力

骨折发生于外来暴力直接作用的部位，如火器伤、机器绞、轧伤、碰撞打击伤所引起的骨折，多呈横形或粉碎性骨折，常合并明显的软组织损伤。如为开放性骨折，骨折断端与外界交通形式多为由外向内穿破皮肤，容易导致感染。若发生在前臂或小腿，两骨骨折部位多在同一平面。

2.间接暴力

骨折发生在远离外来暴力作用的部位。间接暴力，包括传达暴力、扭转暴力等。骨折多为斜形或螺旋形；如跌倒时手掌触地，因间接暴力，可在桡骨下端、桡尺骨、肱骨髁上或肱骨近端等部位发生骨折，这类骨折软组织损伤相对较轻。如为开放骨折，骨折断端与外界的交通形式多由内向外穿破皮肤，感染率较低。若骨折发生在前臂或小腿，则两骨骨折的部位多不在同一个平面。

3.肌肉牵拉力

肌肉牵拉暴力是指急剧而不协调的肌肉收缩所引起的肌肉附着处骨块的撕脱。这类骨折的好发部位为髌骨、尺骨鹰嘴、肱骨内上髁、肱骨大结节、胫骨结节、第五跖骨基底部、髂前上棘等处。

4.持续损伤

长期反复的震动或循环往复的疲劳运动，可使骨内应力集中积累，造成慢性损伤性骨折。如新兵长途强行军可导致第二跖骨颈或腓骨下端骨折，操纵机器震动过久可致尺骨下端骨折，这种骨折多无移位或移位不多，但愈合较慢。

（二）病理因素

病理骨折的概念常见于脆骨病、佝偻病、骨软化症、甲状旁腺功能亢进、骨髓炎、骨囊肿、骨巨细胞瘤、骨肉瘤、转移性肿瘤侵犯骨骼及骨质疏松等，病变发展到一定程度，骨质遭到严重破坏时，即便是轻微外力，亦可导致骨折。

骨折的发生，还可由于年龄、健康状况、解剖部位、结构、受伤姿势、骨骼是否原有病变等内在因素的差异，而产生各种不同类型的损伤。骨质的密质部和松质部交接处，静止段和活动段交接处是损伤骨折的好发部位。同一形式的致伤暴力，因年龄不同而伤情各异。例如，同是跌倒时手掌撑地致伤，暴力沿肢体向上传导，老年人因肝肾不足、筋骨脆弱，易在较疏松的桡骨下端、肱骨外科颈处发生骨折；儿童则因骨膜较厚，骨骼中的胶质较多而易发生青枝骨折或裂纹骨折，或出现肱骨髁上骨折等。不同的致伤暴力常又有相同的受伤机制。例如，屈曲型脊椎压缩骨折可因从高处坠下，足跟着地时由于身体向前屈而引起；亦可因建筑物倒塌，重物自头上压下或击中背部而发生，但两者都具备同一内在因素，即脊柱处于过度强力屈曲位。因此，致伤外力是外因，而受伤机制则是外因和内因的综合作用。

二、骨折的移位

骨折移位的程度和方向，既与暴力的大小、方向、作用点及搬运情况等外在因素有关，又与肢体远侧端的重心、肌肉附着点及其收缩牵拉力等内在因素有关。骨折移位方式有下列五种。

1.成角移位

两骨折段的轴线交叉成角，以角顶的方向称为向前、向后、向外或向内成角。

2.侧方移位

两骨折端相对移向侧方，四肢按骨折远端的移位方向称为向前、向后、向内或向外侧方移位。脊柱则以上位椎体移位的方向来分。

3.短缩移位

骨折端互相重叠或嵌插，骨的长度因而缩短。

4.分离移位

两骨折端互相分离，使肢体的长度增加，分离移位多由肢体的重力或牵引造成。

5.旋转移位

骨折端绕骨的纵轴而旋转。旋转移位可使相邻关节的运动平面发生改变，使其功能活动发生严重障碍。

第三节　脱位的病因病机

一、脱位病因

（一）外因

外伤性脱位多由直接或间接暴力作用所致。其中由间接暴力（传达、杠杆、扭转暴力等）引起者较多见。

（二）内因

1.生理因素

生理因素主要与年龄、性别、体质、局部解剖结构特点等有关。

外伤性脱位多见于青壮年，儿童和老年人较少见。儿童体重轻；关节周围韧带和关节囊柔软，不易撕裂；关节软骨富有弹性，缓冲作用大。虽遭受暴力的机会多，但不易脱位，而常常造成骨骺滑脱。老年人活动相对较少，遭受暴力的机会少，因其骨质相对疏松，在遭受外力时易发生骨折，故发生脱位者也较少。男性外出工作较多，工作量较大，关节活动范围较大，发生关节脱位的机会相应也大于女性。年老体弱者，筋肉松弛，易发生关节脱位，尤以颞颌关节脱位较多见。

2.病理因素

先天性关节发育不良、关节和关节周围韧带松弛较易发生脱位，如先天性髋关节脱位。关节脱位后经手法复位成功，如未能固定足够的时间或根本未固定，关节囊和关节周围韧带的损伤未能很好修复或修复不全，常可导致关节再脱位或习惯性脱位。关节内病变或近关节病变可引起骨端或关节面损坏，导致病理性关节脱位。如化脓性关节炎、骨关节结核等疾病的中、后期可并发关节脱位。

二、脱位机制

脱位的发生是由于外力或病变破坏了稳定关节的因素，如关节囊、韧带等所形成的骨端关节面失去正常的位置关系。

(1)韧带损伤、关节稳定性降低，可形成半脱位，或进一步发展成全脱位。

(2)关节囊撕裂或破裂后，会失去对关节头的约束，关节头可从关节囊的破口处滑出，形成脱位。

(3)关节面正常关系改变。一般情况下，韧带损伤、关节囊撕裂是脱位的先决条件，而残余暴力使关节头移位，关节面失去正常的对应关系，才产生脱位。颞颌关节脱位时，可无韧带及关节囊的撕裂。

第四节　筋骨病损的病因病机

红星骨伤流派认为人体是由皮肉、筋骨、气血、津液、脏腑、经络等共同组成的一个有机整体，人体生命活动主要是脏腑功能的反映，脏腑功能活动的物质基础是气血、津液。脏腑各有不同的生理功能，通过经络联系全身的皮肉、筋骨等组织，构成复杂的生命活动，它们之间保持着相对的平衡，相互联系、相互依存、相互制约，在生理活动或病理变化上有着不可分割的关系。人体筋骨系统的损伤，正如《正体类要・序》所述："肢体损于外，则气血伤于内，营卫有所不贯，脏腑由之不和。"这明确指出了外伤与内损、局部与整体之间的辨证关系。所以在损伤的发生和发展的辨证论治过程中，只有从整体观念出发，对损伤与皮肉、筋骨、气血、津液、脏腑、经络等之间的生理病理关系加以综合分析，才能正确认识损伤的本质和病理现象的因果关系。

故红星骨伤流派治疗损伤疾患的原则之一就是强调局部与整体的统一观。

一、筋骨病损的病因

正如《金匮要略》所言："千般灾难，不越三条"，筋骨病损的病因也分为外因、内因、不内外因。宋代陈言《三因极一病证方论·三因论》曰："六淫，天之常气，冒之则先从经络流入，内合于脏腑，为外所因；七情，人之常性，动之则先自脏腑郁发，外形于形体，为内所因；其如饮食饥饱，叫呼伤气，尽神度量，疲极筋力，阴阳违逆，及至虎狼毒虫，金疮踒折，疰忤附着，畏压缢溺，有悖常理，为不内外因。"

外感六淫，流注经络，内入脏腑，继而伤至筋脉骨肉，此为外因。《素问·痹论》曰："风寒湿三气杂至，合而为痹也。其风气胜者为行痹，寒气胜者为痛痹，湿气胜者为著痹也。"指出痹症多为外感风寒湿邪。又《素问·痿论》曰："肺热中焦，则皮毛虚弱急薄，著则生痿躄也。"指出火热邪毒可以伤阴劫血，导致筋脉骨肉失养而发生痿痹。

内伤七情，郁发于脏腑，外形于肢体，此为内因。是由于情绪变化引起脏腑精气功能紊乱而致疾病发生或诱发的一类病因。七情内伤可直接伤及内脏，作用于脏腑所主之体。也会因情志致病，影响脏腑气机使其升降失常。《素问·举痛论》说："百病生于气也，怒则气上，喜则气缓，悲则气消，恐则气下……惊则气乱……思则气结。"气机的失调进一步影响精、血、津液的输布，产生如血瘀、痰饮等病理产物。

不为邪气情志所生，如饮食所伤、劳倦过度、跌打损伤、虫兽伤、溺水等，即为不内外因。大部分急性的筋骨病损多由跌打损伤引起，活动不慎，闪腰顿挫，猝受外力，筋伤骨折。而慢性劳损性的疾病则常由劳倦过度引起，外在长期积累性的损伤作用于机体，造成如现代之颈椎病、腰肌劳损、骨关节炎等疾病，其临床特点是起病缓慢、迁延反复。这类疾病的治疗强调除了在药物与局部治疗之外，更应注重平素正确生活习惯的养成。

导致筋骨病损的病因常常不是孤立的，三因之间也多有互相影响与转化。如骨质疏松引起的病理性骨折，多是素体虚弱，后天生化无力，筋骨失养，在受到外界暴力之下发生的骨折。所以在治疗筋骨病损的时候，要"分别三因，归于一治"，全面而整体地用药施治。

二、筋骨病损的病机

（一）气血

气血运行于全身，周流不息，外而充养皮肉筋骨，内则灌溉五脏六腑，维持着人体正常生命活动，气血与人体的一切生理活动和各种病理变化密切相关。

"气"一方面来源于父母的先天之精气，另一方面来源于从肺吸入的清气与脾胃所化生之水谷精气的后天之气。这两种气相互结合而形成"真气"，成为人体生命活动的动力源泉和最基本的力量。《灵枢·刺节真邪》曰："真气者，所受于天，与谷气并而充身者也。"真气沿着经脉分布到全身各处，形成心气、肺气、胃气、肾气、营气、卫气等。气的主要功能，是一切生理活动的推动作用，温养形体的温煦作用，防御外邪侵入的防御作用，血和津液的化生、输布、转化的气化和固摄作用。气在全身流通，无处不到，上升下降，维持着人体的动态平衡。

“血”由脾胃运化而来的水谷精气变化而成,《灵枢·决气》曰:“中焦受气取汁,变化而赤,是谓血。”血形成之后,循行于脉中,依靠气的推动而周流于全身,有营养各个脏腑、器官、组织的作用。《素问·五藏生成》曰:“肝受血而能视,足受血而能步,掌受血而能握,指受血而能摄。”说明全身的脏腑、皮肉、筋骨都需要得到血液的充足营养,才能进行各种生理活动。

“气”与“血”两者的关系十分密切。血随气沿着经脉而循行全身,相互依附,周流不息,以营养五脏、六腑、四肢、百骸。《素问·阴阳应象大论》阐述了气、血之间的关系是“阴在内,阳之守也;阳在外,阴之使也。”而《血证论·吐血》则比喻为“气为血之帅,血随之而运行;血为气之守,气得之而静谧。”

气血与损伤的关系极为密切,是损伤病机的核心内容。《杂病源流犀烛·跌仆闪挫源流》中所说:“跌仆闪挫,卒然身受,由外及内,气血俱伤病也。”当人体受到外力损伤后,常可导致气血运行紊乱,进而使人体产生一系列的病理变化。

1.伤气

因负重用力过度、举重呼吸失调、跌仆闪挫或撞击胸部等因素,导致人体气机运行失常,脏腑、器官、组织发生病变,出现“气”的功能失常及相应的病理现象。损伤轻者表现为气滞、气虚,严重者可出现气闭、气脱,内伤肝胃还可见气逆等症。

(1)气滞:人体某一部位、某一脏腑的损伤,使气的流通发生障碍,出现“气滞”的病理现象。《素问·阴阳应象大论》曰:“气伤痛,形伤肿。”气本无形,郁滞则气聚,聚则似有形而实无质,气机不通之处,即伤病之所在。损伤气滞的特点为外无肿形、痛无定处、自觉疼痛范围较广、体表无明确压痛点。气滞在损伤中多见于胸胁迸伤或挫伤,出现胸胁胀痛,呼吸、咳嗽时均可牵掣作痛等。

(2)气虚:是全身或某一脏腑、器官、组织出现功能不足和衰退的病理现象。在某些慢性损伤、严重损伤后期、体质虚弱和老年患者等均可见到。其主要证候为伤痛绵绵不休、疲倦乏力、语声低微、气短、自汗、脉细软无力等。

(3)气闭:常为严重损伤而骤然导致气血错乱,气为血壅,气闭不宣的病理现象。其主要证候为一时性的晕厥、不省人事、窒息、烦躁妄动、四肢抽搐或昏睡困顿等。

(4)气脱:严重损伤可造成本元不固而出现气脱,是气虚最严重的表现。如开放性损伤、头部外伤等严重损伤,失血过多造成气随血脱。气脱者多突然昏迷或醒后又昏迷,表现呼吸浅促、面色苍白、四肢厥冷、二便失禁、脉微弱等证候。

(5)气逆:损伤而致内伤肝胃,可造成肝胃气机不降而反逆上,使机体出现嗳气频频、作呕欲吐或呕吐等症。

2.伤血

由于跌打坠堕、挤压挫撞以及各种机械冲击等伤及血脉,以致损伤出血或瘀血停积,而出现伤血的各种病理现象。伤血主要包括血瘀、血虚、血脱和血热,其与伤气又有互为因果的关系。

(1)血瘀:多由于局部损伤出血,离经之血停滞或血液循行迟缓而不流畅,出现血瘀的病理现象。血有形,形伤肿,瘀血阻滞,经脉不通,不通则痛,故血瘀出现伤处肿胀、青紫、疼痛,面色晦暗、唇舌青紫、脉细或涩等证候。痛如针刺刀割,痛点固定不移,是血瘀最突出的症状。由于瘀血不去,可使血不循经,反复出血不止。在损伤疾患中,常常气血两伤,气滞血瘀,肿痛并见,或伤气偏重，或伤血偏重，以及先痛后肿或先肿后痛等表现。

(2)血虚：血虚是体内血液不足出现血亏虚的病理现象。在损伤疾患中，由于失血过多，新血一时未及补充；或因瘀血不去，新血不生；或筋骨严重损伤，累及肝肾，肝血肾精不充所致。表现为面色不华或萎黄、头晕、目眩、心悸、手足发麻、心烦失眠、爪甲色淡、唇舌淡白、脉细无力等证候。还可表现为局部损伤之处久延不愈，甚至血虚筋挛、皮肤干燥、头发枯焦，或关节缺少血液滋养而僵硬、活动不利。血虚患者，往往由于全身功能衰退，可同时出现气虚证候。气血俱虚则损伤局部愈合缓慢，功能长期不能恢复等。

(3)血脱：在创伤严重失血时，往往会出现四肢厥冷、大汗淋漓、烦躁不安甚至晕厥等虚脱症状。血虽以气为帅，但气的宁谧温煦需要血的濡养。失血过多时，气浮越于外而耗散，出现气随血脱、血脱气散的虚脱证候。

(4)血热：损伤后积瘀化热或肝火炽盛、血分有热均可引起血热。临床可见发热、口渴、心烦、舌红绛、脉数等证候，严重者可出现高热昏迷。积瘀化热，邪毒感染，还可致局部血肉腐败，酝酿液化成脓。血热妄行，则可见出血不止等症状。

(二)经络

经络内贯脏腑，外达肌表，网络全身，沟通内外上下，是调节体内各部分功能活动的通路。经络具有运行气血、营运阴阳、濡养筋骨、滑利关节的作用。经络包括十二经脉、奇经八脉、十五别络，以及经别、经筋等。《灵枢·本藏》曰："经脉者，所以行血气而营阴阳，濡筋骨，利关节者也。"每一经脉都连接着内在的脏或腑，同时脏腑又存在相互表里的关系。《灵枢·经别》曰："夫十二经脉者，人之所以生，病之所以成，人之所以治，病之所以起。"人体的生命活动、疾病变化和治疗作用，都是通过经络来实现的。

经络的病候主要有两方面：一是脏腑的损伤可以累及经络，而经络损伤又可内传脏腑，进而使机体出现症状；二是经络运行阻滞，会影响它循行所过组织器官的功能，使机体出现相应部位的证候。《杂病源流犀烛·跌仆闪挫源流》曰："损伤之患，必由外侵内，而经络脏腑并与俱伤。"《伤科真传秘抄》曰："若为伤科而不知此十二经脉之系统，则虽有良药，安能见效，而用药、用手法，亦非遵循于此不可也。"《证治准绳·疡医》曰："察其所伤，有上下轻重浅深之异，经络气血多少之殊。"

(三)脏腑

脏腑是化生气血，通调经络，濡养皮肉筋骨，主持人体生命活动的主要器官。脏与腑的功能各有不同，《素问·五藏别论》中曰："五脏者，藏精气而不泻也。""六腑者，传化物而不藏。"脏的功能是化生和贮藏精气，腑的功能是腐熟水谷、传化糟粕、排泄水液。脏腑的生理各有所主，其主病亦各有不同之见证，损伤后势必造成脏腑生理功能紊乱，使其出现一系列病理变化。脏腑发生病变，必然会通过它的有关经络表现在体表，而位于体表的组织器官和经脉本身的病变，同样可以影响其所属的脏腑出现功能紊乱。《血证论》强调："业医不知脏腑，则病原莫辨，用药无方。"

1.肝、肾

筋骨损伤和肝、肾的关系十分密切，"肝主筋""肾主骨"的理论亦广泛地运用在损伤的辨证治疗上。

肝主筋，全身筋肉的运动与肝有密切关系。《杂病源流犀烛·筋骨皮肉毛发病源流》中说："筋也者，所以束节络骨，绊肉绷皮，为一身之关纽，利全体之运动者也，其主则属于肝。"《素问·五藏生成》曰："肝之合筋也，其荣爪也。"这些都说明肝主筋，主关节运动。运动属于筋，而筋又属于肝，肝血充盈才能养筋，筋得其所养，才能运动有力而灵活。若肝血不足，血不养筋，则出现手足拘挛、肢体麻木、屈伸不利等症。

肝藏血，肝脏具有贮藏血液和调节血量的功能。人静则血归于肝，人动则血运于诸经。《素问·五藏生成》曰："故人卧，血归于肝……足受血而能步，掌受血而能握，指受血而能摄。"元代张洁古的《活法机要》曰："夫从高坠下，恶血留内，不分十二经络，医人俱作风中肝经，留于胁下，以中风疗之。血者，皆肝之所主，恶血必归于肝，不问何经之所伤，必留于胁下，盖肝主血故也。"如跌仆闪挫迸伤的疼痛多发生在胁肋少腹处，正是因为肝在胁下，肝经起于大趾，循少腹，布两胁的缘故。

肾主骨、主生髓。《素问·阴阳应象大论》曰："肾生骨髓。""在体为骨。"《素问·五藏生成》曰："肾之合骨也。"《灵枢·本神》曰："肾藏精。"肾藏精，精生髓，髓养骨，所以骨的生长、发育、修复，均须依赖肾脏精气所提供的营养和推动，骨髓充实则骨骼坚强。《诸病源候论·腰痛不得俯仰候》曰："肾主腰脚。"《医宗必读》认为腰痛的病因"有寒，有湿，有风热，有挫闪，有瘀血，有滞气，有积痰，皆标也，肾虚其本也"。所以肾虚者易患腰部扭闪和劳损等症，从而出现腰背酸痛、腰脊不能俯仰等证候。又如损骨必内动于肾，因肾生精髓，故骨折后如肾生髓不足，则无以养骨，故在治疗时须用补肾续骨之法，常配合入肾经的药物。筋骨相连，在骨折时也必然伤筋，筋伤则内动于肝。若肝血不充，无以荣筋，筋失滋养而影响修复。肝血肾精不足，还可以影响骨折的愈合，所以在补肾的同时须养肝、壮筋，常配合使用入肝经的药物。

2.脾、胃

脾主运化、胃主受纳，为气血生化之源，把水谷化为精微，并将精微物质转输至全身，对气血的生成和维持正常活动所必需的营养起着重要的作用。《素问·痿论》曰："脾主身之肌肉。"《素问·五藏生成》曰："脾之合肉也。"《素问·阴阳应象大论》曰："脾生肉……在体为肉，在脏为脾。"《灵枢·本神》曰："脾气虚则四肢不用。"脾胃受纳运化功能旺盛，则肌肉壮实，四肢活动有力，胃气强，五脏俱盛，损伤也容易恢复；若脾胃运化失常，化源不足，无以滋养脏腑筋骨，则肌肉瘦削，四肢疲惫，软弱无力，胃气弱，五脏俱衰，伤后不易恢复。所以有"胃气一败，百药难施"的说法，损伤之后要注重调理脾胃的功能。此外，脾还具有统摄血液防止溢出脉外的功能，它对损伤后的修复也起着重要的作用。

3.心、肺

"心主血，肺主气"，气血的周流循环，输布全身，还有赖于心肺功能的健全。心肺调和，则气血得以正常循环输布，才能发挥煦濡的作用，筋骨损伤才能得到修复。《素问·五藏生成》曰："诸气者皆属于肺。"肺主一身之气，如果肺气不足，不但会影响呼吸功能，而且也会影响真气的生成，从而导致全身性的气虚，出现体倦无力、气短、自汗等症状。《素问·痿论》曰："心主身之血脉。"心气有推动血液循环的功能。血行脉中，不仅需要心气的推动，而且也需血液的充盈，气为血之帅，而又依附于血。因此损伤后出血太多，血液不足而心血虚损时，心气也会随之不足，出现心悸、胸闷、眩晕等症。

（四）筋骨

1.“筋出槽”“骨错缝”的概念

“筋出槽”“骨错缝”是筋骨系统的病理状态，是中医骨伤科学的特有术语。

“筋出槽”是与正常情况下“筋柔”相对应的病理状态，指在暴力或者慢性积累性外力作用下引起筋的正常形态结构、功能状态或者解剖位置发生异常改变。病理状态下，以手触摸筋伤之处，可以感觉到筋的张力增高，柔顺性下降，或出现凸凹不平的结节状改变，似乎高出周围正常的组织结构，或触及筋的凹槽，称为“筋出槽”。“筋出槽”在临床上以局部疼痛、活动不利、触诊局部张力增高，可触及结节、条索等，并伴有压痛为特征；可表现为筋强、筋歪、筋断、筋走、筋粗、筋寒、筋热等多种形式。

“骨错缝”是与正常情况下“骨正”相对应的病理状态，指在暴力或者慢性积累性外力作用下引起骨关节细微移位，并伴有疼痛和活动受限的一种病理状态。临床以局部疼痛，活动受限，触诊可见关节运动终末感增强，松动度下降并伴有局部压痛为主要特征。通过 X 线、CT 等检查可发现异常改变。“骨错缝”依照其错缝程度可以分为“骨节间微有错落不合缝”“骨缝参差”“骨缝开错”“骨缝叠出”“骨缝裂开”等。临床上，筋出槽者，未必伴有骨错缝；而骨错缝时，则必伴有筋出槽。

2.病机

筋的主要功能是连属关节，络缀形体，主司关节运动。《灵枢・经脉》曰：“筋为刚。”筋的功能坚劲刚强，能约束骨骼。《素问・五藏生成》曰：“诸筋者，皆属于节。”说明人体的筋都附着于骨上，大筋联络关节，小筋附于骨外，“所以屈伸行动，皆筋为之”。

凡筋的损伤多影响肢体的功能，局部肿痛、青紫，关节屈伸不利等。在“伤骨”的病症中，由于筋附着于骨的表面，筋亦往往首先受伤；关节脱位时，关节四周筋膜多有破损。所以，在治疗骨折、脱位时都应考虑筋伤的因素。慢性的劳损，亦可导致筋的损伤，如“久行伤筋”，说明久行过度疲劳，可致筋的损伤。临床上筋伤机会甚多，其证候表现和病理变化复杂多端，一般来说，筋急则拘挛，筋弛则痿弱不用。

骨属于奇恒之腑，《灵枢・经脉》曰：“骨为干。”《素问・脉要精微论》又曰：“骨者，髓之府，不能久立，行则振掉，骨将惫矣。”指出骨不但为立身之主干，还内藏精髓，肾藏精、精生髓、髓养骨，骨受损伤，可累及肾，两者互为影响。

骨的损伤包括因各种暴力所引起的骨折、脱位。筋骨的损伤必然累及气血伤于内，因脉络受损，血瘀气滞，为肿、为痛。所以治疗伤骨时，必须行气消瘀以纠正血瘀气滞的病理变化。伤筋损骨还可累及肝肾精气，《备急千金要方》曰“肾应骨，骨与肾合”“肝应筋，与肝合”。肝肾精气充足，可促使肢体骨骼强壮有力。过度疲劳也能使人体筋骨受伤，“五劳所伤”所论久行伤筋与久立伤骨，如临床所见的跖骨疲劳骨折等。因此，伤后要注意调补肝肾，充分发挥精生骨髓的作用，促进筋骨的修复。

第五节　筋骨损伤与疾病的分类

红星骨伤流派根据骨伤科研究对象的特点，将骨伤科疾病分为筋骨损伤与筋骨关节疾病两大部分。

一、筋骨损伤的分类

损伤是对外界各种创伤因素作用于人体，引起皮肉、筋骨、脏腑等组织结构破坏及其局部和全身反映疾病的统称。根据损伤的性质和特点可进行以下分类。

（一）按损伤的部位分类

1.外伤

外伤指皮、肉、筋、骨、脉的损伤，临床可分为骨折、脱位与筋伤。

(1)骨折：指由于外力作用使骨的完整性或连续性发生部分或完全的断裂，古称“折骨”。

(2)脱位：指构成关节的骨端关节面脱离正常位置，引起关节功能障碍，古称“脱臼”或“脱骱”。

(3)筋伤：指各种暴力或慢性劳损等原因所造成的筋的损伤的统称。

2.内伤

内伤指因外力作用引起人体内部气血、经络、脏腑损伤或功能紊乱，而产生一系列症状的统称，古称“内损”。与中医内科由于七情六欲、饮食劳倦等原因所致的内伤有着本质不同。根据病理不同，其可分为气血损伤、脏腑损伤、经络损伤等各种类型；根据脏腑损伤部位不同，又可分为头部内伤、胸部内伤、腹部内伤等类型。

（二）按损伤的性质分类

1.急性损伤

急性损伤指由于急骤的暴力所引起的损伤。

2.慢性劳损

慢性损伤指由于劳逸失度或体位不正确，而外力又经年累月作用于人体所致的损伤。

（三）按受伤的时间分类

1.新伤

新伤指 2～3 周以内的损伤或受伤后立即就诊者。

2.陈伤

陈伤又称“宿伤”，是指新伤失治，日久不愈，或愈后又因某些诱因，隔一定时间在原受伤部位复发者。

（四）按受伤部位的皮肤或黏膜是否破损分类

1.闭合性损伤

闭合性损伤指受钝性暴力损伤而外部无创口者。皮肤、黏膜完整，则伤处不受污染，外邪不易侵入。

2.开放性损伤

开放性损伤指由于锐器、火器、刀刃等锐性暴力或钝性暴力作用，使皮肤或黏膜破损，而有创口流血，深部组织与外界环境相通者。皮肤或黏膜破损，外邪可从伤口侵入，容易发生感染，故变证多端。

（五）按受伤的程度不同分类

损伤的严重程度与致伤因素的性质、强度、作用时间的长短、受伤的部位及其面积的大小和深度等有关。损伤可分为轻伤或重伤。

（六）按伤者的职业特点分类

根据伤者的职业特点不同，筋骨损伤一般可分为生活损伤、工业损伤、农业损伤、交通损伤、运动损伤及战争损伤等。因为损伤的发生是与工作职业和生活习惯有一定的关系，如运动员及舞蹈、杂技、武打演员容易发生各种运动损伤等。

（七）按致伤因素的理化性质分类

根据致伤因素的理化性质，筋骨损伤一般可分为物理损伤、化学损伤和生物损伤等。物理损伤包括外力、高热、冷冻、电流等。骨伤科学研究的对象主要是外力因素引起的损伤。

二、筋骨病损的分类

红星骨伤流派筋骨关节疾病主要研究的是非外力因素引起人体骨骼、关节、筋肉等运动系统的疾病。其范畴有各种骨与关节的疾病，还有“筋”病。中医的“筋”还包含《灵枢・经筋》所列的十二经筋，经筋的含义类似周围神经循行路线，其疾病的主要症状有疼痛、麻木不仁及萎废不用等。

筋骨关节疾病的分类方法较多，以下是常见的筋骨关节疾病，按其病因、部位及相似的临床表现来归纳分类。

（一）骨与关节先天性畸形

1.骨关节发育障碍

如成骨不全、软骨发育不全、石骨症、婴儿骨皮质增厚症等。

2.脊柱先天性畸形

如斜颈、寰椎枕骨化、枢椎齿状突畸形、半椎体畸形、脊椎裂等。

3.四肢先天性畸形

如先天性高肩胛症、先天性骨缺如、先天性多指、先天性髋关节脱位、先天性胫骨假关节、先天性马蹄内翻足等。

（二）骨关节感染性疾病

1.骨痈疽

骨痈疽指化脓性细菌侵入骨、关节而引起骨与关节化脓性感染的疾病，中医统称为“骨痈疽”。骨组织化脓性感染为化脓性骨髓炎，急性期中医称之为“附骨痈”，慢性期中医称之为“附骨疽”；关节化脓性感染为化脓性关节炎，中医又称其为“关节流注”。

2.骨痨

骨痨指结核分枝杆菌侵入骨或关节而引起的化脓性、破坏性病变的疾病，因其发病于骨或关节，消耗气血津液，后期形体羸瘦、正气衰败、缠绵难愈，中医称之为“骨痨”，西医称之为“骨、关节结核”。

（三）筋骨关节痹证

筋骨关节痹证指由于素体虚弱，正气不足，腠理不密，风、寒、湿、热等外邪乘虚而入，侵袭人体，闭阻经络，气血运行不畅，引起的筋骨关节疼痛、肿胀、麻木、重着等病证。其包含了风湿性关节炎、类风湿关节炎、强直性脊柱炎、痛风性关节炎、创伤性关节炎、退行性关节炎等疾病。

（四）筋骨关节痿证

筋骨关节痿证指人体遭受外伤、邪毒侵袭或正气亏损后，出现以肢体筋脉弛缓、肌肉瘦削、手足痿软无力及麻木为特征的病症的统称。临床以下肢瘦弱，步履艰难，甚则不能随意运动者较为多见，故《黄帝内经》有“痿躄”之称。多发性神经炎、小儿麻痹、脑性瘫痪、肌病性瘫痪、偏瘫、截瘫、单瘫、肌萎缩症等，均属痿证范畴。

（五）筋挛

筋挛指由于先天发育障碍、损伤、缺血、邪毒侵袭、炎症、瘫痪等原因，使身体某群筋肉持续性收缩，或皮肤、关节囊、韧带失去正常弹性而挛缩，引起关节运动功能障碍的统称，如缺血性肌挛缩症、手内在肌挛缩症、掌腱膜挛缩症、髂胫束挛缩症、关节挛缩症等。

（六）骨坏死性疾病

中医称之为“骨蚀”，属“骨痹”范畴。骨坏死性疾病在临床上有一些特定的好发部位，如骨骺骨软骨病、剥脱性骨软骨病、创伤性骨坏死、激素性骨坏死等疾病。

（七）代谢性筋骨关节疾病

代谢性骨病指各种原因引起的骨内矿物质或骨基质代谢障碍，以及由此造成的骨组织生物化学和形态变化而出现的症状和体征。临床常出现骨质疏松、骨的生长障碍、骨的发育畸形或骨的坏死等，如佝偻病、骨软化症、骨质疏松症等疾病。

（八）骨肿瘤

骨肿瘤指发生在骨及骨的附属组织的肿瘤，包括原发性肿瘤、继发性肿瘤、瘤样病变等。对于骨肿瘤的分类，现仍以组织形态及细胞来源为基础分类，也可按良性、中间与恶性肿瘤等分类。

（九）地方病性骨病

与地域的水源、气候、饮食等因素有关的疾病称地方性骨病，如大骨节病、氟骨病等。

（十）职业病性骨病

因从事接触有害物质的工种引起的相关疾病，如减压病、职业中毒及放射病等。

第三章　红星骨伤流派特色诊断方法

红星骨伤流派特色诊断是通过望、闻、问、切四诊，结合临床骨关节、肌肉、神经特殊检查和影像学、实验室检查，运用其特色检查设备——数字化热成像仪、体感诱发电位检测仪、双光能X线骨密度检测仪等，以所搜集到的临床资料为依据，按病因、部位、伤势、病性等进行分类，并以脏腑、气血、经络、皮肉、筋骨等理论为基础，根据其内在联系，加以综合分析而做出诊断。

诊断是治疗的基础，在诊查的过程中，红星骨伤流派遵循"由浅入深，由局部至全身"的原则，贯彻望、闻、问、切四诊合参的方针，结合必要的医学影像及实验室检查，以求得出及时、准确、全面的诊断。由于骨伤科疾患病种繁杂，病因多端，病理各异，故在诊查时还要讲究整体观念，注重辨病与辨证相结合，注重抓住骨伤科特点，才能使诊断臻于完善。

第一节　望　诊

红星骨伤流派在诊查骨伤科患者时，首先通过望诊来进行全面观察。望诊时，不仅要注重损伤局部及邻近部位的诊查，还要对全身的神色、形态、舌象及分泌物、排泄物等进行全面的观察。《伤科补要·跌打损伤内治证》指出"凡视重伤，先解开衣服，遍观伤之轻重"，以初步确定损伤的部位、性质和轻重。

望诊最好在自然光线下进行，采取适当的体位，显露足够的范围，并具备恰好的室温、有陪员他人在侧。由于许多伤病可能同时牵涉几个部位，检查中对正常功能位和休息位的了解，有助于发现畸形；检查上肢和肩胛带时，需显露上半身躯干；检查脊柱、骨盆和下肢时，应充分暴露；采用健患侧对比检查时，需进行功能活动的动态观察。每一检查应注意检查的原则和方法，诊视应仔细、认真，不可遗漏。

一、望全身

1.望神色

神色是人体生命活动的外在表现，是脏腑气血的外荣；神志是人体精神意识活动的反映。可见通过察看神态色泽的变化，可判断正气的盛衰和损伤之轻重及病情缓急转化情况。一般而言，神静自然、面色滋润者，伤病较轻；精神委顿，面容憔悴者，伤病较重。如见面色晄白、额出冷汗者，多属阳气虚，多为严重损伤失血过多或痛剧；若损伤后神昏谵语、目黯睛迷、瞳孔异常、肢厥汗出、形羸色败者，多见于重度创伤、严重感染或大失血等，多属危候，提示预后不佳。

损伤以五色所主：青色为血瘀气闭；赤色属损伤发热；黄色主损伤脾虚湿重；白色主虚寒证或失血证；黑色主肾虚或经脉失于温养。

2.望形态

肢体形态的改变，多为骨折、脱位或严重伤筋的表现，也常为某种骨疾病所特有，故要注意观察患者站立、起坐、下蹲、行走、跑跳时的姿势。如下肢骨折时，多不能直立行走；肩、肘关节脱位时，常用健侧手托扶患侧前臂，且身体向患侧倾斜；腰部急性扭伤，身体多向患侧佝偻，且扶腰慢行；颈椎结核患者常用双手撑住下颌；软骨发育不全的特征是躯干发育正常而四肢明显短小。有特殊姿态的患者应结合摸诊及其他检查，进一步观察和分析病位。

3.望步态

常见的异常步态有如下几种。

(1)抗痛性步态：为一种保护性步态，患侧足刚着地，即迅速转为健足起步，以减少患肢承重，步态急促不稳。

(2)短肢性步态：一侧下肢短缩超过 3 cm 时，骨盆及躯干倾斜代偿不全，患者常以足尖着地或屈健侧膝关节行走。

(3)剪刀式步态：步行时，两腿前后交叉前进。见于大脑性痉挛性瘫痪。

(4)摇摆步态：先天性髋关节脱位或臀中肌麻痹患者，患侧负重时，躯干向患侧倾斜；若为双侧病变者，躯干交替向左、右倾斜摇摆，故又称摇摆步态为鸭步。

(5)强直性步态：常见于髋、膝伸直位或屈曲位僵直，步行时患者需转动全骨盆使患肢向前迈步。

(6)臀大肌麻痹步态：臀大肌瘫痪，髋关节后伸无力，步行时常以手扶持患侧臀部并挺腰，使身体稍后倾行走。

(7)股四头肌瘫痪步态：因跨步时伸膝无力，患膝不稳不能支持体重站立，故常用手压持住患侧大腿前下方行走，以稳定膝关节。

(8)跟足步态：以足跟着地行走，步态不稳。见于胫神经麻痹、小腿后侧肌群瘫痪、跟腱完全断裂等。

(9)平足步态：步行时是呈外翻位拖行。见于严重平足，足弓塌陷者。

二、望局部

1.望畸形

可通过观察肢体标志线或标志点的异常改变，判断有无畸形。畸形往往提示有骨折或脱位的存在，以及骨关节疾患的典型外观表现。某些特征性畸形可对诊断有决定性意义，如伸直型桡骨远端骨折的"餐叉"状畸形；股骨颈骨折和转子间骨折的患肢外旋短缩畸形；肩关节前脱位的方肩畸形；肘关节后脱位及伸直型肱骨髁上骨折的靴形畸形；强直性脊柱炎的驼背强直畸形；脊柱结核后期常发生后凸畸形等。

2.望肿胀、瘀斑

损伤必伤气血，因血瘀气滞壅积于肌表，多呈现肿胀、瘀斑。通过观察肿胀的程度及瘀斑的色泽变化，可推断损伤的性质与预后。肿胀较重、肤色青紫者，为新伤；肿胀较轻、青紫带黄者多为陈伤;大面积肿胀、肤色青紫或伴有黑色者,多为严重挤压伤;肿胀肤色紫黑者,应考虑组织坏死;瘀斑青紫明显者,可能有骨折或筋伤存在;早期损伤有明显的局限性肿胀,可能有骨裂或撕脱性骨折的存在;骨与关节化脓性感染者,局部红肿热痛;关节损伤性病变,应注意关节是否肿胀和有无关节腔积液。

3.望创口

若局部有创口,需观察创口的形状、大小、深浅,创缘是否整齐,创面污染程度,色泽鲜红还是紫暗,以及出血多少、有无异物残留、骨断端有无外露等,以判断组织受损情况。创口一般分为清洁创口、污染创口和感染创口三种。如已感染,应注意脓液排出是否通畅,脓液的颜色以及稀稠等情况。若创口周边紫黑、臭味特殊、有气溢出者,可能为气性坏疽;创口有喷射状出血者,为动脉损伤;创口流出暗红血液并带油珠者,为开放性骨折;若瘘管反复排出脓液和死骨者,则为附骨疽;若瘘管排出脓液清稀并夹有干酪样絮状物者,则为骨痨。

4.望肢体功能

肢体功能的观察,对诊治骨与关节的损伤和疾患有重要意义。上肢要重点观察关节活动及手的功能,下肢要重点观察负重及行走功能,脊柱则要重点观察生理曲度及对称性,还要观察各种形式的关节活动情况,如有异常,应观测其受限程度。如检查肩部损伤,上肢外展未达90°,说明外展动作受限;屈肘上臂内收时,肘尖不能接近正中线,表明内收功能受限;不能自我梳发者,则外旋功能障碍;手背不能置于背部者,为内旋功能障碍。如关节本身疾患,主动和被动运动均有障碍;神经性疾患引起肌肉瘫痪者,不能主动运动而被动运动一般良好。为精确地掌握肢体功能障碍的情况,除嘱其主动活动外,应结合摸诊、动诊和量诊进行检查,通过对比观察以测定其主动运动和被动运动的活动度。此即临床常用的“望、比、量、摸”综合检查。

第二节　闻　诊

闻诊是通过医生的听觉和嗅觉,观察了解患者病情的轻重、病变的所在,提供辨证依据的诊察方法。红星骨伤科闻诊不仅包括凭听觉了解患者的语言、呼吸、咳嗽、呻吟、啼哭声音,凭嗅觉了解患者呕吐物及伤口、大便或其他排泄物的气味等方面获得的临床资料;而且要通过与触摸及运动检查相结合,或采取现代相关检测手段、仪器,获得更多的信息,以准确判断骨关节有无异常的响声及摩擦音。临床上应注意切忌刻意追求局部闻诊而加重患者的痛苦与损伤及注重各种闻诊声的鉴别。

一、一般闻诊

1.听声音

呻吟表示有不适、疼痛或精神烦躁;大声呼叫、声短急促,多系剧烈疼痛;语音高亢、呼吸音粗大为实证、热证;发音低弱、少气懒语为虚证、寒证;病中叹息多因情志抑郁、肝气不舒;头部损伤、烦躁惊叫者,谨防颅内出血;胸部损伤、肋骨骨折者,声音低微、呼吸表浅,不敢咳嗽;严重创伤或手术失血过多者，则声低语少而断续；呻吟声弱、神昏妄语者属危候；小儿触及痛处，会突然哭闹或哭声骤然加剧。

2.嗅气味

口气臭秽者，多属胃热或消化不良、口腔疾患；二便、痰液、脓液等气味恶臭、质地稠厚者，多属湿热或热毒；脓液稀薄、无臭，多为气血两亏或寒性脓肿。

二、局部闻诊

1.听骨擦音

骨擦音是指无嵌插的完全性骨折，当摆动或触摸骨折的肢体时，两断端互相摩擦可发生响声或摩擦感，是骨折的特有体征之一。《伤科补要・接骨论治》中记载："骨若全断，动则辘辘有声。如骨损未断，动则无声。或有零星败骨在内，动则淅淅之声。"说明可从骨擦音的存在及性质来分析判断骨折的性质和程度。骨折经治疗后，骨擦音消失，表示骨折已接续。但应注意，骨擦音多数是触诊检查时偶然感觉到的或望畸形提示存在的，故不宜主动去寻找骨擦音，以免增加患者的痛苦与加重局部损伤。骨骺分离的骨擦音与骨折的性质相同，但较柔和。

2.听骨传导音

听骨传导音可用于检查某些不易发现的长骨骨折，如股骨颈骨折、转子间骨折等，同时应结合其他体征进行综合分析。

3.听入臼声

关节脱位在整复成功时，常能听到关节头入臼时发出的"格得"声响，表明关节已复位。《伤科补要・髃骨骱失》说："凡上骱时，骱内必有响声活动，骨骱已上；若无响声活动者，其骱未上也。"当复位时会听到此响声，此时应立刻停止拔伸牵引动作，以防拔牵太过增加肌肉、韧带及关节囊等软组织损伤。临证应注意某些较小关节的错缝或半脱位复位成功时，未必有响声或仅有细小的清脆声，如小儿桡骨头半脱位。

4.听关节弹响声和摩擦音

关节疾患或部分筋伤在检查时可闻及特殊的摩擦音或弹响声。检查方法是术者一手置于患者关节部位，另一手握其关节远端活动关节，可听到或感触到明显或细小或粗糙的声音。如膝关节半月板损伤或关节内游离体，当关节屈伸旋转活动到某一角度，关节内可发出较清脆的弹响声；骨性关节炎多现粗糙的关节摩擦音；慢性或亚急性关节疾患其音多柔和；而弹响髋患者可以有意识地做出弹响的动作。

5.听肌腱与腱鞘的摩擦音

肌腱周围炎与屈指肌腱狭窄性腱鞘炎是筋伤常见病。前者好发于前臂的伸肌群、大腿的股四头肌和小腿的跟腱部，检查时常可听到一种好似捻干燥的头发样的"捻发音"。后者多发于手指部，当伸屈活动患指时闻及摩擦音甚或弹响声，是肥厚的肌腱通过狭窄的腱鞘时所致。

6.听创伤皮下气肿音

当创伤后发现皮下组织有大小不相称的弥漫性肿起时，应检查有无皮下气肿。临床主要见于肋骨骨折后，若断端刺破肺脏，空气渗入皮下组织可形成；开放性损伤合并气性坏疽感染时，可出现皮下气肿，且伤口常有奇臭的脓液；手术缝合时创口内残留空气，可在创口周围发生皮下气肿;行空气造影后,若气体溢出皮下也可出现。检查时将手指扇形分开,轻轻揉按患处即可感触到一种特殊的捻发音或捻发感。

7.听啼哭声

检查小儿患者时,注意啼哭声的变化可以辨别受伤的部位。因小儿不会准确表达伤部病情,家长或陪伴者有时也难以提供可靠病史,所以在检查时摸到患肢某一部位,小儿啼哭或啼哭声加剧,则往往提示该处可能有损伤。

第三节　问　诊

问诊在四诊中占有重要地位,是疾病诊断过程中的一个重要环节,是临床上必须具备的基本功。《四诊抉微》中说:“问为审察病机之关键。”《景岳全书》写道问诊是“诊治之要领,临证之首务”,并创作“十问歌”,提出问诊的要领颇具规范性,迄今仍指导着临床实践。在问诊的过程中,应有目的地重点探问,围绕患者主诉,突出的症状、体征,深入查询其特点及可能发生的兼症,了解病情发展及诊治经过,以抓住主要矛盾,为判定病位、掌握病性及辨证治疗提供可靠的依据。在问诊时要讲究问诊技巧,拉近医患距离,认真听取患者对病情的诉说,切忌粗暴打断及给患者以暗示和误导,做到去伪存真。尤其是对于交通意外伤、涉及刑事纠纷患者,更应详问细查,全面真实地掌握问诊内容。

红星骨伤流派问诊除按诊断学的一般原则和注意事项外,还应结合骨伤科的特点,重点询问了以下几个方面。

一、一般情况

了解患者的一般情况,如详细询问患者姓名、性别、年龄、职业、婚姻、民族、籍贯、住址、就诊日期、病历陈述者及联系方式等,建立完整的病案记录,既利于查阅、联系和随访,也利于流行病学调查研究,更利于医疗全程化服务、人性化管理。有些骨伤科疾病的男女发病率不同,如强直性脊柱炎多见于青年男性,先天性髋关节脱位多发于女性;年龄对诊断治疗均有重要意义,如肱骨髁上骨折多见于儿童,股骨颈骨折好发于老年人,骨性关节炎常发生于中老年人,先天性畸形在出生后或幼年即有表现;某些疾患与职业工种有关,如长期伏案工作者易患颈椎病,搬运工等重体力劳动者易患有腰背肌筋膜炎,电器操作工易发生手外伤,运动员易发生肌肉拉伤;某些疾病的发生与地域有密切关系,如地方性骨关节病等。

二、发病情况

1.主诉

主诉系指患者伤病发生后的主要症状及发病时间。主诉可提示病变的性质并了解促使患者前来就医的原因。骨伤科患者的主诉内容主要包括疼痛(含麻木、酸胀等)、功能障碍(含瘫痪)、畸形(含肿物、错位、挛缩等)。明确损伤发病时间,利于初步判断是急性损伤还是慢性劳损或其他疾患。记录主诉应简明扼要。

2.发病过程

(1)伤势:应详细询问患者的发病情况和变化的急缓、受伤的过程、有无昏厥及昏迷时间的长短,其间有无再昏迷,有无出血及出血量,经过何种方法治疗,效果如何,目前症情怎样。一般而言,生活损伤较轻,工业损伤、农业损伤、交通损伤、战伤及自然灾害损失较严重,且常为复合伤、开放伤或严重的挤压伤等。

(2)受伤情况:应问清受伤的原因及体位。伤因可有跌仆、闪挫、扭捩、坠堕、压轧等;受伤体位可有手掌、足跟、臀部、头部着地受伤,或弯腰时、后伸位时受伤,或肢体处于伸直位、屈曲位受伤等。分析受伤原因、体位与部位间的关系,可初步判断暴力的性质、强度、作用点及方向等。如伤者因高空作业坠落,足跟着地,则损伤可能发生在足跟、脊柱或颅底。对无明显外伤史的患者,应考虑其为慢性劳损或其他骨病。

3.伤处情况

(1)疼痛:详细询问疼痛的起始时间、部位、性质、程度。应问清是剧痛、胀痛、酸痛还是麻木;是持续性痛还是间歇性痛;痛点固定不移或游走,有无放射痛,放射到何处;服止痛药后能否减轻;各种活动、气候变化、休息及昼夜与疼痛的关系等。伤病轻者则痛轻,重者则为剧痛;慢性劳损或宿伤为酸痛,骨折或韧带撕裂为锐痛,损伤感染化脓为跳痛,神经根病变可有烧灼痛和麻木感。骨肿瘤常在夜间痛,儿童髋关节结核常有“夜哭”,骨性关节炎常久行后痛重,腰椎管狭窄症多表现间歇性痛,腰椎间盘突出症疼痛多自腰部沿坐骨神经放射到踝、足外侧。临床还要注意上肢痛是否由颈部疾病引起,下肢痛是否与腰背、腹腔和盆腔的疾病有关,腰背痛也要考虑是否由内脏疾患引起。

(2)肿胀:询问肿胀出现的时间、部位、范围、程度。一般损伤性疾患多是先痛后肿;感染性疾患常是先肿后痛,且有局部发热。如系肿物包块,应了解其出现的时间和增长速度等。

(3)肢体功能:有无功能障碍,功能障碍发生的时间及其程度。一般骨折或脱位,立即产生功能障碍;筋伤常是随肿胀加重而逐渐影响肢体功能活动。对合并有脊髓或周围神经损伤的脊柱骨折脱位者,要问清瘫痪症状是出现在受伤当时,还是经过搬动转运或院前处理之后,以便判断外伤性截瘫的真正原因和时间。

(4)畸形:肢体畸形多由骨与关节的破坏、移位、增生或软组织的断裂伤、挛缩、瘫痪所致。应详细询问畸形发生的时间及演变过程。外伤后可立即出现肢体畸形,亦可经过几年后出现(如骨骺损伤引起的迟发性畸形);若无外伤史可考虑是先天性或发育性畸形或其他骨病等。

(5)创口:应询问创口形成的时间、污染情况、出血情况、处理经过,以及是否使用过破伤风抗毒血清等。

三、全身情况

1.问寒热

恶寒与发热是骨伤科临床上的常见症状。需要关注的除体温的高低外,还有患者的主观感觉。要询问寒热的程度和时间的关系,恶寒与发热是单独出现抑或并见。感染性疾病多为寒热并见;损伤初期发热属血瘀化热,中后期发热多是邪毒感染或虚损发热;骨关节结核有午后潮热；恶性骨肿瘤晚期可有持续性发热；颅脑损伤可引起高热抽搐等。

2.问汗

问汗液的排泄情况，可了解脏腑气血津液的状况。自汗常见于损伤初期或手术后；盗汗多见于骨关节结核；邪毒感染者可出现大热大汗；而严重创伤或重度感染，可出现四肢厥冷、汗出如油的险象。

3.问饮食

应询问饮食的时间、食欲、食量、味觉、嗜好及饮水情况等，可了解脾胃功能与损伤的病程和轻重。尤其是腹部损伤者，应问清是发生于饱食后还是空腹时，以便估计腹腔污染程度。食欲不振或食后饱胀是胃纳呆滞的表现，多为伤后血瘀化热导致脾虚胃热或长期卧床体弱胃虚所致。

4.问二便

对脊柱、骨盆、腹部损伤者或多发性、复合性损伤者及老年伤病者，尤应询问大小便的次数、量、质、颜色等。如伤后便秘或大便燥结，为瘀血内热；大便溏薄为阳气不足或伤后机体失调；小便滴沥难行为伤后湿热蕴结膀胱；若小便闭塞不通，则提示严重外伤或脊柱骨折脱位合并截瘫，也可能是骨盆骨折合并膀胱或尿道破裂。

5.问睡眠

伤后难以入睡，寐而噩梦惊醒或彻夜不寐，多见于严重创伤，心烦内热恐惧；昏沉而嗜睡，呼之即醒，闭眼又睡，多属伤重气衰神疲；昏睡不醒或醒后再度昏睡、不省人事，常见于颅内损伤。

四、其他情况

1.既往史

问既往史时，主要询问过去的疾病可能与目前的伤病有关的内容，应按发病的年月顺序记录主要的病情经过，当时的诊断、治疗的情况，有无并发症或后遗症。如先天性斜颈、新生儿臂丛神经损伤，要了解有无难产或产伤史；对骨关节结核要了解有无肺结核病史。

2.个人史

问个人史时，应询问患者从事的职业或工种的年限，劳动的性质、条件和常处体位，以及个人嗜好等。对于妇女，要询问经带胎产史等。

3.家族史

问家族史时，应询问家族内成员的健康状况。如某家族成员已死亡，则应追询其死亡原因、年龄，以及有无可能影响后代的疾病。这对先天性畸形、类风湿关节炎、骨肿瘤等疾患的诊断具有重要意义。

4.治疗经过

询问就诊前在何时、何地做过何诊断和治疗，效果如何，目前存在的主要问题是什么，在全面掌握病情的前提下，分析已做的处理是否妥当，从而明确诊断，确定采取何种治疗方案和方法，保证医疗质量。

第四节 切 诊

红星骨伤流派的切诊包括脉诊和触诊。脉诊主要是掌握机体内部气血、虚实、寒热等变化；触诊主要是诊查骨骼肌肉系统疾患之轻重浅深及损伤性质。

一、切脉

骨伤科疾病常见的脉象有以下几种。

(1)浮脉:新伤瘀肿、疼痛剧烈或兼有表证时多见;大出血及慢性劳损患者出现浮脉时,说明其正气不足、虚象严重。

(2)沉脉:沉脉主病在里,骨伤科在内伤气血、腰脊损伤疼痛时常见。

(3)迟脉:主寒、主阳虚,在伤筋挛缩、瘀血凝滞等证中多见;迟而无力者,多见于损伤后气血不足、复感寒邪。

(4)数脉:数而有力者多为实热,虚数无力者多属虚热;浮数热在表,沉数热在里;虚细而数为阴亏,浮大而数为气虚。损伤发热及邪毒感染,脉数有力;损伤津固,脉细数无力。

(5)滑脉:主痰饮、食滞。在胸部挫伤血实气壅时多见;妇女妊娠期常现此脉。

(6)涩脉:主气滞、血瘀、精血不足。涩而有力为实证,涩而无力为虚证。损伤血亏津少不能濡润经络之虚证、气滞血瘀的实证多见。

(7)弦脉:主诸痛,主肝胆疾病、阴虚阳亢。在胸胁部损伤以及各种损伤剧烈疼痛时多见,还常见于伴有肝胆疾患、高血压、动脉硬化等症的损伤患者。弦而有力者称为紧脉,多见于外感寒盛之腰痛。

(8)濡脉:虚损劳伤、气血不足、久病虚弱时多见。

(9)洪脉:主热证,损伤邪热内壅、热邪炽盛或伤后血瘀化热时多见。

(10)细脉:常见于损伤久病卧床体虚者或虚脱、休克患者。

(11)芤脉:多见于损伤大出血后。

(12)结、代脉:主脏腑衰弱,心气不足。多见于损伤疼痛剧烈、脉气不衔接或高能量损伤、内脏损伤者。

二、触诊(摸诊)

触诊,也称摸诊,是骨伤科临床检查的重要方法之一。医者通过以手对损伤局部或全身进行认真触摸,可了解损伤的性质、程度,判断有无骨折、脱位或筋伤断裂,以及骨折、脱位的移位方向等。通过长期临床实践和积累的经验,结合其他检查获取的症状、体征,可在缺乏X线检查的情况下,对许多损伤性疾病做出比较准确的诊断。《医宗金鉴·正骨心法要旨》说:“以手摸之,自悉其情。”“摸者,用手细细摸其所伤之处,或骨断、骨碎、骨歪、骨软、骨硬、筋强、筋柔、筋歪、筋正、筋断、筋走……以及表里虚实,并所患之新旧也。”阐明了触诊的重要性及其使用方法。

触诊的用途极为广泛，临床检查特别重视对比，要求“望、比、量、摸”综合运用，与健肢对比，与正常人对比，与治疗前后情况对比，只有这样，才能正确分析、判断触摸所获信息的临床意义。

（一）主要用途

1.摸压痛

根据压痛的部位、范围、程度来鉴别骨伤科疾病的性质种类和轻重缓急。直接压痛可能是局部有骨折或筋伤，而间接压痛（如纵轴叩击痛）常提示骨折的存在。长骨干完全骨折时，骨折部位多有环周压痛；斜形骨折时，压痛范围较横形骨折为广泛。筋伤者压痛面积较大、位置较浅表，骨病者压痛面积集中、位置较深在；骨痈疽压痛多剧烈，骨关节痹证压痛多较轻。若患者自觉疼痛广泛而无压痛者，则可能为神经反射痛，应查出其病灶所在。

2.摸畸形

当望诊发现畸形时，通过触摸，仔细检查骨和关节的形态变化，可以判断骨折和脱位的性质、移位方向以及呈现重叠、成角或旋转畸形等变化。触摸对于骨先天性畸形等疾患的分析认识也具有重要价值。

3.摸肤温

从局部皮肤冷热的程度，可以辨识是热证或寒证，及时了解患肢血运情况。热肿一般表示新伤或局部积瘀化热、感染，如开放性骨折感染、骨痈疽；冷肿表示寒性疾患，如骨关节结核；伤肢远端冰凉、麻木、动脉搏动减弱或消失，则表示血运障碍，如缺血性肌挛缩者。摸肤温时，一般用手背测试最为适宜、准确，并与健侧对比。

4.摸异常活动

在肢体没有关节处出现了类似关节的活动，或关节原来不能活动的方向出现了活动或原活动度加大，称为异常活动。异常活动多见于骨折或韧带断裂，也见于骨痈疽、骨痨、骨肿瘤发生病理骨折时，以及先天性胫骨假关节。但检查患者时不要主动寻找，以免增加患者的痛苦和加重局部的损伤。

5.摸弹性固定

脱位的关节常保持在特殊的畸形位置上，在摸诊时肢体有轻度活动且有弹性阻力感，放松肢体后患肢又恢复到原来的畸形位置上，此即为弹性固定。这是关节脱位特征之一。

6.摸肿块

首先应区别肿块的解剖层次是在骨骼还是在肌肉、肌腱等组织中，是骨性的或囊性的；还须触摸其大小、形态、硬度、移动性、边缘是否清楚等，以判断肿块的性质，如腱鞘囊肿、痛风性关节炎、骨肿瘤等。

（二）常用手法

1.触摸法

将拇指或拇、示、中三指的指腹置于伤处，稍加按压之力，细细触摸。范围由远端逐渐移向伤处，用力大小视部位而定；轻摸皮、重摸骨、不轻不重摸筋肌，用心体验指下感觉，了解损伤和病变的确切部位，病损处有无畸形及摩擦征，皮肤温度、软硬度有无改变，有无波动感等。要求通过触摸做到心中有数，具备“手摸心会”的要领，以辨明伤病的局部情况。临床诊查时应最先使用该法，在此基础上再根据情况选用其他手法。

2.挤压法

用手掌或手指挤压患处上下、左右、前后，根据力的传导作用原理来诊断骨骼是否折断。如胸廓挤压痛，则可能有肋骨骨折；骨盆挤压痛常有骨盆骨折；挤压骨干两端或两侧出现疼痛，多提示四肢骨折。此法有助于鉴别是骨折还是挫伤。但检查骨肿瘤或感染患者，不宜在局部过多或过于用力挤压。

3.叩击法

以掌根或拳头对肢体远端的纵向叩击所产生的冲击力，来检查有无骨折的一种方法。检查股骨、胫腓骨骨折，可采用叩击足跟的方法；检查脊柱损伤时，可采用叩击头顶的方法。此外，检查四肢骨折是否愈合亦常采用纵向叩击法。

4.旋转屈伸法

一手握着关节部，另一手握住伤肢远端，作缓慢轻柔的旋转、屈伸及收展关节活动，以观察伤处和关节部有无疼痛、活动障碍及特殊声响等；结合问诊与望诊，推断骨或关节是否损伤。若关节部出现剧痛，则提示有骨或关节的损伤；若关节内骨折者，则可出现骨摩擦音。此外，患者主动的屈伸与旋转活动常与被动活动进行对比，以此作为测量关节活动功能的依据。

第五节　神经功能检查法

红星骨伤流派注重神经功能的检查，因为脊柱或四肢疾病常伴有神经的损害，而且对骨伤科疾病的诊断、治疗、疗效观察等意义重大，还常需与神经系统疾病相鉴别。

一、感觉功能检查

(一)检查内容

1.浅感觉

浅感觉包括痛觉、温度觉、触觉，三者中以痛觉检查为主。应在安静、温度适宜的室内进行检查，且要求患者必需意识清晰并高度合作、检查部位要充分暴露，注意两侧对比。检查时注意让患者闭目，以避免主观或暗示活动。

(1)痛觉：用针尖或其他尖锐的器具轻刺皮肤，确定有无痛觉过敏、减退和痛觉缺失。

(2)温度觉：包括温觉和冷觉，以内盛冷水(5～10 ℃)和热水(40～50 ℃)两个试管或水瓶，分别接触患者皮肤，询问患者对冷热的感觉情况。

(3)触觉：用棉花、棉签轻触患者的皮肤，问其感觉情况。

2.深感觉(本体感觉)

深感觉包括位置觉和振动觉，临床中以检查位置觉为主。

(1)位置觉：嘱患者闭目，检查者轻轻地捏住患者的手指或足趾的两侧，做屈伸运动，然后让患者回答被捏住的指或趾的名称及被扳动的方向。

(2)振动觉：将震动的音叉柄端置于患者骨突或骨面上，询问患者有无震动及持续时间。

3.综合感觉(皮质感觉)

在浅、深感觉正常的情况下,为了鉴别、判断是否存在大脑皮质的损害,可进一步做下述各项检查,故又称皮质感觉。综合感觉包括皮肤定位觉、两点辨别觉、体表图形觉、实体觉、重量觉等。

(二)临床意义

检查和确定感觉障碍的程度和范围有助于确定神经损害的部位。

1.神经干损害

受损伤的神经感觉分布区浅、深感觉均有障碍,常伴有该神经支配的肌肉瘫痪、萎缩和自主神经功能障碍。

2.神经丛损害

该神经丛分布区的浅、深感觉均受影响,感觉减弱或消失,常伴有疼痛。感觉障碍的分布范围较神经干型的要大,包括受损神经丛在各神经干内感觉纤维所支配的皮肤区域。

3.神经根损害

浅、深感觉均受影响,其范围与脊髓神经节段分布相一致,并伴有损伤部位的疼痛,称"根性疼痛",如颈椎病、腰椎间盘突出症等。

4.半侧脊髓损伤

损伤节段以下同侧运动障碍及深感觉障碍,对侧痛觉、温度觉障碍,双侧触觉往往不受影响,称为半侧脊髓损伤综合征。

5.脊髓横断性损害

损伤节段以下浅、深感觉均受影响。

(三)记录方法

对于神经损害的部位,可按"皮肤的节段性神经分布图"予以标记或绘出。对于损害的程度,可根据感觉功能S"0"级至S"5"级,加以记录。

二、运动功能检查

(一)检查内容

1.肌容积

观察肌肉外形有无萎缩、挛缩及肥大,测量肢体周径,进行两侧比较;根据患者整体情况,判断肌肉营养状况。

2.肌张力

在静止状态下肌肉仍保持一定程度的紧张度称为肌张力。检查时嘱患者放松肌肉,用手触摸肌肉软硬度,并测定其被动运动时的阻力及关节运动幅度。肌张力过高见于上运动神经元损害,肌张力减低多见于下运动神经元损害。

3.肌力

系指肌肉主动运动的力量、幅度和速度。肌力检查可以测定肌肉的发育情况和用于神经损伤时的定位,对神经、肌肉疾患的预后和治疗也有一定价值。肌力检查分为主动法和被动法。前者是受检者做主动运动时医生观察其运动的幅度、速度和力量,后者是检查时给予阻力,受检者用力抵抗以测其肌力。

(1)肌力评级标准:目前通用的是 Code 六级分法。

(2)肌力检查法:在关节主动运动时施加阻力与之对抗,测量其肌力,并进行双侧对比。主要测定全身 24 块肌肉的肌力。

(二)临床意义

1.肌麻痹

运动神经元损害,可产生肌力的减退或丧失,使患者出现部分或完全的瘫痪。

2.肌萎缩

肌容积比正常人或健侧或伤病之前缩小称为肌萎缩。

肌萎缩的常见原因:下肢运动神经元损伤或疾病;失用性肌萎缩,肢体长期固定,缺乏功能锻炼;骨关节病继发肌萎缩,如颈椎病(神经根型)患者手部肌肉的大、小鱼际肌或骨间肌可出现萎缩,膝关节疾病可引起股四头肌萎缩。

3.肌张力

检查时让患肢放松,观察并触摸肌肉的张力情况。肌张力减低时,表现为肌肉不能保持正常外形,触诊时放松无弹力,被动活动时阻力减小或消失,关节活动幅度增大等,常见于脊髓反射弧损害(如婴儿瘫)、小脑疾患、低血钾、肌肉疾患及深度昏迷等;肌张力增高时,肌肉坚硬,被动活动时阻力加大,关节活动幅度减小。锥体束损害表现为肌张力增高,呈折刀式;锥体系损害引起屈肌与伸肌肌张力均增高,称为肌强直。

三、四肢神经损伤检查

1.桡神经

桡神经由臂丛神经后束延伸而来,绕过肱骨桡神经沟后,在肘上部分为四个分支,支配肘部及前臂部。其损伤后的主要临床表现是前臂伸肌群肌萎缩、腕下垂、拇指不能外展和背伸;感觉障碍区主要在上臂与前臂后侧、手背桡侧 2 个半手指。临床多检查桡侧腕长伸肌、桡侧腕短伸肌、尺侧腕伸肌的肌力来分析判断桡神经的损伤程度。

2.正中神经

正中神经由臂丛神经前束延伸而来,在肘部分出五个分支后进入前臂部。其损伤后的主要临床表现为对掌肌麻痹,大鱼际萎缩,掌心凹陷消失,手掌扁平,称之为“猿手”;感觉障碍区在手掌的桡侧 3 个半指和手背桡侧 3 个指的末节。根据正中神经损伤的平面高低不同,临床表现也不一样。当损伤发生在肘部以上时,前臂旋前、桡侧屈腕功能、第 1～3 指的屈指动作、对掌运动障碍;当损伤发生在腕部时,指深、浅屈肌无麻痹,仅有手内在肌麻痹。

3.尺神经

尺神经是由臂丛神经内侧束的延伸,经过肱骨下端尺神经沟到前臂分出尺侧腕屈肌支。其损伤后的主要临床表现为骨间肌萎缩,各掌骨明显隆起,掌骨间呈沟状凹陷,小鱼际萎缩,掌心变平,环指和小指蚓状肌麻痹,第 4、5 指不能外展、内收,屈曲不全,出现“爪形手”畸形;感觉障碍区是手的尺侧皮肤,掌、背侧面的 1 个半手指。临床常通过检查尺侧屈腕肌和拇指内收肌的肌力来分析判断尺神经的损伤程度。

4.股神经

股神经损伤时，主要检查髂腰肌和股四头肌肌力的功能。股神经损伤后，主要表现为股四头肌萎缩、麻痹，甚至不能伸膝，膝反射消失，股前内侧、小腿及足内侧皮肤感觉障碍。如果损伤平面高，可同时伴有髂腰肌麻痹而影响髋屈曲功能；损伤平面较低或为不完全损伤，则可能尚有部分皮肤感觉或肌力完好。

5.坐骨神经

坐骨神经损伤一般多为不完全性损伤，常表现为腓总神经麻痹。如果在臀部有完全性损伤，则出现胫神经和腓总神经完全麻痹的征象，即足趾的活动完全消失。腘绳肌虽亦麻痹，但因缝匠肌和股薄肌未瘫，而仍能屈膝。小腿下 2/3 及足的大部分皮肤感觉消失，而小腿及足内侧由来自股神经的隐神经支配。

6.腓总神经

腓总神经由坐骨神经在大腿中部下方分支而来，至腘窝向外走行，绕过腓骨头到小腿外前方分为深、浅两支。腓深神经损伤后，其感觉支支配第 1～2 趾之间的皮肤感觉障碍；腓浅神经损伤后，其感觉支支配足背的大部分皮肤，出现感觉丧失或异常；腓总神经损伤后，患肢呈足下垂畸形。临床常通过检查胫前肌和长伸肌肌力来分析、判断腓总神经损伤的程度。

第六节 影像学及其他检查法

骨与关节疾病多而复杂，除骨与关节外伤、炎症和肿瘤等疾病外，全身性疾病如营养代谢和内分泌等疾病也可引起骨与关节的改变。X 线、CT、MRI、超声、放射性核素等检查技术，是骨骼、肌肉系统的影像学检查方法，正确合理地运用各种检查技术和方法，才能最有效地发挥其在诊断骨与关节疾病病变中的作用。

红星骨伤科注重影像学检查，其特色检查设备数字化热成像仪、体感诱发电位检测仪、双光能 X 线骨密度检测仪能为临床检查提供更全面、更有价值的资料信息。

一、X 线检查

（一）X 线片的阅读

1.X 线片质量评价

在进行阅片前，要根据病变的性质、部位以及投照的位置、条件等因素来综合评定。高质量的 X 线片对比清晰，骨小梁、软组织的纹理清楚。

2.阅片按一定的程序进行

阅片时应养成良好的习惯，由周围至中心，由上至下，由软组织到骨骼及关节，逐步进行。不可为发现一两个明显的病变或损伤，而忽略了其他较为隐蔽的征象。阅片时，要认真观察骨结构、骨关节形态、大小、曲线弧度、周围软组织、骨骺等，全面地进行对比分析，依次观察，以免漏诊。

3.根据组织的形态及密度变化进行分析

骨骼含有大量的钙盐，密度高，同其周围的软组织有明显的对比。而在骨骼本身的结构中，周围的骨皮质密度高，内部的松质骨和骨髓比皮质骨密度低，也有明显的对比。由于骨与软组织具备良好的自然对比，使X线检查时能显示出清晰的影像。通过X线检查，不仅可以了解骨与关节伤病的部位、类型、范围、性质、程度和周围软组织的关系，进行一些疾病的鉴别诊断，为治疗提供参考，还可在治疗过程中指导骨折脱位的手法整复、牵引、固定等治疗效果、病变的发展以及预后的判断等。此外，还可以利用X线检查观察骨骼生长发育的情况，以及某些营养和代谢性疾病对骨骼的影响。骨骼肌肉系统疾病繁多，X线表现复杂多样，相同疾病或疾病不同时期可具有不同X线征象，而有些不同的疾病却有相似的X线征象。但实际上这些疾病都是由几种基本病变在不同的组成下所构成，阅片时应重点观察组织的形态及密度变化。在熟悉正常肢体组织的X线形态后，即可对异常的病理改变作出大致的判断。

(二)骨骼系统病变的基本X线表现

1.骨质疏松

骨质疏松指单位体积内骨量低于正常为特征的骨骼疾患。X线表现为松质骨骨小梁变细并数目减少，间隙增宽；骨皮质变薄，骨髓腔增宽，因而骨密度减低。在脊椎，椎体内结构呈纵形条纹，重则椎体变扁或上下缘内凹。

2.骨质软化

骨质软化指单位体积骨组织内矿物质含量减少，骨骼代谢过程中矿化不足。其X线表现与骨质疏松有许多相似之处，另外骨小梁边界模糊不清，呈“绒毛状”，支重的骨骼因受重力影响而变形。

3.骨质增生硬化

骨质增生硬化指单位体积内骨盐增多，也就是骨的形成增多。X线表现为骨质密度增高、骨小梁粗密、骨皮质变厚、髓腔变窄甚至消失。

4.骨质破坏

原有骨组织被炎症、肿瘤、肉芽组织取代而消失，称之为骨质破坏。其X线表现为早期局部骨密度减低，以后破坏范围扩大，产生形态不定的骨质缺损，其间骨结构消失，该范围可广泛或局限，边缘可清楚或模糊，破坏区周围骨质的密度可以正常、增高或减低。可区别良、恶性骨肿瘤及急性骨髓炎。

5.骨质坏死

骨质坏死是局部骨质丧失新陈代谢能力，坏死骨成为死骨。其X线表现早期可无异常，中后期可见骨质局限性密度增高，多见于慢性化脓性骨髓炎、骨缺血性坏死及外伤骨折后。

6.骨膜反应

骨膜受到某些原因刺激后，骨膜内层的成骨细胞活动增加，久之形成骨膜新生骨称为骨膜反应。其X线表现多种多样，其类型有平行型、花边型、垂直型等骨膜反应，此征象常见于炎症、肿瘤、外伤等，意味着骨质有破坏或损伤。

7.骨内或软骨内钙化

X线表现为局限性颗粒状、斑片状或无结构的致密阴影，可大可小。

8.骨骼变形

局部病变或全身性病变均可引起骨骼变形。骨骼变形的 X 线表现为骨的增大或缩小，增长或缩短，可累及一骨、多骨或全身骨骼。常见疾病有骨肿瘤、垂体功能亢进、骨软化症、骨纤维异常增殖症等。

9.周围软组织病变

许多骨骼疾病可引起或伴有周围软组织改变，而软组织病变也可导致骨骼改变。当受到外伤和感染时，X 线表现为局部软组织肿胀、层次模糊、密度增高；当软组织肿瘤或恶性骨肿瘤侵犯软组织时，可见软组织肿块；外伤性骨化性肌炎，可见软组织内钙化与骨化。

（三）关节病变的基本 X 线表现

1.关节肿胀

常见于炎症刺激、外伤等。X 线表现为关节周围软组织肿胀、密度增高，难以区别病变的结构；当有大量关节积液时，可见关节间隙增宽等征象。

2.关节破坏

关节内软骨破坏时，X 线表现为不同程度的关节间隙狭窄，或在累及区域出现关节面模糊、毛糙、缺损，重者可见关节半脱位和变形。

3.关节强直

关节强直是关节破坏的后果，可分为骨性和纤维性两种。前者 X 线表现为关节间隙明显变窄或消失，并有骨小梁贯通关节面，常见于急性化脓性关节炎后遗表现；后者 X 线表现为关节间隙不同程度变窄，且无骨小梁贯穿，常见于关节结核等。

4.关节脱位

关节脱位是组成关节骨端的正常相对应关系的改变或距离增宽。关节脱位依据程度可分为完全脱位和半脱位，依据原因可分为外伤性、病理性及先天性。微动关节脱位多称为分离。

二、电子计算机断层扫描(computed tomography，CT)

(1)骨骼系统骨窗像示骨皮质为致密线状或带状影，骨小梁为细密的网状影，骨髓腔为低密度影。软组织窗上骨皮质和骨小梁均为致密影不能区分，肌肉、肌腱、关节软骨为中等密度。

骨骼系统病变的基本 CT 表现的病理基础和临床意义，与其基本 X 线表现相同，但由于 CT 是断面显像且分辨力高，能区分骨皮质和骨松质破坏。骨皮质破坏为虫蚀状而致骨皮质变薄或缺损；骨松质破坏的表现为斑片状缺损区。CT 能很好地显示肿瘤内的钙化和骨化，也能清楚地显示软组织肿块及病变特点，并能明确病灶内的液化坏死及出血等情况，以及与周围的关系。CT 增强扫描更利于区分肿瘤的良恶性，实质性肿瘤往往有强化，而囊变及坏死区则无强化。增强后较大的血管常因密度增高，便于了解病变与邻近血管的关系。

脊柱 CT 横断像上，经椎体中部层面，由椎体、椎弓根和椎板构成环形椎管，椎管两侧有横突，后侧有棘突；侧隐窝呈漏斗状，前后径不小于 3 mm，隐窝内有神经根穿出；椎板内侧黄韧带厚度为 2～4 mm，为软组织密度。经椎体上下缘层面，可见椎体以及椎体后方椎间孔、上下关节突。经椎间盘层面，椎间盘中等密度，椎管内硬膜囊为软组织密度。临床多用于椎间盘突出症、椎管狭窄症，以及脊柱损伤的检查。

(2)关节CT片骨窗像示关节骨端骨皮质线状高密度影,骨髓腔低密度中可见高密度骨小梁。软组织窗像示肌肉、韧带、增大的关节囊为中等密度,正常关节腔内的少量关节积液通过CT很难发现。

关节病变基本CT表现的病理基础和临床意义与其X线表现相同。关节肿胀在CT上显示关节囊肿胀、增厚为中等密度,关节腔内呈水样密度影,如合并出血或积液可呈现高密度影。关节附近的滑液囊积液,CT多显示为关节邻近含液的囊状影。关节破坏包括关节软骨破坏和骨质破坏,CT显示软骨尚有一定的限度,但软骨破坏导致的关节间隙狭窄却易于发现,对关节软骨下的骨质破坏也能清晰的显示。关节退行性变的各种X线征象在CT上均可发现,而对关节强直的征象显示整体性不如X线平片。CT图像因不受骨骼重叠及内脏器官遮盖的影响,对一些X线平片难以发现的关节脱位与微细骨折,如胸锁关节前、后脱位和骶髂关节脱位等也能很好显示,有利于对损伤程度、移位状态的判断。

三、磁共振成像(magnetic resonance imaging,MRI)

MRI可很好地显示骨骼及软组织的解剖形态。骨组织,在所有序列呈低信号;黄骨髓,与脂肪信号相似,T_1WI、T_2WI上均呈高信号;红骨髓,T_1WI信号强度等于或高于肌肉,低于脂肪,T_2WI信号强度类似皮下脂肪。关节软骨,T_1WI和T_2WI上呈中等或略高信号,表面光滑;骨性关节面,沿骨表面在T_1WI、T_2WI上呈线状低信号;骨髓腔,T_1WI、T_2WI上均呈高信号;关节内韧带、关节囊,T_1WI、T_2WI上均呈低信号;正常关节腔内少量滑液,T_1WI呈薄层低信号、T_2WI上呈高信号。椎间盘,T_1WI呈中等信号,T_2WI呈高信号;椎管内,脑脊液呈T_1WI低信号,T_2WI高信号,脊髓T_1WI和T_2WI均呈中等信号;椎体,T_1WI呈高信号,T_2WI呈中等或略高信号;椎体骨皮质,前、后纵韧带,黄韧带,T_1WI、T_2WI上均呈低信号。肌肉、神经,T_1WI呈中等信号,T_2WI呈低信号;纤维组织、肌腱、韧带,在各种序列均呈低信号;脂肪组织,T_1WI、T_2WI均呈高信号。

应用MRI检查脊椎与脊髓主要病变有脊髓空洞症,原发性脊髓肿瘤(如神经纤维瘤、原发性脊椎骨肿瘤、脊椎转移性肿瘤),脊椎与脊髓炎症性疾病,脊椎与脊髓外伤,脊椎退行性变(如颈椎病、腰椎间盘退行性变、椎管狭窄),脊椎滑脱及脊髓血管畸形等。在肌肉骨骼系统,临床主要应用于膝关节病变,如半月板病变、膝交叉韧带和侧副韧带病变、关节软骨病变以及滑膜病变。此外,亦可用于诊断股骨头坏死以及骨与软组织肿瘤。

此外,MRI成像检查和诊断也有一定的缺点,主要包括:MRI成像速度慢;MRI成像不能像CT那样一次采集迅速完成三维重建;MRI对钙化不明感;MRI成像有来自设备、人体的运动和金属异物的伪影;MRI检查有禁忌证,对危重患者的应用受限制,少数患者有幽闭恐惧症。

四、造影检查

由于关节内结构为软组织密度,缺乏自然对比,选用关节造影可以了解普通X线难以显示的关节软骨、软骨板或韧带的损伤,关节囊病变,以及关节结构的变化。关节造影最多用于检查膝关节半月板或交叉韧带的损伤,其次是肩关节和腕关节。造影剂可选用气体或有机碘溶液,前者称为阴性造影,后者称为阳性造影。现在多使用双重对比造影,即同时选用气体和有机碘溶液，它具有反差大、对比度强的优点；但需做碘过敏试验，阳性者禁用。当有化脓性炎症，关节面骨折或关节内出血时，禁用此项检查。

（一）关节造影

目前应用较多的主要是膝、肩和髋部的关节造影。膝关节造影片，可清楚显示内、外侧半月板及关节软骨、滑囊、髌下脂肪垫、交叉韧带等结构；如有损伤或病变时，可相应出现充盈缺损、造影剂断裂等征象。肩关节造影主要适用于肩袖破裂、关节囊破裂、冰冻肩、习惯性肩关节脱位等肩部疼痛或运动障碍性疾患；髋关节造影可以帮助了解髋关节的病理情况，如髂腰肌和关节囊的关系、盂唇及股骨头软骨部的情况、股骨头大小形态、关节囊的改变、髋臼软骨情况、关节内韧带情况、髋臼内容物等，其主要用于先天性或其他原因引起的髋关节脱位的检查，还可以帮助了解有无滑膜病变、游离体及髋关节置换术后并发症等。

（二）窦道及瘘管造影

其主要用于探测窦道或瘘管的位置、来源、范围、行程及与体内感染灶的关系，如慢性骨髓炎及骨结核伴有难以愈合的窦道或瘘管手术时定位；了解创伤或手术并发的窦道或瘘管以及与邻近组织或器官的关系；先天性瘘管或窦道需行手术治疗时，帮助了解其行程和分支情况。注射造影剂前首先吸净瘘管或窦道内的分泌物。用刺激性和毒性小的造影剂，直接或经导管间接注入，稍加按压，注射器或导管不抽出，防止造影剂外溢。透视见瘘管或窦道完全充盈后拍摄正、侧位片。造影部位有急性炎症者禁用，碘过敏者可换用钡胶造影。

（三）血管造影

血管造影多用于四肢血管，对骨骼肿瘤的良、恶性鉴别有重要意义，近年来也用于烧伤、脉管炎及断肢再植等。临床施行四肢动脉造影主要应用于伴有血管损伤的四肢或骨盆骨折的术前定位和术后疗效观察，如血管成形术后；闭塞性动脉疾患，如血栓闭塞性脉管炎；血管疾患，如动脉瘤、动静脉瘘等；良性骨肿瘤与恶性骨肿瘤的鉴别，了解病变原发于骨本身还是软组织和血管，病变是否侵及骨骼；明确骨肿瘤软组织受累范围，显示肿瘤与血管的关系及主要供血动脉的走向；骨肿瘤切除术后疗效观察，根据血管重建情况评估治疗后残留或复发性骨肿瘤；恶性骨肿瘤行动脉插管造影的同时可以做放射和化学治疗，如动脉灌注化疗药物和动脉栓塞等；其他如夏科关节、骨缺血性坏死和骨萎缩等。

造影征象基本上有三种变化，即血管形态变化、肿瘤血循环及血流动力学改变、邻近血管的移位情况。良性骨肿瘤压迫邻近血管发生移位呈握球状，恶性骨肿瘤可见到丰富的血管呈团块、网状增粗扭曲并出现肿瘤湖。肿瘤术后复发者可通过造影排除血肿、感染或纤维化，有助于确诊。本检查属于有创检查，要谨慎而行。

椎动脉造影可以协助了解椎动脉受压、狭窄的原因，为临床检查难以确定的椎动脉型颈椎病提供有价值的资料，并可为手术减压提示正确的病变部位和范围。

（四）脊髓造影

脊髓造影又称椎管造影，是检查椎管疾病的一种重要方法。将造影剂注入蛛网膜下腔，透视观察其充盈和流动情况，拍片了解脊髓的外形、大小，椎管通畅性，梗阻部位、范围、性质等。脊髓造影临床主要应用于采用其他检查手段不能明确定位的髓内或髓外阻塞性病变的检查，如肿瘤、蛛网膜炎等；临床检查性质不确定的髓内、髓外或椎管结构的病变；多节段神经损害的检查;外伤性截瘫的检查;血管畸形的检查;椎间盘后突及黄韧带肥厚的检查;确定某些椎板切除术后病变复发的原因。造影征象多呈现条带分散或细珠状向前移动,到顶点汇合成柱状,柱状影的中央有比较透明的带状影,即脊髓影像,正位X线片上呈现与椎管相一致的节段性变化。当有梗阻时,可有相应的充盈缺损、造影剂中断等征象。

随着CT、MRI广泛应用于临床,椎管造影目前应用有限。CT能观察椎管内结构或病变的横断面特征,易于显示病变累及范围,特别是针对椎管外的病变范围,是椎管造影无法比拟的。但CT扫描时需初步定位,对多节段的病变诊断率不高且易漏诊,椎管造影可以为CT检查提供定位依据。MRI可以同时矢状面成像,能够显示一段或多段椎管,兼有CT和椎管造影的优点,已成为检查椎管疾患的首选影像诊断方法。这三种检查方法提供的信息可以相互补充。

五、放射性核素

放射性核素骨扫描(ECT)是利用亲骨性放射性核素及其标记物注入机体在骨骼和关节部位浓聚的方法,通过扫描仪或γ照相机探测,使骨和关节在体外显影成像,以显示骨骼的形态、血供和代谢情况。因此,ECT对于各种骨伤科疾病的诊断、检测和疗效观察具有重要价值。因为放射性核素扫描敏感性高,该检查主要适用于恶性骨肿瘤,用以判断病变的边界和跳跃病灶,寻找和排除全身其他部位的恶性肿瘤有无骨转移,以帮助疾病分期和确定治疗方案;临床疑为急性骨髓炎而X线检查正常者;观察移植骨的血供和成骨活性;观察股骨头的血供情况等。其次适用于诊断各种代谢性疾病和骨关节病;诊断应力性骨折;判断骨折是否为病理性;放射治疗照射野的确定;估计骨病治疗的疗效;椎体压缩骨折时间的估测;鉴别非风湿性疾病引起的血清碱性磷酸酶升高;确定骨病区范围等。

放射性核素在伤科的应用主要有骨肿瘤、转移性骨肿瘤、急性血源性骨髓炎、移植骨成活的判断、股骨头缺血性坏死;骨折(如应力性骨折、病理性骨折)延迟愈合甚至不愈合,诊断骨代谢性疾病;其次还用于类风湿关节炎、骨关节炎、人工关节显像等;此外,对深部不易诊断的骨关节炎、早期化脓性关节炎等也有很高的灵敏度。

六、肌电图

肌电图(electromyography,EMG)是应用电子学仪器记录肌肉静止或收缩时的电活动,及应用电刺激检查神经、肌肉兴奋及传导功能的方法。通过此检查可以确定周围神经、神经元、神经肌肉接头及肌肉本身的功能状态。

肌肉松弛时不出现电位,称为静息电位。肌肉收缩时只有少数运动单位兴奋产生动作电位,表现为界限清楚的单相波、双相波、三相波,较少出现多相波。随着收缩力增强,运动单位数量和每个运动单位的放电频率均增加,肌肉最大收缩时,各放电波形互相重叠,波幅参差不齐,不能分出单个电位,称为干扰相。

在病理状态下,失去神经支配的肌纤维,如神经损伤15～20日以后,在放松时即出现波形纤细、低窄的纤颤电位,时限一般为1～2 ms,波幅小于300 μV。此外,有的患者在肌肉放松时出现自发的颤动,此时可出现自发的运动单位电位,称为束颤电位。束颤电位时限宽,波幅高,常为多相波。

通过测定运动单位电位的时限、波幅，安静情况下有无自发的电活动，以及肌肉大力收缩的波形及波幅，可区别神经源性损害和肌源性损害，诊断脊髓前角急、慢性损害（如脊髓前灰质炎、运动神经元疾病）；神经根及周围神经病变（协助确定神经损伤的部位、程度、范围和预后）；对神经嵌压性病变、神经炎、遗传代谢障碍神经病、各种肌肉病也有诊断价值。此外，肌电图还用于在各种疾病的治疗过程中追踪疾病的恢复过程及疗效。利用计算机技术，可作肌电图的自动分析，如解析肌电图、单纤维肌电图以及巨肌电图等，提高诊断的阳性率。肌电图检查多用针电极及应用电刺激技术，检查过程中有一定的痛苦及损伤，因此除非必要，不可滥用此项检查。

七、躯体感觉诱发电位检查

诱发电位（evoked potential，EP）是中枢神经系统感受内、外刺激过程中产生的生物电活动。与骨科临床应用关系密切的是躯体感觉诱发电位（somatosensory evoked potential，SEP），它是刺激外周感受器、感觉神经或感觉通路上任一点，引起冲动，在外周神经、脊髓和大脑皮质等中枢神经系统诱发的一系列电位反应，是一项非痛性、非损伤性检查方法。它能测到输入神经的全长，为评价由感觉神经末梢至大脑皮质整个神经传导路线的功能、客观地分析神经功能状况，提供了精确的定位、定量标准。按潜伏期的长短不同，SEP 可分为短潜伏期（上肢刺激正中神经，＜25 ms；下肢刺激胫后神经，＜45 ms）、中潜伏期（25 ms、120 ms）和长潜伏期（120～500 ms）。中、长潜伏期 SEP 易受意识形态影响，限制了其在临床上的应用，而短潜伏期体感诱发电位（SLSEP）则几乎不受睡眠及麻醉的影响，且各成分的神经发生源相对明确，少为临床应用。

SEP 在骨伤科的临床意义为判定病变的范围与程度；定位诊断价值；客观评价神经的恢复情况。其主要应用于脊髓病变、腰椎间盘突出症、椎管狭窄症、周围神经损伤等检查及脊柱手术的术中监测与术后疗效评价等。

八、骨密度测定

骨密度（bone mineral density，BMD），又称骨矿密度，是骨质量的一个重要标志，反映骨质疏松程度，也是预测骨折危险性的重要依据。测量仪器的日益改进和先进软件的开发，使该方法可用于不同部位，测量精度显著提高。骨密度测定除可诊断骨质疏松症之外，尚可用于临床药效观察和流行病学调查，在预测骨质疏松性骨折方面有显著的优越性。目前临床常用的主要是双能量 X 线骨密度分析法（DEXA），其次还有定量 CT（QCT）、骨超声和生化检查法等检查技术，其中以 X 射线法、超声波法应用最为普遍。

DEXA 通过 X 线管球经过一定的装置所获得的两种能量，即低能和高能光子峰。此种光子峰穿透身体后，扫描系统将所接受的信号送至计算机进行数据处理，得出骨矿物质含量。该仪器可测量全身任何部位的骨量，精确度高，对人体危害较小。DEXA 测量结果的准确性与精确性高，临床上主要应用于对代谢性骨病的评价；建立骨质疏松的诊断并预测其严重性；观察治疗效果或疾病的过程。

九、关节镜检查

关节镜技术是20世纪骨科微创技术的重大进步，它集检查、诊断与治疗于一体，已经发展为关节镜外科。该检查在不切开关节，保持关节原有生理及解剖情况下，可在直视下进行动态观察及针对性极强的手术，是开放手术难以比拟的。关节镜是一种硬性内镜，主要包括光学系统、导光系统和光源三部分，其配件有照相机、教学系统、电视摄录系统。镜下手术具有创伤小、处理目的明确、术后恢复快、并发症少等优点，镜下手术方法更符合关节的生理及解剖特征。目前，临床中开展普及较多的是膝关节镜、椎间孔镜技术、肩关节镜技术，但随着医疗器械的改进和医疗技术的进步，逐渐应用于其他关节，如肘、腕、髋、踝关节镜和椎间盘镜等技术，故成为关节病变诊断和治疗的非常重要的方法之一，明显提高了诊断的正确率。

膝关节镜技术作为临床开展普及最广泛的方法，证实了其在部分半月板切除、半月板修复、增生滑膜切除和交叉韧带重建中的价值，既做到了最大范围应用、最低程度损伤膝关节的结构与功能，又具有术后恢复期短、可反复多次手术等特点，还可在关节镜监视下进行活检取病理组织。对绝大多数膝关节病损，都可使用关节镜治疗。目前膝关节镜检查多用于对膝关节损伤的诊断及膝关节骨关节炎、膝关节骨折、膝关节软骨损伤和半月板损伤，以及交叉韧带的损伤、滑膜病变、膝关节僵硬的治疗；摘除膝关节游离体或关节镜下行关节灌洗或导入其他治疗。

椎间孔镜脊柱微创技术是一种全新的脊柱微创手术概念，可以开展从颈椎到腰5骶1所有节段的椎间盘突出、椎间孔成型和纤维环修复，手术的满意疗效可以达到85%～90%。其手术方法是通过特殊设计的椎间孔镜和相应的配套脊柱微创手术器械、成像和图像处理系统以及ellman双频射频机，共同组成的一个脊柱微创手术系统。它从患者身体侧方或者侧后方（可以平可以斜的方式）进入椎间孔，在安全工作三角区实施手术。在椎间盘纤维环之外做手术，在内窥镜直视下可以清楚地看到突出的髓核、神经根、硬膜囊和增生的骨组织。然后使用各类抓钳摘除突出组织、镜下去除骨质、射频电极修复破损纤维环。该手术创伤小，皮肤切口仅7 mm，如同一个黄豆粒大小，出血不到20 mL，术后仅缝1针。因此可以最大程度地保持纤维环的完整性和脊柱的稳定性，在同类手术中对患者创伤最小、效果最好。

临床应用该技术时应注意常见的并发症，如止血带伤、关节软骨面损伤、术后关节血肿及术后感染等。

第四章　红星骨伤流派特色治疗方法

红星骨伤流派治疗骨伤从整体观念出发，把局部与整体、结构与功能、内治与外治、固定与活动辨证地统一起来。另外，不同组织和不同类型的伤病，其治疗原则亦不相同。如骨折治疗的基本原则为整复复位、有效固定、药物治疗、功能锻炼；慢性筋骨病损的治疗原则为和合筋骨、筋为骨用、调和气血、扶正祛邪等。

第一节　红星骨伤流派特色治疗的优势

红星骨伤流派是起源于河北高阳安氏，发展、成熟于20世纪80年代，以推拿特色技法的传承发扬而形成的。红星骨伤流派具有独特的学术思想，有独到临床技艺和诊疗特色，有较为清晰的学术源流、传承脉络和一定的历史影响及公认度。

红星骨伤流派传承悠久，具有独特的疗效和优势。它在中医基础理论指导下，主张局部与整体辨证结合，辨证与辨病、辨位结合，对骨伤科疾病进行分期论治。其治疗大法有正骨、按摩手法、小夹板固定术、中药疗法、针灸疗法、练功及导引吐纳术等方法与技术，独具其特色。其主张以综合疗法治之，具有简、便、廉、效等优势。

一、红星骨伤流派的整体医学观念和辨证论治思想

红星骨伤流派在治疗原则和治法上，十分重视无创或微创观念和骨折复位固定与活动如何科学结合等观念，在中医基础理论指导下，提出了逆受伤机制的尽量减少损伤的手法整复、小夹板或钢针有效固定、早期功能锻炼和动静结合、筋骨并重、内外兼治、医患配合的治疗原则，并根据经络、气血及筋骨和脏腑辨证理论总结出了“活血化瘀、祛疲生新、舒筋活血、续筋接骨、培元固本、扶正祛邪、补益气血、脏腑、急则治其标、虚则治其本”等治疗原则，并积极主张采用综合疗法治疗骨伤疾病。这些治疗原则和治法具有很强的科学性，且紧密结合了骨伤科临床实际，是红星骨伤流派的一大特色和优势。

二、红星骨伤流派的特色中草药疗法

中药具有五千年悠久历史，是中医治疗疾病的主要方法，在骨伤科疾病治疗中具有十分重要的作用。红星骨伤流派中药疗法体现了中医药学整体与局部相结合和内外兼治的辨证论治思想，分内治法和外治法两类。

红星骨伤流派特色中药疗法的治疗主要作用：平衡阴阳、调节脏腑功能；活血化瘀、祛瘀生新；行气活血消瘀、通络解痉止痛；补益气血、增强脏腑功能；培元固本、调补脏腑、延年益寿；扶正祛邪、宣通气血、祛风寒湿；清热解毒、止涩固脱、回阳救逆；通利血脉、舒筋活血；续筋接骨、生肌强筋；软坚散结等。

在红星骨伤科诊疗理论中，最具有特色和优势的是血瘀学说和“活血化瘀、祛瘀生新”的治疗原则。几十年来，有关活血化瘀类药物的研究取得了大量可喜成果，充分证明了活血化瘀药物具有重要治疗作用，有很强的科学性。现代大量研究业已证明，活血化瘀类药物具有以下药理作用：①扩张血管、改善微循环。②抑制血小板凝聚。③降低血黏度。④抗血栓形成、溶栓、消除血肿。⑤增加心肌冠脉血流量、降低心肌耗氧量等。⑥降低血脂等。

红星骨伤常用的中草药方剂如下。

1.冰红消肿散

冰红消肿散是红星骨伤科专家郭勇主任医师在长期医疗实践中结合丰富临床经验总结出来的外用药物，具有抗炎、镇痛、消肿、改善关节功能的功效。该方外用贴敷使用，通过药物透皮吸收作用，用于治疗急性骨关节疼痛。本方重用大黄消肿散结、泻火凉血、行瘀通经；用红花、当归活血化瘀，消肿止痛；配合透骨草、白芷、威灵仙祛风胜湿、通经活络；此外，方中山栀、儿茶、薄荷、冰片能起到清热解毒、收湿生肌之效，以治疗伤后瘀而化热。本方诸药合用，具有活血化瘀、消肿止痛、清热解毒之功效，加上外敷于相应穴位能够对患者的全身功能起到调节作用，适用于膝骨关节炎的疼痛、肿胀、活动障碍之症。

组成：大黄、当归、红花、透骨草、威灵仙、山栀、白芷、儿茶、薄荷、冰片等。

功效与适应证：有凉血解毒、消肿止痛、逐瘀通经之功效，适用于跌打损伤、积血成瘀、积块不散、关节瘀滞之症，尤其适用于急性软组织损伤和急性滑膜炎的疼痛、肿胀、功能障碍之症。亦用于疮疡初起，红肿热痛，轻度烫伤。

用法：各药适量，共研细末，用黄酒或白醋调成软膏敷患处。

2.通督活络洗剂

通督活络洗剂是红星骨伤科第四代传承人郭勇主任医师多年总结，并利用现代药剂学理论，经临床试验、专家论证、精心组方研发出的一种熏蒸剂，在治疗膝骨关节病、颈椎病方面具有较好的疗效。通督活络洗剂由八味中药组成，包括续断、海风藤、青风藤、铁线透骨草、伸筋草、红花、苏木、大青盐。续断具有补益肝肾、调血脉、续筋骨的功效；伸筋草可以起到祛风散寒、除湿消肿、舒筋活络的作用，外用时用于跌打扭伤肿痛；红花具有活血通经，散瘀止痛的功效，有助于治经闭、痛经、胸痹心痛、胸胁刺痛、跌打损伤疗效。通督活络洗剂在对疾病的治疗中取得了较好的临床疗效，且使用后未发现明显不良反应，安全性高。

组成：续断、海风藤、青风藤、透骨草、伸筋草、红花、苏木和青盐。

功效与适应证：主要用于颈椎病、腰椎间盘突出症、腰椎管狭窄、膝骨关节病的治疗。

用法：水煎用于中药熏蒸、中药泡洗。

3.创伤速效气雾剂

创伤速效气雾剂由红星骨伤科第二代传承人任玉衡教授研发，从临床观察得知，急性病程短者（在1～2周以内）疗效明显；慢性病程长者，疗效次之。对皮肤、皮下、肌肉的水肿、血肿、炎症，药物作用快而显著；对肌腱损伤和骨折，疗效其次。喷药后，患部感觉发凉，止痛效果明显，肿胀消退快；对皮下瘀血消退快，而且可以防止扩散，一般在2～3天内可完全消退。对一些线状稳定骨折，用此药后，可以不用外固定。从压疮治疗观察得知，有化腐生肌、消除坏死组织的作用。对于皮肤擦伤、褥疮、挤压伤等，喷药后能形成保护膜或结痂，可防止感染，不需包扎。

创伤速效气雾剂适用于急性开放或闭合性软组织损伤，对于皮肤、皮下，以及筋膜、肌肉、骨膜和浅线形稳定骨折等损伤疗效迅速；而对褥疮、挤压伤和烫伤的治疗病例数尚少，但初见成效，是一种有发展前途，疗效满意的药物，有待于进一步研究。

中医认为，血瘀证是骨伤科中最为常见的病理证候，一切跌打损伤都是外力致皮肉筋骨组织受损，则内伤气血、经络，血溢脉外，则发生血振气滞或气滞血瘀、恶血内留等血瘀证，出现肿痛、营卫不贯、脏腑功能不和等临床症状。瘀结日久，则可发生各种病变。故一切跌打损伤之证，专从血论，主张活血化瘀为先，血不活则瘀不去，瘀不去则筋骨不能续接。因此，须先辨其伤损程度、瘀血或亡血情况，给予辨证施治。在治疗法则上，提出了活血化瘀、祛瘀生新的原则，根据损伤部位、气血伤损情况，灵活采用攻下逐瘀、活血化瘀、行气消瘀等法治之，足见“祛振生新”的治则是极具科学性的。

现代研究认为“血瘀证”是“血脉不通、气滞血瘀或瘀血内阻”。实验室检查可发现有微循环障碍、血流变性异常、血流动力学障碍及血液凝固性增高等。病理学检查，有组织受损、瘀血存在、供血不足及缺氧等改变。西医对损伤血瘀证除采用加压、穿刺、手术及理疗的方法以外，一般无更多办法。而中医则是以活血化瘀、祛瘀生新为治则，采用中药、针刺、推拿等治法，特别是内外用药、局部与整体结合、内外兼治最具特色和优势。

三、红星骨伤流派特色治疗手法

红星骨伤科创建于1984年，在国家体育总局安广林、任玉衡等老一辈医学专家的指导下，贾国庆主任医师（原院长）带领骨伤科团队开展非手术治疗脊柱关节损伤疾病的研究工作，形成了医疗、康复、体育锻炼三位一体的独特治疗体系，主要治疗的疾病——颈、肩、背、腰、腿痛及急慢性肌肉损伤等，具体包括颈椎病、腰椎间盘突出症、腰扭伤、腰椎峡部裂及腰椎滑脱、胸腰椎压缩骨折、肩周炎、网球肘、膝关节骨关节病、膝关节滑膜炎、膝关节半月板损伤、踝扭伤、腱鞘炎、强直性脊柱炎、风湿性关节炎、类风湿性关节炎、骨质疏松症等，形成了具有鲜明红星骨伤特色的推拿手法。红星骨伤手法是通过手法纠正人体脊柱椎体关节紊乱及椎旁软组织张力异常，使脊柱内外结构恢复力学平衡，解决了脊柱结构失衡引起的颈腰腿痛症状。在运力上平缓、稳实，手法上安全、可靠，具有简便、快捷、疼痛小、效果好等特点。

红星骨伤流派十分重视和擅长手法治疗一切骨伤科疾病。手法整复骨折脱位是治疗一切骨折脱位的首要步骤和基本原则，也是治疗骨折脱位的一大特色和优势。故《医宗金鉴·正骨心法要旨》说：“手法者，诚正骨之首务哉。”

推拿按摩或正骨手法统称为手法，古称按摩、按娇等，与中药、针灸和导引吐纳一样为华夏祖先非常古老的医术之一，有其独特疗效。在唐代，按摩师是集按摩、导引和正骨之大成的医生。而“推拿”名称，始见于明代，清代医典《医宗金鉴》正式把按、摩、推、拿四法列入伤科正骨八法之中，现今将按摩称为推拿。

红星骨伤流派手法的作用主要有：整复骨折脱位、关节错缝，理筋复平，疏通经络、气血，消肿止痛，舒筋解痉，通利关节，松解粘连，开达抑遏，平衡阴阳，调节和提高脏腑功能等。

在正骨方面，《医宗金鉴·正骨心法要旨》强调："正骨者，须心明手巧，必素知其体相，认其部位，一旦临证，机触于外，巧生于内，手随心转，法从手出。或拽之离而复合，或推之就而复位。""虽在肉里，以手扪之，自悉其情，法之所施，使患者不知其苦，方称为手法也。"《医宗金鉴》对按摩推拿手法的操作和作用机制做了精要的阐述："按者，谓以手往下抑之也。摩者，谓徐徐揉摩之也。此法盖为皮肤筋肉受伤，但肿硬麻木，而骨未断折者设也。或跌扑闪失，以致骨缝开错，气血瘀滞，为肿为痛，宜用按摩法，按其经络，以通郁闭之气，摩其壅聚，以散瘀结之肿，其患可愈。""推者，谓之手推之，使还旧处也。拿者，或两手一手捏定患处，酌其宜轻宜重，缓缓焉以复其位也。若肿痛已除，伤痕已愈，其中或有筋急而转接不甚便利，或有筋纵而运动不甚自如，又或骨节间微有错落不合缝者，是伤虽平，而气血之流行未畅，不宜接、整、端、提等法，惟宜推拿，以通经络气血也。盖人身之经穴，有大经细络之分，一推一拿，视其虚实酌而用之，则有宣通补泻之法，所以患者无不愈也。"以上论述，充分说明了推拿按摩疗法对急性筋肉、关节损伤、错缝或疲肿疼痛，损伤中后期的气血凝阻、筋肉粘连、关节功能障碍等均有较好的治疗作用。

在筋伤治疗方面，红星骨伤流派主张运用手法整复断裂的韧带、筋肉、筋腱及筋膜等组织，任何关节损伤或筋伤，都可能引起关节错缝、筋断、筋翻、筋走、筋歪、筋粗等病理改变，同骨折治疗一样，都需要及时对伤损筋肉进行手法整复、固定、药物等治疗，才能收到良效和康复。红星骨伤流派对筋伤进行的手法整复、矫正关节错缝、理筋复平、固定、药物内外兼治等治疗，具有很强的科学性和临床治疗意义，这也是红星骨伤科学治疗的一大特色。在手法整复具体操作过程中，同样与骨折脱位手法整复一样，要求"须心明手巧，必素知其体相，认其部位，一旦临证，机触于外，巧生于内，手随心转，法从手出。"将关节复位、理筋复平归位。

四、红星骨伤流派超声引导下针刀技术

超声引导下针刀疗法将针刀治疗在超声引导下进行，可以有效避开血管和神经，引导针刀直达病灶，相对于传统针刀疗法，具有疗效安全、确切的优点。

红星骨伤流派将超声医学、中医针刀、现代康复的关节松动术三个学科技术相互融合，达到针刀治疗可视化、针刀术后结合康复，使患者的疼痛及活动受限同时得到改善。

红星骨伤科以超声引导下针刀结合关节松动术治疗冻结肩的临床研究为例，通过对比超声引导下针刀治疗、关节松动术治疗两种技术的联合治疗及单用超声引导下针刀治疗冻结肩的效果，探索冻结肩中西医结合治疗的更优效的治疗方案。

冻结肩又称粘连性肩关节周围炎，是骨伤科临床的常见病，患者以肩部疼痛伴有活动受限为主要表现，严重影响患者的生活质量。目前，冻结肩的治疗以口服抗炎镇痛药物、中药口服或外敷、推拿按摩、针灸、理疗、功能锻炼等非手术治疗为主，但是这种治疗方法疗程较长，目前也有肩关节关节镜治疗的临床报道，对治疗的操作者要求较高，费用也较高。

针刀治疗冻结肩有比较明确的临床疗效，已经得到广泛的应用，对于改善冻结肩患者的疼痛及活动受限都有很好的效果，特别是在减轻疼痛方面尤其明显。

随着肌骨超声技术的发展，对于冻结肩的诊断及治疗，开拓了一条非常有前景的途径。该

技术操作简便，没有辐射，价格低廉，通过动态观察肩关节周围肌肉、肌腱、韧带、肩袖间隙、滑囊及盂肱关节囊可以明确病变部位，在超声引导下进行针刀治疗，可以定位合适的进针点并实时追踪操作者针刀的角度及深度，引导针刀直达病变部位，从而明显提高临床疗效，还可有效避开周围血管、神经及其他正常结构，避免盲目性针刀治疗导致的医源性损伤，达到针刀治疗的可视化效果。

肩关节的关节松动术技术对于冻结肩的治疗疗效确切，目前广泛应用于临床，肩关节松动术通过活动牵引、分离盂肱、肩锁、胸锁及肩胛胸壁关节，滑利骨节，让关节滑液流动，使得关节局部营养代谢得到改善，促进炎性及致痛因子的吸收，钝性分离局部粘连，伴随活动过程可防止二次粘连形成，进而达到治疗冻结肩的效果。该技术可以明显改善患者的肩部疼痛及活动受限，特别是在改善患者肩关节的活动度方面有很好的效果，是一项非常适宜推广的康复治疗技术。

五、红星骨伤流派特色牵引技术

牵引是指持续牵引，它是通过牵引装置，沿肢体纵轴利用作用力和反作用力原理，以缓解肌肉紧张和痉挛，预防和矫正软组织挛缩以及骨与关节畸形，辅助治疗骨折、脱位和筋伤的一种整复固定方法。

(一)自身体重悬吊牵引(图 4-1)

1.操作

患者取坐位或站立位，嘱患者放松，用枕颏带固定，牵引重量一般为体重的 1/6，牵引时可以在患者后轻轻晃动颈椎，有时能听见响声，牵引时间 15～20 min。对于疼痛较剧、发病时间较短者，可以辅以床头牵引，牵引重量 2～3 kg，每次 0.5 h，牵引时可嘱患者将患肢向上抬，2 次/天。

2.要领

(1)用于整复时，要瞬间发力。患者颈部应有弹响音和松动感。

(2)用于松筋时，需缓慢拔伸，反复拔伸，无须瞬间发力。

3.作用

(1)整复：用于调整颈椎间的解剖关系。

(2)松筋：用于放松颈部肌肉，亦可用于加大颈椎椎间隙。

4.治疗

颈椎解剖关系紊乱、落枕、颈椎病。

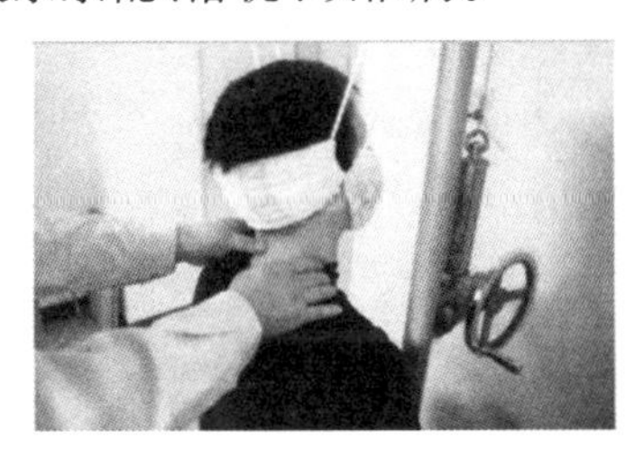
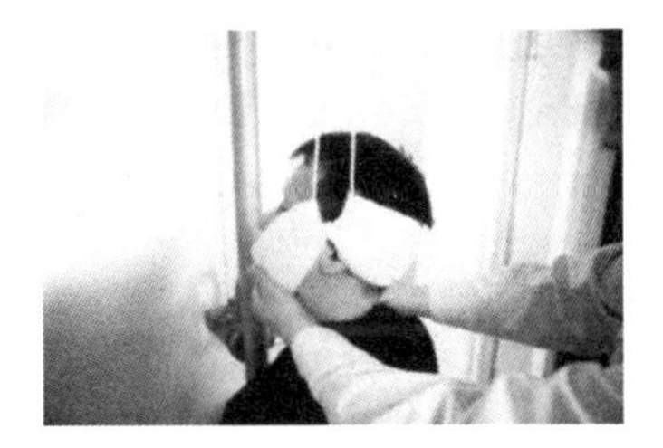

图 4-1　自身体重悬吊牵引

5.自体悬吊重力牵引器械

自体悬吊重力牵引器械系任玉衡所自行设计的“立坐两用颈部牵引机”。本机是机械传动,经钢丝绳和滑轮组合,施行人力牵引。最大牵引力为 200 kg。在活动横梁上挂有颈部牵引套。患者站立于横梁下,自行戴好牵引套后,医务人员操纵手轮,将患者逐渐吊起至双足离开地面。此时牵引力相当于患者自身体重的 93%(头部重量为全身体重的 7%),从手轮上方的弹簧秤上可准确知道牵引力的公斤数;如果双足部分离地,则牵引力相当于部分体重,弹簧秤上所显示的公斤数即为实际牵引力。患者也可取坐位,自行戴好颈部牵引套后,施行 1/2 体重以下的牵引。如因病情需要,需施行超过 1/2 体重的牵引,则要加用一骨盆带,将患者约束在坐椅上(座椅固定于地面),然后操纵手轮,加力牵引,此时牵引力可达到 2/3 体重、全体重,甚至超体重。牵引时间和重量:初诊患者在治疗开始 1~2 周内进行试牵,牵引重量取体重的 1/2 至 2/3,牵引时间每次 30 s 至 1 min,间断牵引 3 次为一次治疗,两次牵引间休息片刻。1~2 周后用全体重牵引,开始牵引时间每次 30 s,间断牵引 3 次,两次牵引间休息片刻。以后每两周延长牵引时间 30 s。轻患者隔日牵引,重患者每日牵引。治疗 30 次为一疗程,疗程间休息 1 周。

(二)仰卧位快速牵引

1.操作

患者取仰卧位,术者站于患者头侧,用双环枕颌带固定患者头部,两手牵住双环枕颌带牵引套用力拔伸患者颈部,待患者放松后,瞬间快速牵引患者颈部,可以闻及关节弹响声。仰卧位快速牵引重量为患者体质量(平均值为 60±1.87)×摩擦系数(0.027),牵引角度为与床面成 60°角,牵引时间为 2 次/天(09:30,15:30)。

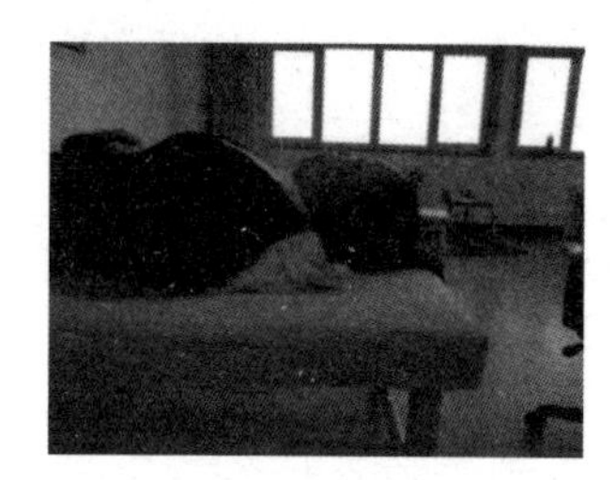
图 4-2　患者体位

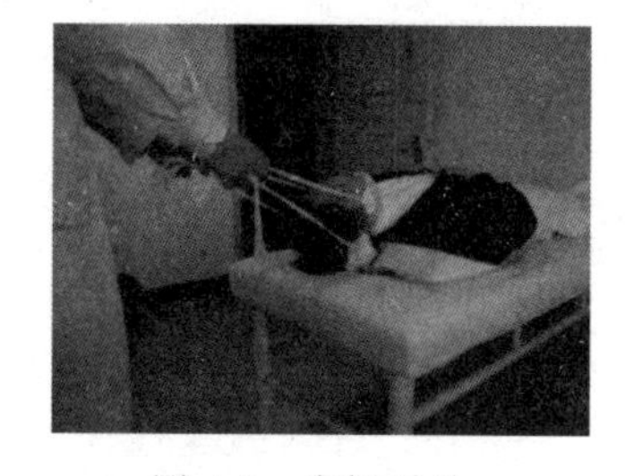
图 4-3　牵拉手法

2.要领

(1)用于整复时,要瞬间发力,患者颈部应有弹响音和松动感。

(2)用于松筋时,需缓慢拔伸,反复拔伸,无须瞬间发力。

3.作用

(1)整复:用于调整颈椎间的解剖关系。

(2)松筋:用于放松颈部肌肉,亦可用于加大颈椎椎间隙。

4.治疗

颈椎解剖关系紊乱、落枕、颈椎病。

(三)膝关节三维牵引技术

膝关节三维牵引技术是指冠状轴、纵向轴和水平轴相结合的牵引新技术,其中冠状轴和纵向轴主要解决膝关节的内外翻畸形,水平轴主要解决膝关节的屈曲畸形。

膝骨关节炎是临床常见病、多发病，随着社会老龄化、人群中的肥胖患者的增加，膝骨关节炎的发病率明显增加。由于膝骨关节炎病因不明，无法针对明确病因采取精准化治疗，病理变化覆盖全关节（包括关节软骨、关节边缘骨质增生、滑膜、韧带、半月板等）病变，在治疗上出现了多种多样的方法，其中牵引技术作为膝关节炎的常见治疗方法，得到了传统医学和现代医学的共同重视。在中国传统医学中，"骨正筋柔"作为骨伤科重要的理论基础，在传统牵引技术中起到非常重要的指导作用。不过，传统的牵引技术（包括中西医牵引技术）多是轴向单方向牵引，缓解膝关节间隙有明显的治疗作用，但是对于下肢力线的改善，尤其是内外翻及屈曲畸形的症状、体征缓解不明显。因此，本项目在传统的轴向单方向牵引的基础上，先创新研究出二维牵引（轴位＋冠状位）治疗膝关节炎内外翻畸形，在此基础上，又增加通过膝关节矢状位牵引改善膝骨关节炎的屈曲畸形。本研究运用膝关节三维牵引，通过对膝关节的轴位、冠状位及矢状位的三维牵引治疗，然后对病例治疗前后的膝关节屈曲角度、股骨胫骨角、功能测评和临床疗效等试验数据进行收集、整理和统计学分析，来评价此牵引技术的临床疗效。寻求新的牵引方法解决膝骨关节病的膝关节内外翻及屈曲畸形，以提高临床疗效、缩短疗程、减轻患者痛苦、提高患者生活质量、延缓患者行膝关节手术，尤其是膝关节置换手术的手术时间。红星骨伤科研制出了一种膝关节三维牵引装置（图 4-4），获得了国家产品专利，已推广应用，希望进一步在社区医院及相关医院应用推广，从而减轻患者的家庭与社会负担。

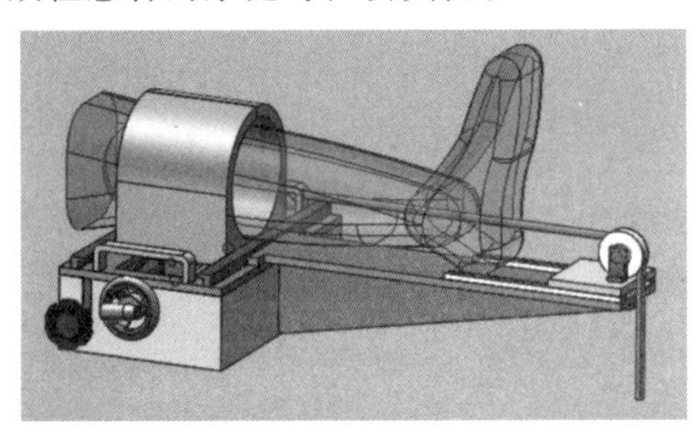

图 4-4　膝关节三维牵引治疗仪示意图

本实用新型属于医疗骨伤康复设备技术领域，具体公开了一种膝关节三维牵引装置。本实用新型通过设置的膝关节三维牵引器结构简单且易操作，可随时进行膝关节的治疗和康复，利用牵拉块重量的牵引力量牵拉和放松腿部，在不需要电源动力的情况下即可对膝关节进行牵引治疗，方便、节能、环保。本实用新型为三轴牵引（X-Y-Z 轴），针对人体膝畸形的关节是立体三维的，三轴方向的牵引力能够起到全面的矫治效果。本实用新型通过牵引增加关节间隙，同时在额状轴（X 轴）施加与畸形相反的力量，效恢复原有的肢体力线，真正起到矫正效果。在实现牵引的过程中，设置膝关节初始角度及牵引角度功能，在牵引初期、中期、末期，随着患者的适应情况，在"无痛"范围内，不断地增加牵引角度，增强牵引效果。

（1）功效：针对人体膝关节是立体三维的，三轴方向的牵引力能够起到全面的矫治效果，本实用新型通过牵引增加关节间隙，恢复原有的肢体力线，真正起到矫正效果。

（2）适应证：膝骨关节炎的中期合并力线畸形出现的疼痛、肿胀、活动受限等症状。

（3）适用范围：45 岁以上、70 岁以下确诊为膝骨关节炎的中期阶段，须纠正力线畸形的患者。

(4)安全性:在实现牵引过程中,设置膝关节初始角度及牵引角度功能,在牵引初期、中期、末期,随着患者的适应情况,在“无痛”范围内,不断地增加牵引角度,增强牵引效果和保证牵引安全。

(5)应用禁忌:膝关节周围骨折、肿瘤占位及手术病史、类风湿性关节炎、急性外伤、发热等疾病患者;合并全身其他疾患,如心脑血管、肝肾等脏器疾病重症期以及精神病患者。

图 4-5　膝关节三维牵引治疗

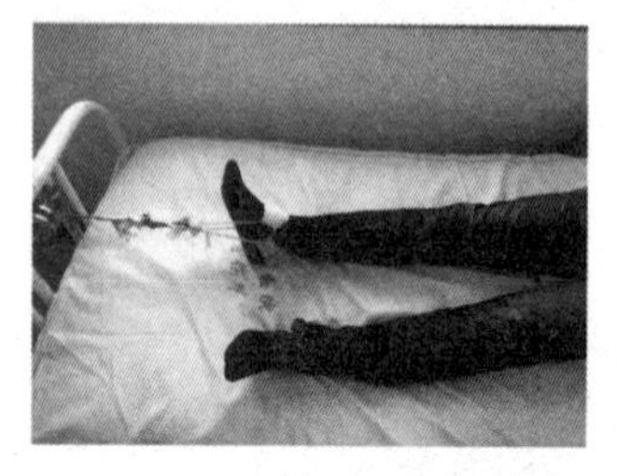

图 4-6　常规膝关节肢体牵引治疗

(四)悬浮式牵引

该治疗方法由贾国庆主任医师发明,国家发明专利 1 项:悬浮式正脊仪(专利号:ZL200810139784.0)。患者俯卧于 ZGY-F 型悬浮式正脊仪(济南华乐医疗器械有限公司生产)上,颈部佩戴环式牵引套,根据患者体重及体质情况选择适当的牵引量,一般为体重的 70%。双下肢足踝佩带环式牵引套。为了使腹部离开床面,下肢牵引向后上方,牵引双下肢的滑轮支点高于床面 90 cm,下肢及小腹部离开床面可自由摆动,使脊柱做 3 个轴向运动:①脊柱额状轴运动。医者用双手同时按下患者双下肢,使患者双下肢接触床面后突然松手,这样在脊柱先是水平牵引后处于过伸状态,使脊柱椎体被动出现额状轴运动,反复 10～30 次。②脊柱纵轴运动。医者双手按患者双下肢,使患者两下肢交替接触床面运动,患者脊柱被动左右旋转,10～30 次。③脊柱矢状轴运动。即医者使患者双下肢左右横向摆动,脊柱被动左右侧弯,10～30 次。每日1 次,连续 2 天后停 1 天,6 次为一个疗程。

悬浮式正脊仪由牵引架、牵引套、床三部分组成,其中牵引架包括配重铁、牵引角度调节杆、配重铁升降杆、牵引钩等。普通牵引床以弹簧拉力为牵引重量,牵引时间稍长,重量逐渐减轻,加上固定在骨盆的皮套下滑,牵引的重量不衡定,同时由于牵引套分别固定在胸部及骨盆处,牵引时不能有效牵引拉开腰骶关节,从而影响牵引效果。后伸牵引床,上身固定在颈部,下肢固定在双足踝部,连接牵引绳钩,将双下肢后伸 30°牵引,以患者腹壁离开床面为度,牵引重量以配重铁来调整,保证重量衡定,符合腰椎生理曲度,避免普通牵引床使椎体受力不均匀的弊病,便于医生进行手法治疗。通过腰椎牵引使椎间隙前后径增宽,一紧一松使与之牵引对抗的肌组织逐渐伸展,肌张力降低,椎间距充分拉大,并造成较大负压,使突出的椎间盘由向外挤压转为向内吸引。颤压作用使突出的髓核向前方移动,从而改善根盘关系,进而缓解侧椎旁肌痉挛及神经根在椎间孔卡压,增加神经根和硬膜囊的相对空间,增加侧隐窝容积,减轻神经根水肿,松解神经粘连,改善神经的运动功能和感觉功能。牵引床能缓解或解除肌群的痉挛状态,且配合手法治疗可镇静止痛、舒筋活络,从而取得较好的疗效。

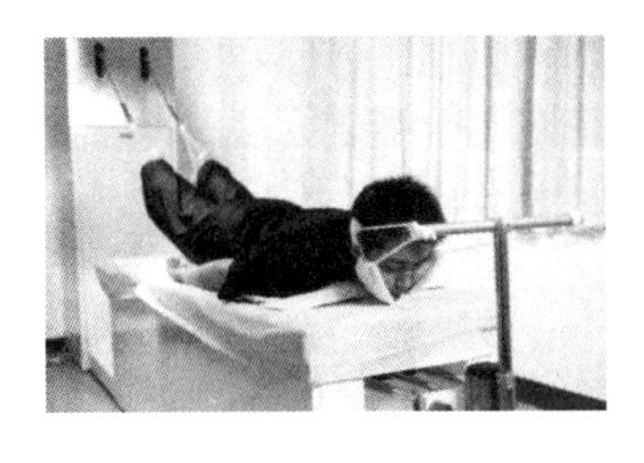
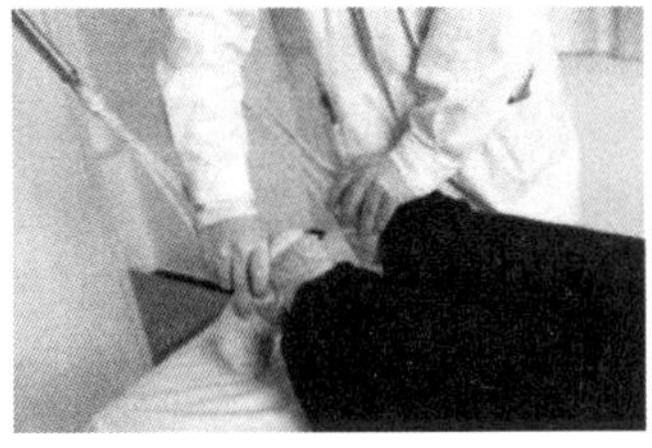
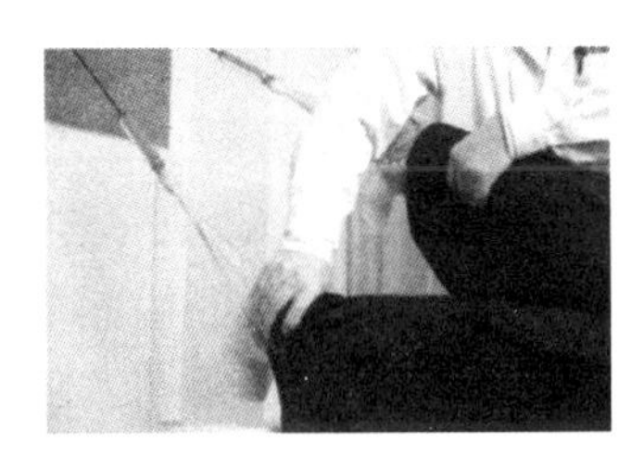

图 4-7 悬浮式牵引

六、红星骨伤流派肌骨疼痛特色治疗方案——手法＋冲击波＋外敷冰红消肿散治疗

体外冲击波疗法近年来蓬勃兴起，因其操作简单、见效快、效果显著等特点受到多学科临床应用的青睐。因为它是一种物理治疗，相对安全、基本无副作用，对于疾病的治疗多一种选择。任何一种治疗方法都有它的优势和不足，红星骨伤流派充分利用红星骨伤手法正骨理筋（骨正筋柔），结合冲击波消炎止痛，外敷中药凉血止痛提高疗效和患者获得感。本治疗是跨学科的资源整合，对于未来充分挖掘冲击波疗法的潜力，减少冲击波治疗的不良反应，进一步拓展其适应证：肌筋膜综合征、非特异性下腰痛（腰脊神经后支综合征）、棘上韧带损伤、肩钙化性肌腱炎、肩峰下滑囊炎、肩袖损伤、肱二头肌长头肌腱炎、肱骨外上髁炎、肱骨内上髁炎、桡骨茎突狭窄性腱鞘炎、坐骨结节滑囊炎、股骨大转子滑囊炎、梨状肌综合征、膝关节骨性关节炎、髌前滑囊炎、踝关节骨性关节炎、足底筋膜炎、止点性跟腱炎、跟骨骨刺、跟下脂肪垫炎，在以下疾病中我们均先给予手法治疗，然后冲击波治疗，最后外敷冰红消肿散（解决患者冲击波治疗后短时间内出现的气滞血瘀问题）提高疗效，本技术值得推广。

（一）脊柱

1.肌筋膜综合征

肌筋膜综合征是一个局部疼痛的肌肉病症，通常与特定的扳机点以及牵涉性疼痛相关联。所谓扳机点表现为骨骼肌或肌腱膜中可触及的紧张性条索上高度局限和易激惹的点，当压迫它时会产生牵涉痛、局部压痛和自主神经反应等表现，以中年多见，是引起肌肉酸痛的重要原因。

适应证：该综合征典型症状，患者局部疼痛症状重，经过物理、药物等保守治疗后无明显效果者，疼痛仍然存在并影响日常生活活动时。明显压痛点，有时局部可触及条索状物。

定位：患者取俯卧位、侧卧位或坐位，协助患者摆好体位，在颈、腰、背部触摸压痛点，以触痛点为中心作为治疗点。

治疗方法：患者取适当体位，标记出疼痛位置，用耦合剂涂抹指定位置，以患者压痛点为中心分别横向、纵向进行冲击波治疗，设置治疗头压力 2～3 bar，频率 5 Hz，每个痛点冲击 800～1 000下，每次治疗间隔 7 天，治疗 4 次为一个周期。

2.非特异性下腰痛（腰脊神经后支综合征）

腰背痛在临床上十分常见，但病因较为复杂。常见病因归类为椎间小关节损伤、肌肉韧带源性劳损、臀上皮神经卡压综合征、腰三横突综合征等。患者多表现为腰臀部疼痛，疼痛可向大腿放射但不超过膝关节；腰臀部有麻木，但下肢无麻木；起坐困难，弯腰活动受限等。

适应证：该综合征典型症状，患者局部疼痛症状重，经过物理、药物等保守治疗后无明显效果者，疼痛仍然存在并影响日常生活时。

定位：患者取俯卧位、侧卧位或坐位，协助患者摆好体位，以触痛点为中心作为治疗点。

治疗方法：患者取适当体位，标记出疼痛位置，用耦合剂涂抹指定位置，以患者压痛点为中心进行冲击波治疗，设置治疗头压力 2～3 bar，频率 7 Hz，每次冲击 1 500～2 000 下，每次治疗间隔 3～5 天，治疗 3～5 次为一个周期。

3.棘上韧带损伤

棘上韧带损伤的病因：长期埋头弯腰工作者，不注意定时改变姿势；脊柱因伤病不稳定，使棘上韧带经常处于紧张状态，即可产生小的撕裂、出血及渗出。棘上韧带损伤常分为急性损伤和慢性劳损。

适应证：患者局部疼痛症状重，病程超过 3 个月，经过物理、封闭、外用药膏等治疗后无明显效果。

定位：痛点定位必要时结合 B 超定位。

治疗方法：患者取舒适体位，标记出疼痛位置，用耦合剂涂抹指定位置，以患者压痛点为中心分别横向、纵向进行冲击波治疗，设置治疗头压力 2～3 bar，频率 7～8 Hz，冲击 800～1 200 下，每次治疗间隔 3～7 天，根据症状缓解的情况治疗 1～3 次。若 4 次治疗无效，则不再进行冲击波治疗。

（二）上肢

1.肩钙化性肌腱炎

钙化性肌腱炎是指钙盐沉积在变性肌腱中的一种无菌性炎症，是引起肩关节疼痛和活动障碍最常见的疾病之一，尤其以冈上肌腱炎的发病最为常见。本病的好发年龄为 30～50 岁，女性稍多于男性，常见于从事轻体力劳动者、家庭主妇、文秘人员及长期坐位工作者，特别是上臂需要连续数小时维持轻度外展姿势者。

适应证：病程超过 3 个月，经过其他非手术治疗无明显效果、患者拒绝手术治疗者；局部软组织无明显感染及全身禁忌证者；并排除肩袖损伤、盂肱关节及肩锁关节损伤。

定位：患者取坐位或仰卧位，通过内旋或外旋上臂，使冈上肌腱朝向肩关节上方，采用体表解剖标志结合痛点定位或超声指导下定位，以触痛点为中心作为治疗点，避开重要的血管、神经。

治疗方法：患者取坐位或仰卧位，调整手柄位置，使冲击波焦点位于钙化处，设置治疗头压力 2～3.5 bar，频率 5 Hz，每次冲击 2 000 下，每次治疗间隔 3～10 天，治疗 3～5 次为一个周期。

2.肩峰下滑囊炎

肩峰下滑囊炎是以肩外侧面疼痛、上臂外展外旋时痛甚为主症的一种滑囊水肿、增厚的无菌性炎症。常见于老年人和从事肩部负重劳动的青壮年男性，右肩多见，常表现为劳动过度、慢性劳损、冈上肌腱炎等继发引起的肩部广泛疼痛、关节运动受限、局限性压痛。

适应证：局部疼痛症状重、病程超过 1 个月，经过其他非手术治疗无明显效果者，局部软组织无明显感染及全身禁忌证者、愿意接受新技术者。

定位：体表解剖标志结合痛点定位或超声指导下定位，以触痛点为中心治疗点。

治疗方法：患者取坐位或仰卧位，调整手柄位置，使手柄探头对准预先标记的位置，冲击能量，频率 5～7 Hz，由低到高微调，以患者能够忍受为度，能流密度 0.1～0.24 mJ/mm²。每次治疗选定 1 个中心治疗点，冲击 2 000 次，每次治疗间隔 5～7 天，治疗 3～5 次为一个周期，可行多疗程治疗。

3.肩袖损伤

肩袖随着年龄增长及肩部劳损逐渐发生退行性变化，多见于 40 岁以上的中年人，提拉重物、摔跤等常为肩袖损伤诱因。青壮年肩袖损伤多见于外伤撞击伤，如投掷、划船、举重等运动中。肩袖损伤可表现为外展、上举或后伸物理，肩峰前下方与大结节之间压痛。因其疼痛、活动受限与肩周炎相似，临床还需结合影像学检查及超声加以鉴别诊断。

适应证：Neer 肩袖损伤Ⅱ期，肩袖损伤Ⅰ型；自觉局部疼痛症状重、病程超过 2 个月，影响正常工作生活，经过其他非手术治疗无明显效果者，患者不同意手术治疗、局部无明显肌腱断裂、严重骨折、感染、肿瘤及全身禁忌证者。

定位：体表解剖标志结合痛点定位或超声指导下定位，以触痛点为中心治疗点，避开重要的血管和神经。

治疗方法：患者取坐位或仰卧位，调整手柄位置，使手柄探头对准预先标记的位置，冲击能量，频率 5～7 Hz，由低到高微调，以患者能够忍受为度，能流密度 0.1～0.24 mJ/mm²。每次治疗选定 1 个中心治疗点，冲击 2 000 次，每次治疗间隔 5～7 天，治疗 3～5 次为一个周期，可行多疗程治疗。

4.肱二头肌长头肌腱炎

肱二头肌长头肌腱炎是指肱二头肌腱在其腱鞘内与腱鞘长期磨损、退变出现炎性反应及粘连而产生的肩痛和肩关节活动障碍等临床症状。本病好发于 40 岁以上肩关节活动频繁者，男性较女性多见。

适应证：局部疼痛症状重、病程超过 2 个月，经过其他非手术治疗无明显效果者，不愿意手术治疗，局部无明显肌腱断裂、严重肩袖损伤、骨折、感染、肿瘤及全身禁忌证者。

定位：一般用体表解剖标志结合痛点定位，通过屈肘及外旋上臂，使肱骨结节间沟及其内的肱二头肌长头肌腱朝向肩关节前方，采用体表解剖结合痛点定位或超声指导下定位。

治疗方法：患者取坐位，屈肘外旋位，调整手柄位置，使手柄探头对准预先标记的位置，能流密度 0.1～0.14 mJ/mm²，对准痛点冲击 2 000 次，每次治疗间隔 5～7 天，治疗 3～5 次为一个周期。

5.肱骨外上髁炎

肱骨外上髁炎俗称“网球肘”，是一种发生于肱骨外上髁处，伸肌总腱起点附近的慢性损伤性炎症，其受累结构包括骨膜、肌腱、关节滑膜等，而骨质并无实质性损害。本病好发于 30～50 岁男性及中老年人，多与职业有关，家庭妇女、木工砖瓦工、网球羽毛球运动员等长期、反复、手和腕用力地劳动或工作易得此病，中老年人受凉也易得此病。冲击波治疗肱骨外上髁炎的有效率为 68%～91%。

适应证：局部疼痛症状重、病程超过 3 个月，经过其他非手术治疗无明显效果者，不愿意手术治疗，局部软组织无明显感染及全身禁忌证者。

定位：一般用体表解剖标志结合痛点定位，患侧肘关节屈曲，臂部旋前，触诊肱骨外上髁压痛点及前臂激痛点并标记治疗区。

治疗方法：患者取坐位，调整手柄位置，使手柄探头对准预先标记的位置，探头压力设置为1～2.5 bar，频率4～6 Hz，对准痛点冲击2 000～3 000次，每次治疗间隔5～7天，治疗3～5次为一个周期。

6.肱骨内上髁炎

肱骨内上髁炎俗称“高尔夫球肘”，属前臂屈肌起点反复牵拉累积性损伤，高尔夫挥杆、投掷棒球、提携重物姿势不当时易发生，多与职业有关，家庭妇女、木工砖瓦工、网球羽毛球运动员等长期、反复、手和腕用力地劳动或工作易得此病，会有肘关节内侧疼痛或酸痛、提水桶困难等表现。

适应证：局部疼痛症状重、病程超过3个月，经过其他非手术治疗无明显效果者，局部软组织无明显感染及全身禁忌证者。

定位：一般用体表解剖标志结合痛点定位，患侧肘关节屈曲，臂部旋前，触诊肱骨内上髁压痛点及前臂激痛点并标记治疗区，应尽量避开尺神经沟内的尺神经。

治疗方法：患者取坐位，调整手柄位置，使手柄探头对准预先标记的位置，探头压力设置为1.2～2.5 bar，设置频率5 Hz，每次冲击2 000～3 000次，每次治疗间隔3～7天，治疗3～5次为一个周期。

（三）下肢

1.坐骨结节滑囊炎

坐骨结节滑囊炎又称坐骨结节囊肿，位于臀大肌与坐骨结节之间，当滑囊受到过量的摩擦或压迫时滑囊壁发生炎症反应，造成滑膜水肿、充血、增厚或纤维化，滑液增多，即形成滑囊炎。本病多发生于体质瘦弱而久坐工作的中老年人，是由臀部摩擦、挤压经久劳损而引起局部炎症，故又称“脂肪臀”。臀尖（坐骨结节部）疼痛，坐时尤甚，但较局限，无放射性疼痛。

适应证：自觉局部疼痛症状重、病程超过2个月，经过其他非手术治疗无明显效果者，患者不同意手术治疗、局部软组织无明显感染及全身禁忌证者。

定位：以体表解剖标志为定位依据，根据患者描述疼痛的位置以及坐骨结节的解剖找到体表位置并标记，或结合超声引导找到坐骨结节滑囊并标记。

治疗方法：患者取俯卧位，调整手柄位置，使手柄探头对准预先标记的位置，能量设置为1.5～3 bar，每次冲击2 000～3 000次，每次治疗间隔5～7天，治疗5次为一个周期。

2.股骨大转子滑囊炎

股骨大转子滑囊炎多见于青年人，绝大部分有局部扭跌外伤、劳累史。大转子滑囊的存在有助于臀肌舒张和收缩运动。发病常与外伤、慢性劳损、炎症或者理化刺激后导致的渗液太多，或者导致的不完全粘连有关。在日常生活工作中，由于股骨大转子向外突出且表面粗糙，与臀大肌等肌腱反复摩擦或该处直接受到外力多次的撞击，滑囊反复受到刺激而发生炎性变化。特别是臀大肌移行于髂胫束的部分损伤后，摩擦、增厚形成弹响髋时更易引发。

适应证：自觉局部疼痛症状加重、病程超过3个月，经过其他非手术治疗无明显效果者，患者不同意手术治疗、局部软组织无明显感染及全身禁忌证者。

定位：以体表解剖标志为定位依据，根据患者描述疼痛的位置以及股骨大转子的解剖找到体表位置并标记，或结合超声引导找到股骨大转子滑囊并标记。

治疗方法：患者取仰卧或俯卧位，调整手柄位置，使手柄探头对准股骨大转子，能量设置为1～2 bar，频率 5 Hz，每次冲击 1 500～2 000 次，每次治疗间隔 5～7 天，治疗 3～5 次为一个周期。

3.梨状肌综合征

当梨状肌受到损伤，发生充血、水肿、痉挛、粘连和挛缩时，该肌间隙或该肌上、下孔变狭窄，挤压其间穿出的神经、血管，因此而出现的一系列临床症状和体征称为梨状肌损伤综合征。本病的主要表现为疼痛，以臀部为主，并可向下肢放射，严重时不能行走或行走一段距离后疼痛加剧，需休息片刻后才能继续行走。放射时主要向同侧下肢的后面或后外侧，有的还会伴有小腿外侧麻木。严重时臀部呈现“刀割样”或“灼烧样”的疼痛。

适应证：自觉局部疼痛症状加重、病程超过 3 个月，经过其他非手术治疗无明显效果者，患者不同意手术治疗、局部软组织无明显感染及全身禁忌证者。

定位：以体表解剖标志为定位依据，根据患者描述疼痛的位置以及梨状肌的解剖找到体表位置并标记，或结合超声引导找到梨状肌出口位置并标记。

治疗方法：患者取仰卧或俯卧位，调整手柄位置，使手柄探头对准预先标记点，能量设置为1.5～3 bar，频率 4～6 Hz，每次冲击 2 000～3 000 次，每次治疗间隔 5～7 天，治疗 4 次为一个周期。

4.膝关节骨性关节炎

膝关节骨性关节炎是指由于膝关节软骨变性、骨质增生而引起的一种慢性骨关节疾患，主要表现是关节疼痛和活动不灵活，又称为膝关节增生性关节炎、退行性关节炎。本病多发生于中老年人，也可发生于青年人，可单侧发病也可双侧发病。其典型症状包括关节疼痛、关节肿大、关节肿胀、关节积液、打软腿等。

适应证：自觉局部疼痛症状加重、病程超过 3 个月，经过其他非手术治疗无明显效果者，患者不同意手术治疗、局部软组织无明显感染及全身禁忌证者。

定位：一般根据软骨损伤部位的不同选择不同的屈曲角度，并应用体表解剖标志结合痛点定位，在膝关节触摸压痛点作为治疗点，要帮助患者摆放体位，直到能够尽量暴露髌股关节及胫股关节，防止固定点移位。

治疗方法：患者取仰卧或俯卧位，调整手柄位置，使手柄探头对准预先标记点，能量设置为2～2.5 bar，频率 6～8 Hz，每个点冲击 1 000 次，共冲击 2 000～4 000 次，每次治疗间隔 5～7 天，治疗 4 次为一个周期，治疗 2～5 个周期，间隔 2～3 个月。

5.髌前滑囊炎

膝关节周围滑囊有炎症时，滑液渗出增多，出现肿胀、疼痛。髌前皮下囊位于髌骨与皮肤之间，而且不与关节囊相通，称为髌前滑囊炎，是膝关节易患病之一。本病多由于反复摩擦、挤压、碰撞等机械因素所致，长期跪姿工作者、矿井下工作者被公认发病率最高，也多见于一些职业运动员，如摔跤选手、足球、排球、冰球运动员。

适应证：自觉局部疼痛症状加重、病程超过 2 个月，经过其他非手术治疗无明显效果者，患者不同意手术治疗、局部软组织无明显感染及全身禁忌证者。

定位：以体表解剖标志为定位依据，根据患者描述疼痛的位置以及髌前滑囊的解剖找到体表位置并标记。

治疗方法：患者取坐位，患肢屈曲位，调整手柄使对准预先标记点，能量设置为 1.5～2 bar，每次冲击 2 000～2 500 次，每次治疗间隔 5～7 天，治疗 4 次为一个周期。

6.踝关节骨性关节炎

踝关节骨性关节炎为慢性进行性疾病，常伴有软骨退变。本病主要为创伤后关节炎，多见于骨折和韧带损伤后。本病的主要症状为疼痛及关节畸形所致的活动受限，其发生与骨折类型、软骨及关节面损伤程度有关。常表现为轻度肿胀，行走后疼痛，活动不灵活，休息时疼痛消失。

适应证：自觉局部疼痛症状加重、病程超过 3 个月，经过物理、药物等非手术治疗后无明显效果者，疼痛依然存在并影响日常生活时，可进行体外冲击波治疗。

定位：以体表解剖标志为定位依据，在踝关节触摸压痛点作为治疗点，要帮助患者摆放体位，防止固定移位，以最痛点为治疗点。

治疗方法：患者取坐位或仰卧位，患肢屈曲位，调整手柄使对准预先标记点，能量设置为 2.0～2.5 bar，每次冲击次数可根据病情酌减，每次治疗间隔 1 周内，一般治疗 6～8 次。

7.足底筋膜炎

足底筋膜炎是导致足跟痛的常见病因，其发病因素包括慢性劳损、创伤性或足底筋膜退行性变等。其筋膜在足跟内侧粗隆附着处受到反复牵拉，筋膜出现劳损和慢性炎症，反复炎性刺激可导致跟骨结节处骨性增生、形成骨赘，疼痛症状可持续数月直至数年。

适应证：自觉局部疼痛症状加重、病程超过 3 个月，经过物理、药物等非手术治疗后无明显效果者，疼痛依然存在并影响日常生活时，可进行体外冲击波治疗。

定位：以体表解剖标志结合痛点为定位依据，在足跟部触摸压痛点，以压痛点为治疗点，如有两个以上痛点，则分别予以治疗。找到体表位置并标记。

治疗方法：患者取仰卧位，放松下肢，充分暴露治疗部位，治疗过程中需防止患者肢体移动，调整手柄位置，使治疗头充分耦合至治疗点，能量设置为 1.2～2.5 bar，每次冲击 2 000 次，每次治疗间隔 5～7 天，治疗 3～6 次为一个周期。

8.止点性跟腱炎

止点性跟腱炎常为跟后部疼痛。开始在活动多后感到疼痛，以后可转为持续性疼痛，检查可见跟腱止点部外观正常或增大，局部压痛。运动员易发生此类病变，中老年人也可发病，多见于中老年男性及较胖者。

适应证：自觉局部疼痛症状加重、病程超过 3 个月，经过物理、药物等非手术治疗后无明显效果者，疼痛依然存在并影响日常生活时，可进行体外冲击波治疗。

定位：以体表解剖标志结合痛点为定位依据，在跟腱部触摸压痛点，以压痛点为治疗点，找到体表位置并标记。

治疗方法：患者取俯卧位，调整手柄位置，使治疗头充分耦合至治疗点，能量流密度设置为 0.12～0.20 mJ/mm^2，每次冲击 2 000 次，每次治疗间隔 5～7 天，治疗 3～6 次为一个周期。

第二节 手法疗法

红星骨伤流派注重运用特色手法治疗骨伤科疾病。手法是术者直接用手作用于患者体表特定的部位，用来治疗疾病的一种技术操作。清代吴谦《医宗金鉴·正骨心法要旨》曰："夫手法者，谓以两手安置所伤之筋骨，使仍复于旧也。"手法在红星骨伤科临床上应用十分广泛，如骨折、脱位的损伤，用手法起到纠正骨折错位和恢复关节对位的作用。对于急性伤筋、骨错缝，常用手法进行理筋、纠正关节错缝；对于慢性筋骨病损，则常用手法进行摸比（触摸、比对）检查，然后进行理筋按摩、松解粘连、调正关节，恢复关节的力学平衡；对于内伤患者，也有手法进行治疗，通过刺激经络穴位，达到舒通经气、调和气血的作用。

一、手法的分类

临床上根据手法的用途和作用，将手法分为理筋手法、正骨手法、上骱手法和通络手法四大类。理筋手法，是对筋（软组织）的急慢性损伤进行治疗的手法的统称。在整复骨折之时，处理软组织损伤的手法，亦可称为理筋手法。在历代名家所言的理筋手法之中，部分已经包含了调节关节位置和纠正小关节错位的手法；一些是复合手法，同时兼有对软组织的治疗和对小关节复位的治疗作用。对骨折进行整复的手法称为正骨手法。关节脱位又称"脱臼""脱骱""出髎"，故整复关节脱位的手法称为上骱手法。而专用于循经导气、远离伤处进行按摩的治疗手法，则被一些医家用于骨折、筋伤、内伤之疾病，此类手法称为通络手法。理筋手法和通络手法也常被用于内伤和康复保健医疗。临床应用之时，常根据需要将手法有机结合使用。

二、手法的运用原则

施行手法以前，必须经过详细的检查，四诊合参，并结合影像学资料进行全面的分析，准确地掌握病情，确定病变部位和机制。医者应在头脑中形成一个伤患局部的立体形象，确切了解骨端在肢体内的方位，也就是"知其体相，识其部位"，从而达到"一旦临证，机触于外，巧生于内，手随心转，法从手出""法之所施，患者不知其苦"的效果。作为手法操作者，要做到"有心有力"，即心中明了如何操作，同时操作能力要达到所要的效果。概括来说，运用原则为稳、准、巧，切忌鲁莽粗暴，以免增加新的损伤。

三、理筋手法

机体肌肉、肌腱和韧带等软组织受伤后，筋离开正常的位置或功能状态发生的异常改变，正如《医宗金鉴·正骨心法要旨》记载筋伤的变化有"筋强、筋柔、筋歪、筋正、筋断、筋走、筋粗、筋寒、筋热"，均可"摸"而知之。骨关节正常的间隙或相对位置关系发生了细微的错缝，并引起关节活动范围受限，这就是所谓的"筋出槽、骨错缝"。筋出槽是由间接暴力或慢性积累性外力作用下引起筋的形态结构、功能状态和位置关系发生异常所致。筋出槽在临床上是以局部疼痛，活动不利，触诊发现筋的张力增高，触及结节、条索，伴见明显压痛等为特征的伤筋病。骨错缝是由间接暴力或慢性积累性外力作用下引起骨关节细微移位所致。临床以局部疼痛，活动不利，触诊发现关节运动单元终末感增强、松动度下降，伴见明显压痛等为特征的伤筋病。通过施行理筋手法可使损伤的软组织抚顺理直归位、错缝的关节恢复到正常位置，促进各种筋伤修复，关节的功能活动恢复正常，疼痛就可以缓解或消失，即所谓“顺则通，通则不痛”。

1.理筋手法的适应证

临床常用于急性和慢性软组织损伤。比如筋的急性损伤、局部肿痛，可用特殊的理筋手法以达到消肿止痛的作用，比如骨错缝在实施复位手法前，给予理筋揉筋手法；伤损日久，关节僵硬者，其筋亦粘连、僵直，需理筋手法在先，活动关节在后；慢性筋骨病损，大部分其病位在筋，更需理筋手法进行调治。理筋手法除有修复筋伤的作用之外，还有放松身心、解除痉挛、通络镇痛、增加血供、兴奋肌肉与神经等作用。

2.理筋手法的禁忌证

急性软组织损伤局部出血、肿胀严重；开放性损伤；可疑或已明确诊断有骨与关节及软组织肿瘤；骨关节结核、骨髓炎、化脓性关节炎等骨病；有严重心、肺、脑以及有出血倾向的血液病；有精神病，不能合作者；手法部位有严重皮肤损伤或皮肤病者；怀孕 3 个月内的孕妇，以及老年性骨质疏松的患者都要慎用手法。

3.常用理筋手法

(1)摆动类手法：以指、掌或腕关节作协调连续摆动的手法称摆动类手法。其包括指推法、㨰法和揉法。

1)指推法：用大拇指指端、指腹部或偏锋部着力于一定的部位或穴位上，以肘部为支点，前臂作主动摆动，带动腕部摆动和拇指关节作屈伸活动，使力持续作用于患部或穴位上，推动局部的筋肉。操作时，用力、频率、摆动幅度要均匀，手法频率每分钟 120～160 次。

2)㨰法：㨰法是指操作者腕关节的屈伸运动和前臂的旋转复合运动，用腕背或前臂的滚动，对患者的某一部分进行按摩的方法。滚动幅度控制在 120°角左右，压力要均匀，动作要协调而有节律，不可跳动或用手背来回摩擦。

3)揉法：揉法分为指揉、掌揉、肘揉等。操作时，用手掌或手指或肘尖按压在患部皮肤上不移动，作圆形或旋转揉摩动作，反正方向不拘，要求动作协调有节律，一般频率每分钟 120～160 次。

(2)摩擦类手法：以掌、指或肘贴附在体表作直线或环旋移动的手法称摩擦类手法。其包括摩法、擦法、推法、搓法及抹法等。

1)摩法：用单手或双手的手掌，或用指腹，或用示、中、环指并拢贴附于患处，缓慢地作直线或圆形抚摩动作。它是理筋手法中最轻柔的一种。根据用力大小，摩法可分作轻度按摩和深度按摩两种。

2)擦法：用手掌的大鱼际、掌根或小鱼际附着在一定部位，进行直线来回摩擦，使皮肤有红热舒适感。动作要均匀连续，频率每分钟 100～120 次。施法宜使用润滑剂，以防擦破皮肤。

3)推法：用手指、手掌或肘部着力于一定的部位上进行单向的直线运动，用指称指推法，用掌称掌推法，用肘称肘推法。操作时，指、掌或肘要紧贴皮肤，保持一定的压力作用于深部组织。

4)搓法:用双手掌置于肢体两侧,相对用力做方向相反的来回快速揉搓,同时作上下往返移动的手法称搓法。操作时双手用力要对称,搓动要快,移动要慢。

5)抹法:用单手或双手指腹部紧贴皮肤,做上下或左右往返移动的方法称为抹法。

(3)振动类手法:以较高频率、节律性、轻重交替刺激的手法,持续作用于人体,称振动类手法。其包括抖法和振法。

1)抖法:用双手握住患者的上肢或下肢远端,用力做连续的、小幅度的上下颤动。操作时,颤动幅度要小、频率要快,同时嘱患者充分放松肌肉。

2)振法:用手指或手掌着力在体表,以振动力作用于损伤部位的一种手法。振法有指振法和掌振法。操作时,力量要集中于指端或手掌上,振动的频率快速、均匀,着力渗透、传导。

(4)挤压类手法:用指、掌、肘或膝、足等部位对称性挤压患者体表的方法称挤压类手法。其包括按、点、捏、拿、捻和踩跷等法。

1)按法:操作时,着力部位要紧贴体表,按压方向要垂直用力。

2)点法:以手指着力于某一穴位,逐渐用力下压的手法。

3)捏法:用拇指和其余四肢夹住肢体,相对用力挤压的手法。

4)拿法:用拇指和其他各指相对用力,将肌肉或韧带等进行节律性提捏的手法。

5)捻法:用拇、示指捏住一定部位相对搓揉的手法。

6)踩跷法:患者俯卧,术者双手牵扶于引具上,以控制自身体重和踩踏时的力量,同时用脚踩踏患者腰部作适当的弹起动作,足尖不能离开腰部。根据患者体质,可逐渐增加踩踏力量和弹起力度,嘱患者随着弹起的节奏,配合呼吸。踩踏时呼气,跳起时吸气,切忌屏气。踩踏要均匀而有节奏。踩跷法适用于腰椎间盘突出症的患者,具有使突出的椎间盘还纳及松解粘连的作用。本法刺激量大,如操作不当,可引起脊椎、胸廓等损伤,应用时必须谨慎。

(5)叩击类手法:指用手指、手掌、拳背叩打体表的一类手法。其包括拍、击、弹等法。

1)拍法:用虚掌拍打体表的手法。操作时,手指自然并拢,掌指关节微屈,平稳而有节奏地拍打患处。

2)击法:用拳背、掌根、掌侧小鱼际、指尖叩击体表的手法。其分别称为拳击法、掌击法、侧击法、指击法。

(6)运动关节类手法:是指对关节作被动性活动的一类手法。其包括摇法、背法、扳法和拔伸法。

1)摇法:使关节作被动的环转运动的手法。摇法包括颈项部摇法、肩关节摇法、髋关节摇法和踝关节摇法。颈项部摇法指一手扶住患者头顶后部,另一手托住下颏,作左右环转摇动。肩关节摇法指一手扶患者肩部,另一手握住腕部或托住肘部,作环转摇动。髋关节摇法指患者仰卧位,髋膝屈曲,医者一手托住患者足跟,另一手扶住膝部、作髋关节环转摇动。踝关节摇法指一手托住患者足跟,另一手握住大趾部,作踝关节环转摇动。操作时动作要缓和,用力要稳,摇动方向和幅度须在各关节正常活动范围内进行,由小到大,循序渐进。

2)背法:术者和患者背靠背站立,两肘分别套住患者肘弯部,然后弯腰屈膝挺臀,将患者反背起,使其双脚离地,以牵伸患者腰脊柱,再作快速伸膝挺臀动作,同时以臀部着力颤动或摇动患者腰部的方法。

3)扳法:用双手作相反方向或同一方向用力扳动肢体称为扳法。不同部位有不同的扳法。颈项部有颈项斜扳法和旋转扳法。胸背部有扩胸牵引扳法和胸椎对抗复位法。腰部常用腰部斜扳法。

四、正骨手法

正骨手法又称整骨手法、接骨手法,主要用于骨折的复位。清代吴谦在《医宗金鉴·正骨心法要旨》中将正骨手法总结为摸、接、端、提、推、拿、按、摩八法。在此基础上,经中西医结合临床实践,总结形成正骨十法。

1.正骨手法的使用原则

(1)明确:实施正骨手法之前,需进行详细的临床检查及必要的影像等辅助检查,明确骨折的移位情况和类型、导致骨折的暴力方向、所伤部位的解剖和功能特点,以便做到“心中了了”,便于采用相对应的复位方法。

(2)及时:只要身体情况允许,整复时间越早越好。骨折后半小时内,局部疼痛、肿胀较轻,肌肉尚未发生痉挛,最易整复。伤后4～6 h内,局部瘀血尚未凝结,整复也相对较易。一般成人伤后7～10日内可考虑整复,时间越久复位困难越大。

(3)稳妥:对骨折的复位,要求术者双手有良好的劲力,在需要的时候能应用暴发寸劲,同时又需要较长时间力量较大的拔伸牵引力,更需要心灵手巧、训练有素。另外,整复骨折时要全神贯注,体会手下感觉,并随之调整动作和力度,做到“手随心转,巧从手出”。

(4)轻巧:实施正骨手法用力大小要恰到好处,使骨折端按设计要求移动,使复位准确有效,避免不必要的动作。施行正骨手法时要充分运用各种力学原理,掌握技巧,动作轻巧,切忌鲁莽粗暴。

(5)到位:按照不同部位骨折对位、对线的要求,达到解剖对位或功能对位的要求。

(6)麻醉:对于伤后时间不长,上肢的简单骨折,估计整复较易者,可选择骨折端的血肿浸润麻醉;如果伤后时间较长,或者是复杂骨折,估计复位有一定困难者,可选择神经阻滞麻醉,也可采用全身麻醉。

2.正骨十法

(1)手摸心会:在整复骨折前,术者用手仔细在骨折局部触摸,结合X线或者CT等辅助检查,明确骨折的移位情况和类型、导致骨折的暴力方向、所伤部位的解剖和功能特点,整复过程中,要反复进行“手摸心会”,了解对位情况。这是施用手法前的首要步骤,且贯穿于正骨过程的始终。

(2)拔伸牵引:这是正骨手法的基础,能纠正骨折后的短缩移位,恢复肢体的长度,以便进一步整复。有时需要数毫米的分离,才能进行侧方移位的矫正,即所谓“欲合先离,离而复合”。

(3)绕轴旋转:用来矫正骨折断端旋转移位。骨折有旋转畸形时,可由术者在拔伸下围绕肢体纵轴施行向左或向右的旋转手法,使骨折轴线相应对位,恢复肢体的正常轴线。使用此手法时,应遵守“以子求母”原则,即用骨折远端去对骨折近端。

(4)屈伸收展:用来矫正骨折断端成角移位。关节附近的骨折容易发生成角畸形,这是因为短小的近关节侧的骨折端受单一方向的肌肉牵拉过紧。对此类骨折,单靠牵引不但不能矫正畸形，甚至牵引力量越大成角也越大，只有将远侧骨折端连同与之形成一个整体的关节远端肢体共同牵向近侧骨折端所指的方向，成角才能被矫正。如伸直型的肱骨髁上骨折，需在牵引下屈曲，而屈曲型则需伸直。

(5)成角折顶：用来矫正肌肉丰厚部位横断或锯齿形骨折的重叠移位。某些重叠移位骨折，仅靠拔伸牵引仍不能完全纠正时，可采用折顶手法，即以两拇指并列按压在突起的骨折端，其余四指环扣抵于下陷的骨折端，两手拇指用力下压，使骨折端成角加大；估计骨折两端的骨皮质已经对顶相接时，其余四指骤然上提反折，使之复位。

(6)反向回旋：用于矫正斜形或螺旋形背对背骨折以及骨折断端间嵌有软组织的骨折。大斜形或螺旋形骨折，经拔伸牵引后重叠移位虽已纠正，但由于骨折尖端部分相互抵触，仍阻碍复位。此时在助手牵引维持下，术者一手握骨折近端，另一手握远端，做反方向回绕动作，使背对背变成面对面。骨折断端间有软组织嵌入时，常会影响复位，必须解除之。一般经拔伸牵引使周围软组织紧张，断端间隙增大后，软组织嵌入即可解除；如果仍未解除，就可用回旋手法使之解除，操作时可根据骨擦音的有无、强弱来判断断面是否接触。

(7)端挤提按：用来矫正侧方移位的骨折。根据骨折远端移位的方向，侧方移位可分为内、外侧移位和前、后侧移位。端挤法用于纠正内、外侧移位，提按法用于纠正前、后侧移位。操作时，端挤是以两手掌或拇指分别按压在骨折远端和近端，按骨折移位的相反方向做横向夹挤，使其复位；提按是以两拇指按压突起的骨端，同时其余四指环扣陷下的骨端上提，即可纠正前后侧移位，即所谓的“陷者复起，突者复平”。

(8)夹挤分骨：用于矫正并列部位的多骨或双骨折移位。操作时，在牵引的基础上术者用两拇指和示、中、环三指分别在骨折部的前后面或掌背侧对向夹挤骨间隙，使骨间膜张开，骨折断端承受分力向两侧分开，成角及侧方移位随即纠正。由于骨间膜的张力，而使骨折断端更加稳定，此时并列的双骨折就会像单骨折一样容易复位。

(9)摇摆纵压：用于检查横形或锯齿形骨折经整复后的复位效果。横断或锯齿形骨折断端之间经整复后可能仍有间隙，此手法可使骨折面紧密接触，有利于骨折复位后的稳定。横断骨折发生在干骺端松、密质骨交界处时，骨折整复固定后可用一手固定骨折部的夹板，另一手轻轻叩击骨折远端，使骨折断面紧密嵌插，整复可更加稳定。

(10)顺骨捋筋：用于骨折整复后理顺软组织的手法。“伤骨必伤筋”，在骨折整复后，施以轻柔的顺骨捋筋手法，用拇指及示、中指沿骨干周围上下轻轻推理数次移位、歪曲、反折的肌肉和肌腱，使骨折周围扭转曲折的肌肉、肌腱等软组织归位并舒展条顺。

五、上骱手法

上骱手法是指整复关节脱位的手法。晋代葛洪所著的《肘后备急方》在世界上最早记载了下颌关节脱位口腔内整复的方法：“令人两手牵其颐已，暂推之，急出大指，或咋伤也。”唐代蔺道人所创手牵足蹬法、椅背复位法等至今仍为临床所用。

1.上骱手法的使用原则

使用上骱手法时，应根据各关节的不同结构、骨端脱出的方向和位置，灵活地选用各种手法，本着欲合先离、原路返回的原则，利用杠杆原理，将脱位的骨端轻巧地通过关节囊破口返回原来的位置。

2.上骱手法的要求和适应证

对急性外伤性脱位，应争取早期手法复位。绝大多数关节脱位的患者都可以通过闭合手法复位而获得满意的效果，即使某些合并骨折的脱位，骨折在关节脱位整复后也会随之复位。对陈旧性脱位者，如无外伤性骨化性肌炎、骨折、明显的骨质疏松等并发症，也可试行手法复位，或先行持续牵引后再行手法复位。对于大关节的脱位，在麻醉下进行复位，可提高复位的效率和减少患者的痛苦。

3.常用上骱手法技巧

(1)手摸心会：在阅读X线片后，用手仔细触摸脱位部位，进一步辨明脱位的程度、方向和位置，了解局部软组织的张力，做到心中有数。

(2)拔伸牵引：操作时，助手固定脱位关节的近端，术者握住伤肢的远端做对抗牵引，牵引的方向和力量要根据脱位的部位、类型、方向、程度以及患肢肌肉丰厚和紧张程度而定。必要时可用布带协助牵引，也可采用手拉足蹬同时进行。

(3)屈伸收展：在适当地拔伸牵引下，若能根据脱位的部位、类型，使用屈曲、伸直、内收、外展等手法缓解某部肌肉和关节囊的紧张，就可促使脱位的骨端循原路返回而复位。屈伸收展手法可联合应用，亦可单独运用，或联合旋转回绕手法。

(4)端提挤按：指在拔伸牵引的配合下采用端提挤按的手法，将脱出的骨端推送至原来的位置。如肩关节脱位时，在助手的牵引配合下，术者两拇指挤按肩峰，其余四指端提肱骨头入臼即可复位。

(5)摇晃松解：用于陈旧性脱位的手法。对陈旧性脱位，因关节囊及关节周围软组织粘连挛缩，手法复位应在适当的麻醉下持续牵引，反复旋转摇晃脱位关节，然后再进行受伤关节的屈伸、收展等被动活动。活动范围由小至大，力度由轻至重，动作缓慢而稳健，直至脱位关节周围软组织的粘连得以充分松解。这是整复陈旧性脱位的关键步骤。

(6)理顺筋络：当脱位整复成功后，要施以轻柔的理筋手法，理顺筋络，并向关节稳定的方向做适当的被动活动，以达到解剖复位。

第三节 手术疗法

手术治疗骨伤科疾病在我国有着悠久的历史，随着现代骨科临床手术疗法的发展，手术疗法已成为中西医结合红星骨伤科学治疗骨伤科疾病的重要方法之一。

一、清创术

开放损伤的伤口，需要及时清创处理，以减少创口感染的机会，促进伤口愈合。清创术的内容包括止血、清除异物及污染、切除失去活力的组织、清洗伤口和消毒、修复损伤的组织和器官、及早关闭伤口，以达到防止感染、修复组织、覆盖创面的目的。对于开放性损伤，应争取在伤后

6 h以内尽快实施清创术。先用肥皂水擦洗除伤口周围外的整个肢体，以清除伤口周围皮肤的污垢，然后用安尔碘消毒伤口周围。用过氧化氢和生理盐水冲洗伤口3次。由浅及深，从皮肤、皮下组织、筋膜，应按组织层次有序地深入，清除异物、血凝块、已损毁的坏死组织，止血。先清创，并观察创口的污染情况、组织损伤程度，以及重要的血管神经和肌腱、肌肉、骨骼等组织器官的损伤情况。对于神经、肌肉的断裂，彻底清创后应尽量缝合；不能一期缝合者，可先用黑丝线将神经两端按原位置悬缝在一起，待伤口愈合后再行二期缝合。

二、植骨术

植骨术，是利用患者自身的骨质(自体骨)或经过特殊处理的同种异体骨，移植于患者身体上指定部位的手术。植骨术主要适用于治疗骨折不连接、骨缺损或关节植骨融合等。植骨材料最好来自患者自身的松质骨，如髂骨。还有来自特制的异体松质骨。混合自体骨，对异体骨植入生长有帮助。带有骨形态发生蛋白(BMP)的同种异体骨，相对于普通的同种异体骨，有较好的促进骨愈合作用。

三、截骨术(切骨术)

截骨术是将肢体的骨折通过手术的方法截断，重新调整骨骼的位置、力线及固定，以达到改变力线、改变长度、矫正畸形等目的手术。截骨术有楔形截骨术、旋转截骨术、移位截骨术、肢体延长术等。截骨术一般与内固定术一起，用于骨折畸形愈合或肢体的先天畸形。行截骨术前，应根据X线、螺旋CT片，准确地测定畸形的位置和角度，以及相应的截骨位置、方向和角度。

四、人工关节置换术

人工关节置换术是用一些生物材料或非生物材料制成的关节假体替代病变的关节结构，以恢复关节功能的手术。目前，人工关节置换术是治疗关节强直、严重的骨关节炎、因外伤或肿瘤切除后形成关节骨端大块骨缺损等的一种有效方法。用于制作人工关节的生物医学工程材料有金属材料(如钴铬钼合金)、高分子聚乙烯、陶瓷材料、炭质材料等。

五、脊柱椎板切除减压术

脊柱椎板切除减压术适用于颈椎、胸椎、腰椎原发性或继发性椎管狭窄患者，手术常通过椎板切除的方式，达到扩大椎管、解除压迫的目的。

六、椎弓根钉内固定术

随着20世纪80年代以后椎弓根螺钉器械因不断被改善而得到广泛的接受，应用椎弓根螺钉结合植骨融合逐渐成为相关疾病的治疗金标准。椎弓根是脊椎上最为坚强的部分，是对脊柱进行操作和制动的有效作用点。椎弓根器械可以在获得有效固定的同时，维持脊柱的正常解剖，最大限度地保留脊柱的运动节段。在同一器械的不同节段，可以分别进行牵开、压缩、旋转、恢复前凸以及椎体的向前和向后平移。椎弓根钉技术应用广泛，退变性疾病、滑脱性疾病、脊柱畸形需要矫形、脊柱骨折固定、脊柱肿瘤、感染结核等骨病需要固定者，均可采用椎弓根钉内固定技术。随着器械的进步及微创理念的普及，经皮微创椎弓根钉置钉技术已经成为主流。近期，我国自主研发的“天玑”机器人导航辅助下椎弓根钉植入技术已经普及，这能够提高椎弓根钉置钉的准确性，减少射线，降低并发症的发生。

七、闭合复位克氏针穿针固定术

闭合复位克氏针穿针固定术是在中医“筋骨并重，动静结合”的思想指导下，经过多年的临床实践逐步形成的一整套四肢骨与关节损伤手法复位经皮穿针内固定治疗技术。这些治疗方法具有操作简便、复位准确、损伤小、固定可靠、无手术切口瘢痕影响美观、并发症及后遗症少等优点，并且可大大减轻患者的经济负担，在临床上应用广泛。

八、钢板内固定术

用金属螺钉、钢板、钢丝或骨板等物直接在断骨内或外面将断骨连接固定起来的手术，称为内固定术。这种手术多用于骨折切开复位术及切骨术，以保持折端的复位。内固定术的主要优点是可以较好地保持骨折的解剖复位，比单纯外固定直接而有效，特别在防止骨折端的剪式或旋转性活动方面更为有效。另外，有些内固定物有坚强的支撑作用，术后可以少用或不用外固定，可以减少外固定的范围和时间，坚强的内固定有利于伤肢的功能锻炼和早期起床，减少因长期卧床而引起的并发症（如坠积性肺炎、静脉血栓、膀胱结石等）。随着材料学的进步及对于骨折血运的关注程度的逐渐提高，骨折内固定的原则已经由 AO 原则（解剖复位、坚强的内固定，达到骨折的一期愈合）逐渐向 BO 原则转变（生物学固定，运用微创术式，通过改进内固定器材，达到保护骨与周围软组织血运的目的）。这与中医骨伤科学所提倡的“筋骨病重”理念相契合。

九、髓内钉技术

髓内钉技术可用于长骨骨干骨折、骨折不愈合、长骨干骨折后骨不连、长骨干骨折畸形愈合、长骨干骨折的骨延长/短缩、长骨中段的病理骨折、长骨关节端骨折（股骨颈骨折、股骨粗隆间骨折、股骨髁骨折）等多种用途，临床应用广泛。其具有可以控制骨折部位的轴向力线；带锁髓内钉可以防止骨折旋转畸形，降低了内置物断裂的风险；采用闭合及微创技术，减少了手术感染率；减少对骨膜血运的破坏、保留血肿内的有成骨作用的生长因子、扩髓碎屑具有自体植骨效应、肌肉收缩产生微动提供力学刺激等因素促进骨折愈合；中心固定、弹性固定、应力分散避免应力遮挡作用，再骨折发生率低；固定牢固可以早期练功和负重；内固定取出通过小切口，微创等优点。

十、内镜技术

1.腰椎间盘经皮椎间孔内镜技术

随着脊柱内镜及手术器械的不断发展，经皮椎间孔内镜技术发生了重大的改变。它的主要手术方式是将直径适当的手术工作管道经椎间孔入路直接行椎间盘内或者椎管内突出或者脱出椎间盘的切除。随着器械及理念的进步，椎间孔镜技术的适应证逐渐由单纯的椎间盘突出向椎管狭窄转变，手术过程由“盲视”逐渐向“全程可视”转变。

2.关节镜技术

关节镜技术以小范围切开关节，基本保持关节原生理及解剖情况为特点，达到动态观察及针对性治疗的手术技术。通过内镜在显示器监视下进行关节软骨面及滑膜的修整、半月板切除、游离体摘除、韧带重建等工作，目前已经广泛应用于膝、髋、踝、肩、肘等多处关节。

第四节　固定疗法

固定是治疗损伤的重要措施之一。其主要目的是维持损伤整复后的良好位置，防止骨折、脱位及筋伤整复后再移位，保证损伤组织正常愈合和修复。

红星骨伤流派在临床上常用的固定分外固定和内固定两大类。外固定包括夹板固定、石膏固定、外固定支架固定以及支具固定；内固定包括切开复位内固定和闭合复位内固定。

一、夹板固定

骨折复位后选用不同的材料，如柳木板、竹板、杉树皮、纸板等，根据肢体的形态加以塑形，制成适用于各部位的夹板，并用扎带系缚，以固定垫配合保持复位后的位置，这种固定方法称为夹板固定。

1.适应证与禁忌证

(1)适应证：①四肢闭合性骨折经手法整复成功者。股骨干骨折因肌肉发达、收缩力大，需配合持续牵引。②关节内及近关节内骨折经手法整复成功者。③四肢开放性骨折，创面小或经处理闭合伤口者。④陈旧性四肢骨折运用手法整复者。

(2)禁忌证：①较严重的开放性骨折。②难以整复的关节内骨折和难以固定的骨折，如髌骨、股骨颈、骨盆骨折等。③肿胀严重伴有水疱者。④伤肢远端脉搏微弱，末梢血运较差或伴有血管损伤者。

2.固定方法

(1)选用合适的夹板和压垫：夹板有不同的种类和型号，使用时，应根据骨折的部位、类型及患者肢体的长短、粗细，选用适合的夹板和压垫。

(2)外敷药物：骨折复位后，两助手仍需把持肢体，以防骨折端再移位，术者将事先准备好的消肿止痛药膏敷在骨折部，外用绷带缠绕 1～2 圈，或以棉垫包裹患肢后用绷带缠绕固定，以防皮肤压伤。若皮肤有擦伤或已形成水疱，应在消毒后用消毒针头放空水疱，外敷消毒矾纱。

(3)放置压垫：将做好的压垫准确地放在肢体的适当部位，用胶布固定在绷带外面。

(4)安放夹板：根据各部骨折的具体要求，按照先前后、再两侧的顺序放置夹板。

(5)捆绑扎带：术者用 3～4 条扎带按中间、远端、近端的顺序依次绕夹板外面缠绑 2 圈后扎紧，并检查松紧度。除简单包扎法外，临床常用续增包扎法，其优点是夹板不易移动，肢体受压均匀，固定较为牢靠。固定时放置固定垫后，先放置两块起主要作用的夹板，以绷带包扎两周，再放置其他夹板，亦用绷带包扎，最后绑缚扎带 3～4 条。

3.夹板固定的注意事项

(1)观察患肢的血运,特别在固定后3日内更应注意观察肢端皮肤色泽、温度、感觉、肿胀、动脉搏动及被动活动情况。如发现肢端肿胀、疼痛、发凉、麻木、活动障碍和脉搏减弱或消失等,应及时处理,否则,肢体有发生缺血性肌挛缩,甚至坏疽的危险。

(2)调整扎带的松紧度,一般在固定后4日内,因复位的继发性损伤、部分浅静脉回流受阻、局部损伤性反应等,夹板内压力有上升趋势,应将布带及时放松一些;以后随着肿胀消退,夹板内压力日趋下降,扎带会变松,应及时调整,保持1 cm左右的正常移动度。

(3)若在压垫骨突起处出现固定性疼痛,应及时拆开夹板进行检查,以防发生压迫性溃疡。

二、石膏固定

石膏绷带有塑形好、固定可靠、便于护理、方便更换等特点。随着近代材料学的发展,出现了因冷热可变形的高分子聚酯材料,用于骨折外伤的固定,因其比传统的石膏坚强、耐用、不怕水,可加热后调整形状,因而可以部分替代传统石膏。无论应用哪种石膏,都需要应用衬垫保护以免压疮。

1.固定方法

(1)术前准备:石膏绷带浸泡水中10～15 min后即开始凝结,因此,术前应做好准备工作,以免延误时间,影响固定效果。

1)材料准备:需用多少石膏绷带要预先估计好,拣出放在托盘内,用桶或盆盛40 ℃左右温水备用,其他用具如石膏剪、石膏刀、剪刀、衬垫、绷带、胶布及有色铅笔等准备齐全。

2)患者肢体准备:将拟固定肢体用肥皂清洗干净,有伤口者应清洁换药,摆好伤肢关节功能位或特殊体位,并由专人扶持或置于石膏牵引架上。

3)人员分工:大型石膏固定包扎要1人负责体位,1人制作石膏条并浸泡石膏,1～2人包缠及抹制石膏。一般包扎石膏人数的多少根据石膏固定部位的大小情况而定。

(2)制作石膏条带:根据不同需要用石膏绷带来回反复折叠成不同长度、宽度和厚度的石膏条带,叠好后放入已准备好的温水中浸泡,待气泡冒净后取出,两手握住其两端,轻轻对挤,除去多余水分后,铺开抹平即可使用。

(3)制作石膏衬垫:石膏固定前应在石膏固定部位,根据需要制作相应的石膏衬垫或在骨骼隆起部、关节部垫以棉垫,以免影响血运或致皮肤受压坏死而形成压迫性溃疡。

(4)石膏包扎手法:一般于固定部位由上向下或由下向上缠绕,且以滚动方式进行,松紧要适度,每一圈石膏绷带应盖住前一圈绷带的1/2或1/3。由于肢体粗细不等,当需要向上或向下移动绷带时,要提起绷带的松弛部并向肢体的后方折叠,切不可翻转绷带。操作要迅速、敏捷、准确,两手要互相配合,即用一手缠绕石膏绷带,另一手同时朝相反方向抹平。

2.并发症

(1)缺血性肌挛缩:石膏固定过紧会影响静脉回流和动脉供血,使肢体严重缺血,导致肌肉坏死、挛缩,甚至肢体坏疽。因神经受压和缺血可造成神经损伤,从而使机体发生肢体感觉和运动障碍,故而固定松紧应适当,术后应严密观察、及时处理。

(2)压迫性溃疡:多因石膏凹凸不平或关节处塑形不良压迫所致。一般患者表现为持续性局部疼痛不适，以致石膏局部有臭味及分泌物，应及时开窗检查进行处理。

(3)皮炎：石膏固定范围肢体的皮肤被长时间覆盖或被汗液浸渍，常引起皮炎。有些患者因瘙痒而抓破皮肤，从而引起感染。

(4)失用性萎缩、关节僵直：长时间的关节固定必定引起关节不同程度的僵硬，并引起肌肉的萎缩。

三、外固定器固定

外固定器固定指将骨圆针或螺钉钻入骨折两断端后，在皮外固定于外固定架上，利用物理调节使骨折两断端达到良好对位和固定的方法，又称外固定架固定。外固定架的主要类型有单边架，半环、全环与三角式外固定架，平衡固定牵引架等。

1.单边架

单边架固定指在骨折的一侧上下端各穿一组钢针，穿过两侧骨皮质，但不穿越对侧的软组织。单边架是理想的单侧骨外固定装置，架子需轻巧而结实，装卸方便，固定稳靠，两端有加压和牵引设计；固定针的直径、长短合适可调，钻入骨质后咬合力强，与架子联成一体，固定力强，并有较好的抗旋转及抗屈伸剪力。

2.半环、全环与三角式外固定架

半环、全环与三角式外固定架都属于多平面外固定架，是多平面穿针，属于较稳定的一种。它不会发生旋转与成角畸形，但结构复杂，安装较烦琐，体积也较大，因其连杆与针数较多，固定过于牢固，产生过大的应力遮挡效应，可能影响骨折愈合。

3.平衡固定牵引架

平衡固定牵引架属于单针双边外固定架。平衡固定牵引架固定是把单根斯氏针穿过股骨髁上，在大腿根部套一固定环，内外侧连接伸缩杆，治疗股骨干骨折。其特点是稳定性差，常需配合小夹板固定。

四、支具治疗

随着材料学的进步，支具疗法具有固定牢稳、轻便、舒适、透气性好的特点，其运用越来越广泛。支具是一种置于身体外部，限制身体的某项运动，从而辅助手术治疗的效果，或直接用于非手术治疗的外固定。另外，在外固定的基础上加上压点，就可以成为矫形支具，用于身体畸形的矫正治疗。目前随着 3D 打印技术的进步，对于一些矫形支具，可量身定做。

1.头颈胸背心外固定架

适应证：颈椎损伤(含寰枢椎骨折、齿状突骨折)；颈椎畸形(术前、术中、术后应用)；颈椎炎症(结核及其他炎症所致的不稳定)；颈椎肿瘤(术前、术中、术后应用)；因手术中其他原因所致的颈椎不稳定。

2.脊柱侧弯矫形器

适应证：主要用于胸、腰段(多用于 T_{10} 以下)的 Cobb 角小于 45°的特发性脊柱侧弯患者。产品为订制品，需按大小或形状进行修改或调整通过额状面上的三点固定。通过加腹压产生对脊柱的牵引力来矫正脊柱。

3.肩外展支架

适应证:主要用于肩关节术后固定、棘上肌腱断裂、肩关节骨折脱位整复后臂丛神经麻痹、急性肩周炎等,可将肩关节固定在外展(30°～170°)前屈位。

4.长型膝锁定矫形器

适应证:长型膝锁定矫形器,稳定性更强,带多转动轴的关节铰链,可将膝关节固定多种角度,还可以防止膝关节过渡伸展,适用于膝部韧带受损及膝部稳定性减弱需固定者。

另外,亦有颈椎支具、踝关节支具,以及针对截瘫患者的支具等。支具的佩戴必须合适,维持及时,以保持良好的固定与体位。防止压疮或血管、神经受压损伤,继发畸形等。

五、内固定术

内固定是在骨折复位后,通过置入金属固定物用来维持复位的一种方法。临床有两种置入方法:一是切开复位后置入;二是闭合复位后,在X线机等影像设备的辅助下插入。

1.材料与性能

目前常用的内固定材料有镍钼不锈钢、钴合金钢、钛合金钢、钴铬钼合金钢等,以钛合金的生物相溶性为佳。少数的骨折部位,如胫骨内踝骨折可用可降解的聚乙烯材料。

2.器材与应用

常用的器材有螺钉、接骨板、髓内针、不锈钢丝、骨圆针、空心钉以及脊柱前后路内固定器材等。手术所用的特殊器械也需准备,如骨折内固定手术时所用的电钻、螺丝刀、固定器、持钉器、测钉针、持骨器、骨撬等,脊柱骨折内固定手术所用的一般为成套的脊柱复位和内固定器械。

第五节　运动疗法

红星骨伤流派重视通过传统体育锻炼进行健身、防病、促进病伤残者医疗康复,引领四肢百骸通过开合、动静、虚实、松紧、升降、吐纳、收放、蓄发、伸屈、长短、刚柔、进退、顺逆、卷展等运动体现太极阴阳的变化,激发人体潜能,从而有效地增进健康,加快伤病患者的康复。

运动疗法又称功能锻炼,古称导引,是指通过肢体运动防治疾病、促使肢体功能恢复、增进健康的一种有效方法。张介宾在《类经》注解中说:“导引,谓摇筋骨,动肢节,以行气血也。”“病在肢节,故用此法。”运动疗法对骨与关节以及软组织损伤后康复有很好的促进作用,它不仅是红星骨伤科的重要疗法之一,在世界医疗体育史上也有相当的地位。

近代医家在不断总结前人经验的基础上,逐步充实提高,而将导引发展成为强身保健、防治疾病的方法。运动疗法的内容丰富多彩,包括五禽戏、八段锦、易筋经、少林拳、太极拳等。

一、运动疗法的作用

运动疗法治疗骨关节及软组织损伤,对提高疗效、减少后遗症有着重要的意义。它对损伤的防治作用可归纳为：活血化瘀、消肿定痛；濡养患肢关节筋络；促进骨折愈合；防治筋肉萎缩；避免关节粘连和骨质疏松；提高整体机能，促进恢复。

二、应用原则以及注意事项

1.内容和运动强度

运动的内容和运动强度，应根据患者的具体情况，因人而异、因病而异。并应制定严格、合理的锻炼计划。

2.动作要领

正确指导患者运动是取得良好疗效的一个关键。由于上肢和下肢分工的不同，故在锻炼中侧重有所不同。

(1)上肢：上肢运动的主要目的是恢复手的功能，凡上肢各部位的损伤，注意手部各关节的早期运动活动。特别要保护其灵活性，以防关节发生功能障碍。

(2)下肢：下肢运动的主要目的是恢复负重和行走，保持各关节的稳定性。

3.循序渐进，持之以恒

运动时，应根据患者的实际情况，在患者能承受的范围内，逐渐增强，次数由少到多，动作幅度由小到大，锻炼时间由短到长。只要不出现异常反应和意外，就必须严格按照制定的锻炼计划进行。

4.沟通和随访

锻炼前将锻炼的目的意义向患者说明，并告知可能出现的情况和处理方法，取得患者信任。锻炼过程中定期复查可了解患者恢复的情况，并及时调整运动内容和运动量，修订锻炼计划，从而获得满意的疗效。

三、各部位主要功能锻炼方法

1.颈项部功能锻炼

预备姿势：两脚叉开，与肩同宽，头颈端正，两手叉腰，配合呼吸。

作用：增强颈项部肌肉力量和颈椎稳定性。可辅助治疗颈部扭伤，颈部劳损，颈椎肥大和颈椎病引起的头颈、项、背肌肉疼痛、麻木和头晕等，防止颈椎活动功能障碍。

(1)抬头观天，低头看地。

动作要领：吸气时充分抬头观天，呼气时还原；吸气时充分低头看地，呼气时还原。

(2)与项争力，左右进行。

动作要领：吸气时头颈充分向左侧弯；呼气时还原；吸气时头颈充分向右侧弯；呼气时还原。

(3)往后观瞧，左右进行。

动作要领：吸气时头颈充分向右后转，眼看右后方，呼气时还原；吸气时头颈充分向左后转，眼看左后方，呼气时还原。

2.肩肘部功能锻炼

(1)双手托天。

预备姿势：两脚开立，两臂平屈，两手放在腹部手指交叉，掌心向上。

动作要领：反掌上举，掌心向上，同时抬头眼看手掌；然后还原。初起可由健肢用力帮助患臂向上举起，高度逐渐增加，以患者无明显疼痛为度。

作用：对恢复肩关节的功能，辅助治疗某些肩部陈伤有效，如手臂因劳损及风湿而不能前屈上举等。

(2)肘部屈伸。

预备姿势：两脚开立，两手下垂。

动作要领：右手握拳，前臂向上，渐渐弯曲肘部，然后渐渐伸直还原。左侧与右侧相同。

作用：增强上臂肌力，有助于恢复肘关节伸屈功能，适于治疗肘部骨折及脱位的后遗症。

3.前臂及腕部功能锻炼

(1)抓空握拳。

动作要领：将手指尽量伸展张开，然后用力屈曲握拳，左右可同时进行。

作用：促进前臂与手腕的血液循环，消除前臂远端的肿胀，并有助于恢复掌指关节的功能和解除掌指关节风湿麻木等症状。上肢骨折锻炼早期都从此开始。

(2)拧拳反掌。

动作要领：两臂向前平举时，掌心朝上，逐渐向前内侧旋转，使掌心向下变拳，握拳过程要有“拧”劲，如同拧毛巾一样(故称拧拳)，还原变掌，反复进行。

作用：帮助恢复前臂的旋转功能。

(3)背伸掌曲。

动作要领：用力握拳，作腕背伸、掌屈活动，反复多次。

作用：锻炼腕背伸肌和腕掌屈肌的力量。

(4)手滚圆球。

动作要领：手握两个圆球，手指活动，使圆球滚动或变换两球位置，反复多次。

作用：增加手部力量和手指灵活性。

4.腰背部功能锻炼

(1)左右回旋。

动作要领：双足开立，与肩同宽，双手叉腰，腰部作顺时针及逆时针方向旋转各1次，然后由慢到快、由小到大地顺逆时针，交替回旋6～8次。

(2)俯卧背伸。

动作要领：患者俯卧，头转向一侧。吸气时分别进行如下动作，①两腿交替做背伸动作；②两腿同时作背伸动作；③两腿不动，头胸部背伸；④头胸与两腿同时背伸，呼气时还原。反复多次。

5.下肢功能锻炼

(1)举屈蹬腿。

动作要领：仰卧位，腿伸直，两手自然放置体侧，把下肢直腿徐徐举起，然后尽量屈髋屈膝背伸踝，再向前上方伸腿蹬出，反复多次。

作用：全面增强大腿、小腿的肌力；防治下肢关节和肌肉挛缩麻木，筋骨疼痛，腿力衰退。

(2)股肌舒缩。

动作要领:股肌舒缩即是指股四头肌舒缩活动。患者仰卧位,膝部伸直,作股四头肌收缩与放松练习,当股四头肌用力收缩时,髌骨向上提拉,股四头肌放松时,髌骨恢复原位,反复多次。

作用:增强股四头肌和伸膝装置的力量,防止肌肉萎缩和关节僵直。

(3)半蹲转膝。

动作要领:两脚立正,脚跟并拢,两膝并紧,两膝微屈,两手按于膝上。两膝分别做如下动作,①自右向后、左、前的顺时针转摇;②自左向后、右、前的逆时针回旋动作。反复多次。

作用:恢复膝关节功能,防治膝部疼痛和行走无力。

(4)搓滚舒筋。

动作要领:坐于凳上,患足踏在竹管或圆棒上,膝关节前后伸屈滚动竹管。

作用:恢复膝、踝关节骨折损伤后的伸屈功能。

(5)蹬车活动。

动作要领:坐在一个特制的练功车上作蹬车活动,模拟踏自行车。

作用:使下肢肌肉及膝、踝关节得到锻炼。

第六节　药物疗法

药物疗法是红星骨伤科疾病治疗的重要组成部分,按照其作用途径,可分为内服药物、外用药物两大类。无论药物的外治法或者内治法,都是在中医学整体观念的指导下进行的,中医辨证施治贯穿始终。

一、内治法

伤骨必伤筋,筋骨损伤难以截然分开,故可一并而论。根据中医学“损伤一证,专从血论”“气伤痛,形伤肿”“瘀血不去则新血不生”“恶血必归于肝”,以及“肝主筋”“肾主骨”“脾主肌肉”等有关气血经络、筋与脏腑内在联系的整体观念等理论,临床可分别采用活血化瘀、消肿止痛、舒筋活络、祛瘀生新以及补益肝肾、强筋壮骨和滋脾长肉等治法。

根据损伤性疾病的发展过程,损伤的时期一般分为初、中、后三期。损伤初期,由于气滞血瘀,肿痛较重,则以活血化瘀、消肿止痛为主;若瘀积化热或邪毒感染,迫血妄行,则以清热凉血、解毒化瘀为法;若气闭昏厥或瘀血攻心,宜急则治其标,以开窍醒神为法。损伤中期,肿胀渐趋消退,疼痛逐步减轻,但瘀阻未尽,仍应以活血化瘀、和营生新、接骨续筋为主。损伤后期,瘀肿已消,但筋骨尚未坚实,功能尚未恢复,则以补养气血、肝肾、脾胃,坚骨壮筋为主;而经络阻滞、筋肉拘挛、风寒湿痹、关节不利者,则以舒筋活络、温经散寒、祛风除湿为原则。

1.初期治法

清代陈士铎在《辨证录》中说:“血不活者瘀不去,瘀不去则骨不能接也。”所以伤科在治疗上必须活血化瘀与理气止痛兼顾,调阴与和阳并重。损伤早期常用治法有攻下逐瘀法、行气消瘀法、清热凉血法、开窍通关法等。

(1)攻下逐瘀法:创伤初期络破血溢,气滞血瘀,脉络阻塞,瘀血不去,新血不生,变证多端。《素问·缪刺论》说:“人有所堕坠,恶血留内,腹中胀满,不得前后,先饮利药。”根据《素问·至真要大论》中“留者攻之”的原则,需及时应用攻下逐瘀法。本法适用于损伤早期蓄瘀,大便不通,腹胀,苔黄,脉滑数的体实患者。常用的方剂有桃核承气汤、大成汤、鸡鸣散、黎洞丸等加减。

攻下逐瘀法属下法,常用苦寒泻下药物以攻逐瘀血、通泄大便、排除积滞的治法,药效峻猛,临床不可滥用。对年老体弱、气血虚衰、妇女妊娠、经期及产后失血过多者,应当禁用或慎用该法。

(2)行气消瘀法:即行气活血法,为骨伤科常用的内治法。根据《素问·至真要大论》中“结者散之”的原则,创伤后有气滞血瘀者,宜采用行气消瘀法。本法适用于气滞血瘀,肿胀疼痛,无里实热证,或宿伤而有瘀血内结,或有某种禁忌而不能用猛攻急下之患者。常用的方剂如下,以活血消瘀为主的有复元活血汤、活血止痛汤、活血化瘀汤;以行气为主的有柴胡疏肝散、加味乌药汤、金铃子散;行气活血并重的有膈下逐瘀汤、顺气活血汤、血府逐瘀汤等。临证可根据损伤的不同,或重于活血化瘀,或重于行气,或活血与行气并重而灵活选用。

行气消瘀法属于消法,具有消散瘀血的作用。行气消瘀方剂一般并不峻猛,如需逐瘀通下,可与攻下法配合。对于素体虚弱或年老体虚、妊娠产后、月经期间、幼儿等不宜猛攻破散者,可遵王好古“虚人不宜下者,宜四物汤加穿山甲”治之。

(3)开窍通关法:开窍通关法是以辛香走窜、开窍通关、镇心安神的药物来急救的一种方法,以治疗创伤后气血逆乱、气滞血瘀、瘀血攻心、神昏窍闭等危急重症。治疗时,可分别采用清心开窍法、豁痰开窍法、辟秽开窍法等治法。常用的方剂有苏合香丸、安宫牛黄丸、紫雪丹、玉枢丹、行军散等。

(4)清热凉血法:本法包括清热解毒、凉血活血两法。《素问·至真要大论》:“治热以寒”“热者寒之,温者清之”。本法适用于损伤后引起的瘀积化热、瘀热互结,或创伤感染,火毒内攻、迫血妄行、热毒蕴结之变证。常用的清热解毒方剂有五味消毒饮、黄连解毒汤;凉血活血方剂有犀角地黄汤、清营汤等。

清热凉血法属清法,是用性味寒凉药物以清泄邪热而止血的一种治法。寓活血于其中以祛瘀止血,又防寒凉过度,血遇寒则凝。多用于身体壮实之人患实热之证。若身体素虚,脏腑本寒,肠胃虚滑,或产后等虽有热证者,不可过用本法,以防止寒凉太过,《疡科选粹》曰:“盖血见寒则凝。”出血过多时,需辅以补气摄血之法,以防气随血脱,必要时还应当结合输血、补液等疗法。

2.中期治法

损伤诸症经过初期治疗,肿痛减轻,但瘀肿尚未消尽,筋骨虽连而未坚,故损伤中期宜和营生新、接骨续损。其治疗以和、续法为基础,即活血化瘀的同时加补益气血药物,如当归、熟地黄、黄芪、何首乌、鹿角胶等;或加接骨续筋药物,如续断、补骨脂、骨碎补、煅狗骨、煅自然铜等。结合内伤气血、外伤筋骨的特点,损伤中期常用治法有和营止痛法、接骨续筋法。

(1)和营止痛法:适于损伤后,虽经消、下等法治疗,但气血瘀滞、肿痛未尽之证。常用方剂有和营止痛汤、定痛和血汤、正骨紫金丹、七厘散、和营通气散等。

(2)接骨续筋法:适用于损伤中期骨位已正、筋已理顺,筋、骨已有连接但未坚实,尚有瘀血未去者。瘀血不去则新血不生，新血不生则骨不能合、筋不能续，故治宜接骨续筋药，佐以活血祛瘀。常用的方剂有接骨活血汤、新伤续断汤、接骨丹、接骨紫金丹、恒古骨伤愈合剂等。

3.后期治法

损伤后期，正气必虚。根据《素问》中“损者益之”“虚则补之”的治则，可分别采用补气养血、补养脾胃、补益肝肾的补法。由于损伤日久，病久入络，筋脉粘连，关节挛缩，复感风寒湿邪，以致关节酸痛、屈伸不利者颇为多见，故又当采用舒筋活络、温经除痹等治法。损伤后期的常用治法有补气养血法、补养脾胃法、补益肝肾法、温经通络法等。

（1）补气养血法：本法是使用补气养血药物，使气血旺盛而濡养筋骨的治疗方法。凡外伤筋骨，内伤气血以及长期卧床，出现各种气血亏损、筋骨萎弱等证候者均可用本法。常用方剂有以补气为主的四君子汤，以补血为主的四物汤，以及气血双补的八珍汤、十全大补汤。对因损伤大出血而引起的血脱者，要及早使用补气养血法，以防气随血脱，方选当归补血汤，重用黄芪。

使用补气养血法应注意，补血药多滋腻，素体脾胃虚弱者易引起纳呆、便溏，补血方内宜兼用健脾和胃之药。阴虚内热、肝阳上亢者，忌用偏于辛温的补血药。此外，若跌仆损伤而瘀血未尽，体虚不任攻伐者，于补虚之中仍需酌用祛瘀药，以防留邪损正，积瘀为患。

（2）补养脾胃法：本法适用于损伤日久，耗伤正气，或由于长期卧床而导致脾胃气虚，运化失职者。治疗宜采用补养脾胃，以促进气血生化，使筋骨肌肉加速恢复。常用的方剂有补中益气汤、参苓白术散、健脾养胃汤、归脾丸等。

（3）补益肝肾法：本法又称强壮筋骨法。肝主筋，肾主骨，主腰脚。《素问·上古天真论》：“肝气衰，筋不能动。”《景岳全书·卷十五·腰痛》云：“腰痛之虚证，十居八九。”本法适用于损伤后期患者，且患者为年老体虚、筋骨萎弱、肢体关节屈伸不利、骨折愈合迟缓、骨质疏松而肝肾虚弱者。

临床应用本法时，应注意肝、肾之间的相互联系及肾的阴阳偏盛。肝为肾之子，《难经》云“虚则补其母”，故肝虚者也应注意补肾，以滋水涵木。常用的方剂有壮筋养血汤、生血补髓汤。肾阴虚用六味地黄汤或左归丸；肾阳虚用金匮肾气丸或右归丸；筋骨萎软、疲乏衰弱者用健步虎潜丸、壮筋续骨丹等。在补益肝肾法中参以补气养血药，可增强养肝益肾的功效，加速损伤筋骨的康复。损伤后期，病情复杂，若出现阴虚火旺，可用知柏地黄丸或大补阴丸滋阴降火。

（4）温经通络法：温经通络法属温法。根据《素问·至真要大论》中“劳者温之”“损者益之”的治则，本法使用温性或热性的祛风、散寒、除湿药物，并佐以调和营卫或补益肝肾之药，以求达到驱除留注于骨与关节经络之风寒湿邪，使血活筋舒、关节滑利、经络畅通。适用于一般损伤后气血运行不畅，或因阳气不足、腠理空虚、风寒湿邪滞留或筋骨损伤日久，气血凝滞、经络不通之变证。常用方剂有麻桂温经汤、乌头汤、大红丸、大活络丹、小活络丹等。

需要说明的是，以上治法是临证应用时应遵循的一般原则。如为骨折后肿胀不严重者，往往可直接用接骨续筋法，佐活血化瘀之药；开放性损伤，在止血以后，也应根据证候而运用上述疗法。如为失血过多者，急需补气摄血法以急固其气，防止虚脱。临证时变化多端，错综复杂，必须灵活变通，审慎辨证，正确施治，不可拘泥和机械地分期。

二、药物外治法

外用药物治疗骨伤科疾病是红星骨伤科重要的疗法之一，它是在辨证论治的基础上，具体贯彻内外兼治，即局部与整体兼顾的主要手段。骨伤科外治法和方药相当丰富，按剂型可分为敷贴药、搽擦药、熏洗湿敷药与热熨药。

(一)敷贴药

外用药中应用最多的是膏药、药膏和药粉3种。使用时将药物制剂直接敷贴在损伤局部，使药力发挥作用，可收到较好的疗效。

1.药膏(又称敷药或软膏)

(1)药膏的配制：将药碾成细末，然后选加饴糖、蜜、油、水、鲜草药汁、酒、醋或医用凡士林等，调匀如糊状，涂敷伤处。近代伤科各家的药膏用饴糖的较多，主要是取其硬结后药物本身的作用和固定、保护伤处的作用。饴糖与药物的比例为3∶1。对于有创面的创伤，都用药物与油类熬炼或拌匀制成的油膏，因其柔软，并有滋润创面的作用。

(2)药膏的种类。

1)祛瘀消肿止痛类：适用于骨折、筋伤初期肿胀疼痛剧烈者。可选用消瘀止痛药膏、定痛膏、双柏膏、消肿散等药膏外敷。

2)舒筋活血类：适用于扭挫伤筋、肿痛逐步减退的中期患者。可选用三色敷药、舒筋活络药膏、活血散等药膏外敷。

3)接骨续筋类：适用于骨折整复后，位置良好，肿痛消退之中期患者。可选用接骨续筋药膏，外用接骨散、驳骨散等药膏外敷。

4)温经通络、祛风散寒除湿类：适用于损伤日久，复感风寒湿邪，肿痛加剧者。可用温经通络药膏外敷；或用舒筋活络类药膏，酌加祛风散寒、除湿的药物外敷。

5)清热解毒类：适用于伤后感染邪毒，局部红、肿、热、痛者。可选用金黄膏、四黄膏等药膏外敷。

6)生肌拔毒长肉类：适用于伤后创面感染者。可选用橡皮膏、生肌玉红膏、红油膏等药膏外敷。

2.膏药

膏药古称为“薄贴”，是中医学外用药中的一种特有剂型。《肘后备急方》中就有关于膏药治法的记载，后世广泛地将其应用于内、外各科的治疗上，骨伤科临床应用更为普遍。

(1)膏药的配制：是将药物碾成细末，配以香油、黄丹或蜂蜡等基质炼制而成。

1)熬膏药肉：将药物浸于植物油中，主要用香油，即芝麻油加热熬炼后，再加入铅丹(又称黄丹或东丹)，下丹收膏，制成的一种富有黏性，烊化后能固定于伤处的成药，称为膏或膏药肉。

2)摊膏药：将已熬成的膏药肉置于小锅中用文火加热烊化，然后将膏药摊在牛皮纸或布上备用，摊时应注意四面留边。

3)掺药法：膏药内药料掺和方法有3种。第一是熬膏药时将药料浸在油中，使有效成分溶于油中；第二是将小部分具有挥发性又不耐高温的药物，如乳香、没药、樟脑、冰片、丁香、肉桂等先研成细粉末，在摊膏药时将膏药肉在小锅中烊化后加入，搅拌均匀，使之融合于膏药中；第三是将贵重的芳香开窍药物或特殊需要增加的药物，临用时加在膏药上。

(2)膏药的种类：按其功能可分为两类。

1)治损伤与寒湿类：适用于损伤的有坚骨壮筋膏；适用于风湿的有狗皮膏、伤湿宝珍膏等；适用于损伤与风湿兼顾者有万灵膏、损伤风湿膏等；适用于陈伤气血凝滞、筋膜粘连的有化坚膏。

2)提腐拔毒生肌类：适用于创伤而有创面溃疡的有太乙膏、陀僧膏，一般常在创面另加药粉，如九一丹、生肌散等。

(3)临床使用注意事项。

1)膏药由较多的药物组成，适用于多种疾患。一般较多应用于筋伤、骨折的后期。若为新伤初期有明显肿胀者，不宜使用。

2)对含有丹类药物的膏药，由于含四氧化三铅或一氧化铅，膏药亦有一定的毒性，可透皮吸收，宜中病即止，不可久用。

(二)搽擦药

搽擦药可直接涂擦于伤处，或在施行理筋手法时配合推擦等手法使用，或在热敷熏洗后进行自我按摩时涂搽。

1.酊剂

酊剂又称为外用药酒或外用药水，是用药与白酒、醋浸制而成，一般酒、醋之比为8∶2，也有单用酒浸者，近年来还有的是用乙醇溶液浸泡加工炼制的。常用的有活血酒、伤筋药水、息伤乐酊、正骨水等，具有活血止痛、舒筋活络、追风祛寒的作用。

2.油膏与油剂

用香油把药物熬煎去渣后制成油剂，或加黄醋、白醋收膏炼制而成油膏，具有温经通络、消散瘀血的作用。适用于关节筋络寒湿冷痛等证，也可配合手法及练功前后做局部搽擦。常用的有跌打万花油、活络油膏、伤油膏等。

(三)熏洗湿敷药

1.热敷熏洗

唐代蔺道人的《仙授理伤续断秘方》中就有论述，热敷熏洗的方法古称“淋拓”“淋渫”“淋洗”或“淋浴”，是将药物置于锅或盆中煮沸后熏洗患处的一种方法。此方法具有舒松关节筋络、疏导腠理、流通气血、活血止痛的作用，用于关节强直拘挛、疼痛麻木或损伤兼夹风湿者均有卓效。多用于四肢关节的损伤，腰背部如有条件也可熏洗。常用的方药可分新伤瘀血积聚熏洗方及陈伤风湿冷痛熏洗方等两种。

(1)新伤瘀血积聚熏洗方：散瘀和伤汤、海桐皮汤、舒筋活血洗方。

(2)陈伤风湿冷痛熏洗方：陈伤风湿冷痛及瘀血已初步消散者，用八仙逍遥汤、上肢损伤洗方、下肢损伤洗方等。

2.湿敷洗涤

湿敷洗涤古称“溻渍”“洗伤”等。现临床上把药制成水溶液，供创伤溃破伤口湿敷洗涤用。常用的有甘葱煎水、野菊花煎水、2%～20%黄柏溶液，以及蒲公英等鲜药煎汁。

第七节　其他疗法

一、牵引

（一）皮肤牵引

皮肤牵引指用胶布粘贴于伤肢皮肤上，利用扩张板（方形木板），通过滑车连接牵引重锤进行牵引的方法。其牵引力是通过皮肤的张力，间接牵开肌肉的收缩力而作用于骨骼的。其特点是简单易行，对患肢基本无损伤，无穿针感染之危险，安全无痛苦。但由于皮肤本身所承受的力量有限，同时皮肤对胶布粘着不持久，牵引力较小，故其适用范围有一定的局限性。

1.适应证

骨折需要持续牵引疗法，但又不需要强力牵引或不适于骨骼牵引、布带牵引的病例。临床常用于小儿下肢骨折、老年人的骨折、短期牵引、预防或矫正髋、膝关节屈曲、挛缩畸形等。

2.禁忌证

由于皮肤牵引需要胶布粘贴于皮肤，故皮肤对胶布过敏者、有损伤或炎症者、肢体有静脉曲张、慢性溃疡等血管病变者禁用。

3.操作方法

在骨突起处放置纱布，不使胶布直接接触该处，以免压迫皮肤出现溃疡；先持胶布较长的一端平整地贴于大腿或小腿外侧，并使扩张板与足底保持两横指的距离，然后将胶布的另一端贴于内侧，注意两端长度相一致，以保证扩张板处于水平位置；胶布外面自上而下地用绷带缠绕并平整地固定于肢体上，但绷带不要盖住其上端，也勿过紧。将肢体置于牵引架上，根据骨折对位要求调整滑车的位置及牵引方向。腘窝和跟腱处应垫以棉垫，勿使其悬空。

4.注意事项

（1）牵引重量一般不能超过 5 kg；牵引时间一般为 2～3 周。

（2）胶布和绷带如脱落，应及时更换；若有不良反应，应及时停止牵引。

（二）骨牵引

骨牵引是指将骨圆针或牵引钳穿过骨骼内，通过牵引装置，进行牵引的方法。骨牵引可以承受较大的牵引重量，阻力较小，可以有效地克服肌肉紧张，纠正骨折重叠或关节脱位造成的畸形，保持骨折端不移位的情况下，可以加强患肢功能锻炼，防止关节僵直、肌肉萎缩，以促进骨折愈合。但骨圆针直接通过皮肤穿入骨质，如果消毒不严格或护理不当，易导致针眼处感染；穿针部位不当易损伤关节囊、神经和血管；儿童采用骨牵引易损伤骨骺。

1.适应证

骨牵引多用于肌肉发达的成年人和需要较长时间固定或较大重量牵引的患者。

2.禁忌证

牵引处有感染或开放性伤口创伤污染严重者、局部骨骼有肿瘤、结核等病变患者、局部需要切开复位者禁用。

3.常用牵引与操作方法

(1)颅骨牵引:用于颈椎骨折脱位,尤其是合并有颈髓损伤者。患者仰卧,头枕沙袋,剃光头发,画两侧乳突之间的一条冠状线,沿鼻尖到枕外隆凸的一条矢状线。将颅骨牵引弓的交叉部支点对准两线的交点,两端钩尖放在横线上充分撑开牵引弓,钩尖所在横线上的落点即为进针点;另一方法是由两侧眉外端向颅顶画两条平行的矢状线,两线与上述冠状线相交的两点,即为进针点。

在无菌和局部麻醉下,用尖刀在两点处各做一长约 1 cm 小横切口,深达骨膜,用带安全隔板的钻头在颅骨表面斜向内侧约 45°角,以手摇钻钻穿颅骨外板(成人约 4 mm,儿童为 3 mm)。注意防止穿过颅骨内板伤及脑组织。然后将牵引弓两钉齿插入骨孔内,拧紧牵引弓螺丝钮,使牵引弓钉齿固定牢固,缝合切口并用酒精纱布覆盖伤口。牵引弓系牵引绳并通过滑车,抬高床头 20 cm 左右作为对抗牵引。一般第 1～2 颈椎用 4 kg,以后每下一椎体增加 1 kg。复位后其维持重量一般为 3～4 kg。

(2)尺骨鹰嘴牵引:用于肱骨外科颈、肱骨干骨折等。自尺骨鹰嘴尖端向远端 2 cm 处作一尺骨背侧缘的垂直线,再在尺骨背侧缘的两侧各 2 cm 处画一条与尺骨背侧缘平行的直线,三条直线相交的两点即为牵引针的进、出针点。

患者仰卧位,屈肘 90°,前臂中立位,在无菌和局部麻醉下,术者将固定在手摇钻上的骨圆针从内侧标记点刺入皮肤至骨,转动手摇钻将骨圆针穿过尺骨鹰嘴从外侧标记点穿出。穿针时应始终保持针与尺骨干垂直,不能钻入关节腔或损伤尺神经。安装牵引弓并拧紧固定即可。一般牵引重量为 2～5 kg,维持重量为 2～2.5 kg。

(3)股骨髁上牵引或胫骨结节牵引:用于股骨干骨折、转子间骨折等。股骨髁上进针处,自髌骨上缘作一与股骨干垂直的横线,再沿腓骨小头前缘与股骨内髁隆起最高点各做一条与髌骨上缘横线相交的垂直线,相交的两点即是。胫骨结节进针处,胫骨结节最高点向下 2 cm,再向后 2 cm 处外侧作为进针点。

患者仰卧位,伤肢置于布朗架上,使膝关节屈曲 40°,在无菌和局部麻醉后,以克氏针穿入皮肤,直达骨质,徐徐转动手摇钻。当穿过对侧骨皮质时,以手指压迫针眼处周围皮肤,穿出钢针,使两侧钢针相等,酒精纱布覆盖针孔,安装牵引弓,进行牵引。牵引时,应将床脚抬高 20 cm 左右,以作对抗牵引。

胫骨结节牵引时,从外向内进针,以免损伤腓总神经。牵引重量成人一般为体重的 1/8～1/6,年老体弱者为体重的 1/9 重量,维持量为 3～5 kg。

(4)跟骨牵引:用于胫腓骨不稳定性骨折、踝部粉碎性骨折等。自内踝尖到足跟后下方连线中点,或自内踝尖垂直向下 3 cm,再水平向后 3 cm,内侧进针点。

常规消毒足跟周围皮肤,局麻后,用手摇钻或骨锤将骨圆针自内侧标记点刺入,直达骨骼,穿至对侧皮外,酒精纱布覆盖针孔,安装牵引弓,进行牵引即可。穿针时应注意针的方向,胫腓骨干骨折时,针与踝关节面呈倾斜 15°,即针的内侧进入处低,外侧出口处高,有利于恢复胫骨的正常生理弧度。跟骨牵引重量一般为 4～6 kg,维持重量为 2 kg。

（三）特殊牵引

这类牵引是利用牵引带系于患者肢体某一部位，再用牵引绳通过滑轮连接牵引带和重量进行牵引的方法，也可称为牵引带牵引。其在临床上对骨折和脱位有一定的复位固定作用；还可用于缓解和治疗筋伤的痉挛、挛缩和疼痛。根据病变部位的不同，常用的有以下几种牵引方法。

（1）颌枕带牵引，是利用枕颌带系于头颅的颌下与枕部，连接牵引装置牵引颈椎的一种方法。适用于轻度无截瘫的颈椎骨折或脱位、颈椎病、颈椎间盘突出症的治疗。常用坐位牵引，每日1～2次，每次20～30 min，牵引重量3～5 kg。

（2）骨盆悬吊牵引，是利用骨盆悬吊兜将臀部抬离床面，利用体重使悬吊兜侧面拉紧向骨盆产生挤压力，对骨盆骨折和耻骨联合分离进行整复固定的方法。适用于骨盆环骨折分离、耻骨联合分离及骶髂关节分离等。

（3）骨盆牵引带牵引，是让患者仰卧于骨盆牵引床上，用束带分别捆绑于胸部和骨盆部，在束带上连接一定的重量或施加一定的力量进行牵引的一种方法。目前，电脑程控骨盆牵引床也已经得到普遍应用。适用于腰椎间盘突出症、腰椎小关节紊乱症、急性腰扭伤等症。

二、封闭疗法

封闭疗法是根据不同疾病，将药物注射于某一特定部位或压痛点的一种治疗方法，具有抑制炎症渗出、改善局部血运和营养状况、消肿止痛等作用。全身各部位的肌肉、韧带、筋膜、腱鞘、滑膜等急慢性损伤或退行性变所引起的局部疼痛性疾病，都适合应用封闭疗法。有时也可用于疾病的诊断与鉴别诊断。封闭疗法对于骨关节结核、化脓性关节炎及骨髓炎、骨肿瘤来说禁忌使用；全身状况不佳，特别是心血管系统有严重病变者应慎用，因封闭的刺激可导致意外的发生。

目前，封闭治疗的药物多以局部麻醉药物合并类固醇类药物为主，麻醉药物多选用0.5%～1%利多卡因，类固醇类药物多选用复方倍他米松注射液。根据不同的目的，选择合适的配比，运用封闭治疗。另外，亦有学者应用中药制剂（如复方当归注射液、复方丹参注射液等）或者维生素类药物（如维生素 B_1、维生素 B_{12} 等），运用之前需注意选择合适的适应证，排除禁忌证。

三、物理疗法

物理疗法是利用各种物理因子（如电、磁、声、光、冷与热等）作用于机体，引起机体内一系列生物学效应，从而调节、增强或恢复各种生理机能，影响病理过程，以达到康复目的的一种疗法。

物理疗法在骨伤科疾病的治疗和康复中具有十分重要的作用，以物理因子引起局部组织的生物物理和生物化学变化的直接作用，以及因物理因子作用于人体后而引起体液改变，或通过神经反射，或通过经络穴位而发挥的间接作用。物理疗法对骨伤科疾病治疗的主要作用可消炎、镇痛、减少瘢痕和粘连的形成、避免或减轻并发症和后遗症等。

四、针灸疗法

针灸疗法是运用针刺或艾灸人体相应的穴位，从而达到治疗疾病目的的一种方法。针灸具有调和阴阳、舒筋通络、活血祛瘀、行气止痛、祛风除湿等作用。常用的针法有毫针法、电针法、水针法和耳针法等，灸法有艾炷灸、艾条灸和温针灸等，在应用时应根据临床病证的不同选择使用。针刺操作过程中要注意无菌操作，对胸、胁、背、腰等脏腑所居之处的腧穴，不宜直刺、深刺，以防损伤脏器。有继发性出血倾向的患者和损伤后出血不止的患者等不宜针刺。

五、针刀疗法

针刀疗法是以中医针刺疗法和西医学的局部解剖、病理生理学知识为基础，与现代外科有限手术和软组织外科松解理论相结合而形成的一种新的治疗方法。这种治疗方法“以痛为输”，用小针刀刺入病所，以治疗肌肉、筋膜、韧带、关节滑膜等软组织损伤性疾病。

六、关节穿刺术

关节穿刺术是以空心针刺入关节腔，达到吸出关节内容物、注入药物或造影对比剂等目的的诊断或治疗方法。其对于关节病的诊断和治疗具有双重意义。当关节有病变时，常需吸出关节液做化验、细菌培养或细菌学检查，以明确诊断。为治疗关节病变，常需吸出关节液做引流，并同时注入药物进行治疗。另外为明确诊断，需行关节造影者，常在关节穿刺后注入造影对比剂，并摄片检查。

七、关节引流术

对于化脓性关节炎，当经过穿刺抽液并注入抗菌药物治疗后，若患者全身及局部情况仍不见好转，或关节液已成为稠厚的脓液，应及时行关节引流术。

第五章　头面颈项部损伤

第一节　颞下颌关节脱位

颞下颌关节由颞骨的下颌窝与下颌骨的髁状突构成。其关节囊前部薄，后部较厚，外侧有颞下颌韧带加强。颞下颌关节脱位在唐代孙思邈的《备急千金要方》中称为“失欠颊车”，在明代陈实功的《外科正宗》中则称为“落下颏”，清代医家多称为脱颏、颌颏脱下。本病是临床常见脱位之一，好发于老年人和体弱者，且易成为习惯性脱位。

一、病因病机

根据脱位时间、复发次数、脱位部位和方向，颞下颌关节脱位可分为新鲜、陈旧和习惯性脱位，单侧脱位和双侧脱位，前脱位和后脱位。常见病因有张口过度、暴力打击、肝肾亏虚等。

1.张口过度

多与打哈欠、大笑、拔牙或单侧牙齿咬大而硬的食物等过度张口有关。

2.暴力打击

《医宗金鉴·正骨心法要旨·颊车骨》云：“或打仆脱臼，或风湿袭入钩环脱臼，单脱者为错，双脱位者为落。”拳击等暴力打击颞颌关节的侧方，可发生一侧或双侧的颞颌关节脱位。

3.肝肾亏虚

《伤科汇纂·颊车骨》云：“夫颌颏脱下，乃气虚不能收束关窍也。”年老体弱，肝肾亏虚，气血不足，筋肉失养，韧带松弛，颞颌关节容易发生脱位。

二、临床表现

患者多有过度张口史或暴力打击损伤史。患者常以手托住下颌，颞颌部疼痛，发音不清，咀嚼障碍，流涎。下颌骨弹性固定于半张开状态，牙齿对合关系异常。

1.双侧脱位

双侧下颌骨下垂并向前突出，双侧耳屏前方可触及关节凹陷，颧弓下方可触及下颌头。

2.单侧脱位

口角歪向健侧，下颌骨向健侧倾斜并下垂，患侧耳屏前方可触及关节凹陷，颧弓下方可触及下颌头。

三、诊断与鉴别诊断

应结合病史、临床表现进行诊断。如为外力打击者，须行 X 线检查排除髁状突骨折。

四、治疗

1.手法复位

颞下颌关节脱位复位比较简单，多无须麻醉，复位方法分为口内复位法和口外复位法。口内复位法比较常用。唐代孙思邈在《备急千金要方・七窍病》中首次描述口内复位法："治失欠颊车蹉开张不合方：一人以手指牵其颐以渐推之，则复入矣，推当疾出指，恐误啮伤人指也。"

患者头部倚墙固定，尽量放松咀嚼肌。①口内复位法：术者双手拇指用数层纱布或毛巾包裹，防止复位后咀嚼肌反射性收缩，咬伤拇指。然后伸入患者口腔中，按在两侧下磨牙上，余指在颊部同时托住下颌体。准备就绪后，双手同时用力向下按下颌骨，待下颌头低于关节结节后，顺势将下颌骨向后推，余指同时协调地将下颌骨向上端送，使下颌头纳回下颌窝内。复位后，拇指迅速从患者口腔内退出，其余四指慢慢松开。复位时，可闻及下颌头滑回下颌窝的声音。②口外复位法：用口腔内复位相同的手法，在口腔外相同的部位进行复位，适用于年老体弱的习惯性脱位者。

2.固定

用四头带固定下颌骨，防止过度张口 3～10 日。习惯性脱位者适当延长固定时间。四头带捆扎不宜过紧，应允许张口 1 cm，以利于进食。

3.运动治疗

待脱位治疗结束后，鼓励患者经常主动做咬合动作，以增强咀嚼肌的力量。

4.中药治疗

初期应选用理气、活血、舒筋的方剂，以促进气血运行、筋脉畅通，如活血止痛汤等。中后期应选用补气养血、益肝肾、壮筋骨的方剂，如壮筋养血汤、补肾壮筋汤等。

五、预防与调护

固定期间患者不应过度张口，避免咀嚼硬食。平时不大口打哈欠、大笑或咀嚼硬食。

每日叩齿数次，锻炼咀嚼肌，增强其肌力，稳定颞下颌关节。

第二节　颈部扭伤

一、病因病机

高速行驶中的汽车紧急制动，乘员头颈部依惯性骤然前屈；或在追尾事故中前车乘员头颈部猛然后仰；或嬉闹扭头时颈部过度扭转均可造成颈项部的损伤。

二、临床表现

患者多有扭伤等外伤史。颈项部疼痛，活动受限，头多偏向一侧，在颈项部可有明显的压痛点，触到肌肉痉挛；挫伤者局部有轻度肿胀、压痛。查体时注意有无神经受累的体征。

三、诊断与鉴别诊断

根据损伤史、症状和体征多能明确诊断，应行颈椎X线检查，以排除颈椎骨折脱位，必要时行MRI检查。

四、治疗

1.手法治疗

患者端坐，术者立于身后，左手扶住患者额部，右手以中指、拇指轮换点压痛点及天柱、风池等穴。继而右手拇指、示指用拿捏手法进行推拿。

2.牵引

可行枕颌带或手法牵引，牵引力量不宜过大，以3～5 kg为宜。

3.固定

围领或颌胸支具固定3周，以利于修复组织、消除水肿。

4.中药治疗

宜行气止痛，活血祛瘀。兼有头痛头晕者，内服防风芎归散。外治法外用伤湿止痛膏，局部肿胀者外敷祛瘀止痛类药膏。

5.针灸疗法

选用风池、大椎、合谷、昆仑等穴，用泻法，不留针。

五、预防与调护

养成良好的驾车习惯，规避生活中的风险。

加强颈项部肌肉练习，增强肌肉力量，提高颈椎的稳定性。

第三节　颈椎骨折脱位

枕骨及寰枢椎借助寰枕、寰枢关节构成的枕寰枢复合体是一个特殊的关节。颈椎60%的旋转运动是靠该复合体完成的。其稳定性由其间的寰椎横韧带、翼状韧带等韧带结构加强。在前后或扭转暴力的作用下，寰椎横韧带等将发生断裂或撕裂，造成寰枢椎脱位或半脱位。

一、病因病机

（一）病因

根据损伤部位的不同，颈椎骨折脱位分为上颈椎骨折脱位和下颈椎骨折脱位。

1.上颈椎骨折脱位

上颈椎骨折脱位包括寰椎爆裂性骨折、寰枢椎脱位及半脱位、齿状突骨折和枢椎椎弓骨折（又称绞刑者骨折、枢椎创伤性滑脱）等。

2.下颈椎骨折脱位

（1）屈曲压缩型骨折：常由成角暴力所致，如低头位头顶遭受撞击。

（2）爆裂型骨折：常由垂直暴力所致，如直立位头顶部遭受撞击或在跳水、体操等运动中倒立位坠地。

（3）单侧关节旋转脱位：由侧屈和旋转暴力所致。常发生于颈 4 至颈 5 节段，通常无脊髓损伤。

（4）双侧关节脱位交锁：由颈椎屈曲位受到由后向前的水平暴力所致。椎间盘和韧带撕裂严重，上位椎体向前移位，关节突关节脱位交锁，颈椎 X 线侧位片表现为关节突跳跃征，多伴有脊髓牵拉伤。

（5）屈曲型骨折脱位：由强大的屈曲压缩和旋转暴力所致，极为不稳定，常伴有脊髓损伤。

（6）挥鞭样损伤：常见于高速公路交通事故。汽车紧急制动时，乘员头颈部依惯性骤然前屈，又迅速反弹后伸致伤，多不伴有脊髓损伤。

（7）伸展型损伤：摔倒时前额遭受撞击，头后仰或在汽车追尾事故中，前车乘员头过度后仰所致。

（二）中医病因病机

《医宗金鉴·正骨心法要旨》云："旋台骨，又名玉柱骨，即头后颈骨三节，一名玉柱骨。此骨被伤，共分四证：一曰从高处坠下，致颈骨插入腔中，而左右尚能活动者，用提颈法治之；一曰打伤，头低不起，用端法治之；一曰坠伤，左右歪斜，用整法治之；一曰仆伤，面仰头不能垂，或筋长骨错，或筋聚，或筋强，骨随头低，用推、端、续、整四法治之。"

二、临床表现

颈椎骨折脱位多有重物压砸、倒立位坠地或高速车祸等损伤史，寰枢椎半脱位常有嬉闹扭颈损伤史。

1.症状与体征

上颈椎损伤表现为颈枕部疼痛、活动受限，可有枕部神经痛。下颈椎损伤表现为颈部疼痛、活动受限。合并脊髓损伤患者可出现不同程度的四肢瘫。

2.辅助检查

大多数的颈椎骨折摄颈椎 X 线正侧位片就可诊断，CT、三维重建 CT 和 MRI 可明确骨折类型和脊髓损伤情况。

三、诊断与鉴别诊断

准确了解病史，明确颈部受伤时的体位、暴力大小、方向和作用部位有助于判断受伤机制。详细查体，重点是明确压痛点和神经系统检查，判断神经系统功能是否正常。

四、治疗

1.急救治疗

对怀疑有颈椎损伤的患者，现场立即用围领确切固定后才可搬动。转运中，必须将患者的头固定在担架上(用固定带或头两侧置沙袋)，避免加重脊髓损伤。

2.复位治疗

颈椎骨折脱位复位、固定及脊髓减压的首选方法是颅骨牵引。颈椎损伤较轻，如寰枢椎半脱位，可采用枕颌带牵引。

3.固定

颈椎损伤的固定方式包括牵引、颌胸支具、头环支架背心等。

4.手术治疗

颈椎手术包括复位、减压、固定和融合手术。

五、预防与调护

平时注意劳动保护，养成良好的驾驶习惯，减少事故的发生。进行颈项肌功能锻炼，以增强颈椎的稳定性。

第六章 胸腰骨盆损伤

第一节 胸部屏挫伤

一、病因病机

胸部屏伤多是由强力负重、搬物屏气所致，以伤气为主。

胸部挫伤多由跌打、碰撞、压轧等暴力直接作用于胸部所致，以伤血为主。

二、临床表现

胸部屏伤多症见胸胁疼痛、闷胀，疼痛走窜不定，局部无明显压痛点。舌质红，苔薄白，脉弦缓，属伤气型。

胸部挫伤则痛处固定，压痛明显，局部微肿。胸闷，脉多见弦涩，属伤血型。

三、诊断与鉴别诊断

结合搬物屏气及胸部受伤史、症状等临床表现多能明确诊断。需摄 X 线片排除肋骨骨折。

四、治疗

1.手法治疗

胸部屏伤的手法以摇拍手法为主。对于胸壁挫伤的患者，于伤 24 h 后可开始行揉法和摩法治疗。

2.中药治疗

(1)内治法：伤气型宜理气止痛，佐以活血化瘀，可选用理气止痛汤、柴胡疏肝散、金铃子散等。伤血型宜活血化瘀，佐以理气止痛，可选用和营止痛汤、复元活血汤等。

(2)外治法：胸部损伤局部疼痛瘀肿者，宜消肿散瘀，行气止痛。可用消瘀止痛膏、双柏膏等。

3.针灸疗法

取内关、公孙，配支沟、阳陵泉等穴，用泻法。

五、预防与调护

注意劳动保护，避免骤然用力屏气等活动。鼓励患者多做扩胸动作，预防胸膜和筋膜等组织的粘连及遗留胸痛。

第二节 肋骨骨折

肋骨古称“胸胁”“胁肋”。肋软骨俗称“软肋”。《伤科补要》云：“胁下小肋名季肋，俗名软肋，统胁肋之总。”第 4～7 肋长，而且两端固定，最易发生骨折。

一、病因病机

直接暴力和间接暴力均可造成肋骨骨折。直接暴力，如棍棒打击或车辆等撞击等，可使肋骨向内弯曲折断，尖锐的骨折断端可刺破胸膜和肺，造成气胸和血胸。间接暴力，如塌方、重物挤压及车轮碾压等形成前后挤压的暴力可使肋骨腋段向外弯曲、凸起并折断。

一根肋骨一处骨折称为单处骨折；一根肋骨两处骨折称为双处骨折；多根肋骨两处以上骨折称为多根多处骨折。单处骨折对呼吸运动影响不严重，但多根多处肋骨骨折可使局部胸壁因失去完整肋骨支撑而软化，称为浮动胸壁。出现反常呼吸，影响肺通气，严重时可发生呼吸和循环衰竭。

胸部外伤时，空气由胸壁伤口、肺或支气管的破裂口进入胸膜腔，可造成气胸。胸部损伤可造成胸膜腔内积血，称为血胸，可与气胸并见。

二、临床表现

1.症状

肋骨骨折患者多有胸部挤压或撞击等外伤史，骨折处疼痛，在深呼吸、咳嗽和变换体位时疼痛加剧。疼痛常常导致患者呼吸变浅，咳痰无力，易于发生肺不张和肺内感染。

2.体征

查体时骨折处压痛明显，有时有畸形，胸廓挤压试验阳性。

3.辅助检查

X 线片(肋骨正、斜位)可显示骨折肋骨的数量、部位和移位情况。

三、诊断与鉴别诊断

结合胸部外伤史、胸部疼痛的症状、压痛及胸廓挤压试验等体征及 X 线表现多能明确诊断。

肋骨骨折主要与胸壁软组织损伤相鉴别。胸廓挤压试验、X 线检查以及三维重建 CT 是重要鉴别手段。

四、治疗

1.手法整复

单处肋骨骨折无须整复。

(1)坐位整复法:嘱患者端坐,助手立于患者背后,用膝部顶住患者背部,双手握其肩,缓缓用力向后牵开,使患者挺胸。术者立于患者前方,一手固定健侧,另一手按住患处,用推按的手法徐徐将高突的骨折断端抚平。

(2)卧位整复法:若患者身体虚弱,可让患者仰卧,背部垫枕,同样采用挤压手法整复骨折。

2.固定

固定胸廓是为了减少呼吸等运动时肋骨断端的移位,减轻疼痛。

(1)胶布固定法:患者端坐,深呼气,使胸围缩至最小,然后屏气,用宽7～10 cm的长胶布从健侧肩胛中线绕过患侧直至健侧锁骨中线,下一条覆盖前一条的上缘,相互重叠1/2,自后向前、自下向上进行固定,固定范围包括骨折上下邻近肋骨。对胶布过敏患者禁用。

(2)宽绷带或胸带固定法:适用于老年人、原患有呼吸系疾患影响呼吸功能和胶布过敏的患者。固定时间为3～4周。

3.中药治疗

(1)内治法:初期治宜活血化瘀、理气止痛。伤气为主者,可选用柴胡疏肝散、金铃子散;伤血为主者,可选用复元活血汤,血府逐瘀汤、和营止痛汤加减;气血两伤者,可用顺气活血汤等加减。中期宜补气养血接骨续筋,可选用接骨紫金丹、接骨丹等。后期胸胁隐隐作痛或陈伤者,可选用三棱和伤汤加减;气血虚弱者,可用八珍汤和柴胡疏肝散。

(2)外治法:早期选用消肿止痛膏,中期选用接骨续筋膏,后期选用狗皮膏或海桐皮汤熏洗。

4.西药治疗

肋骨骨折疼痛剧烈,可使用利多卡因或丁哌卡因肋间神经阻滞。痰液黏稠,难以咳出者,可行庆大霉素加α糜蛋白酶雾化吸入,也可应用盐酸氨溴索雾化吸入或静脉注射降低痰液黏度,使痰液易于咳出。

五、预防与调护

注意加强保护和锻炼,减少受伤的机会和减轻受伤时损伤的程度,可降低骨折的发生率。

鼓励患者尽早坐起,主动咳嗽排痰,早期离床活动,减少呼吸系统感染的发生。

第三节　腰部扭挫伤

腰椎是脊柱负重最大,活动比较灵活的部位,在身体各部运动中起枢纽作用,容易遭受损伤。

一、病因病机

（一）病因

腰部扭伤常见于搬运重物用力过度、体位不正或配合不当、失足滑倒、突然扭腰时。腰部挫伤多由直接暴力所致，如车辆撞击、高处坠落、重物压砸而致肌肉筋膜挫伤。

（二）中医病因病机

中医学认为本病多由突受间接暴力所致，引起腰部筋肉瘀血郁滞，气机不通，或筋膜扭闪，或骨节错缝。

二、临床表现

1.症状

患者有明确的外伤史，伤后腰部疼痛剧烈；深呼吸、咳嗽、转动体位均可诱发腰痛或加剧疼痛；部分患者伴有一侧或两侧的臀部及大腿放散痛；部分患者不能指出明确的疼痛部位；腰部活动受限，体位变动困难，立行时常用手托扶腰部。

2.体征

检查时可发现腰部肌肉紧张，大多数患者均有明显而固定的压痛点，严重者可出现腰椎生理弯曲消失或功能性侧弯。

3.辅助检查

X线片可能显示腰椎生理弯曲的改变或侧弯畸形。

三、诊断与鉴别诊断

依据损伤史、症状和体征，特别是典型的压痛点部位，多能明确诊断。

需摄腰椎X线片，以免漏诊腰椎骨折等。一般腰椎扭挫伤不伴有下肢神经放射痛，根据是否有坐骨神经受累临床表现及CT、MRI检查与腰椎间盘突出症等疾病鉴别。

四、治疗

1.手法治疗

患者俯卧位，术者双手沿背部到腰骶部，轻轻揉按3～5 min，以松解肌肉痉挛；再按压揉摩腰阳关、次髎等穴位；接着拿捏患侧肾俞、环跳等穴；最后，术者用左手压住腰部痛点，用右手托住患侧大腿，向背侧提腿扳动、摇晃拔伸数次，如两侧俱痛，可两腿同时扳动。在整个治疗过程中，痛点应作为手法重点区。

关节突关节滑膜嵌顿患者可用坐位脊柱旋转法解除嵌顿的滑膜。患者端坐于凳上，两足分开，与肩同宽。以右侧滑膜嵌顿为例，术者立于患者的后右侧，右手经患者腋下至患者颈后，用手掌压住颈后，拇指向下，余四指扶持左颈部，同时嘱患者双足踏地，臀部正坐不要移动，术者左手拇指按住偏歪的棘突右侧压痛点，一助手面对患者站立，双腿夹持并用双手协助固定患者大腿，使患者在复位时能维持正坐姿势，然后术者右手压患者颈部，使上半身前屈60°～90°，再继续向右侧弯。在最大侧弯时，使患者躯干向后内侧旋转，同时，左拇指向左推顶棘突，此时可感到指下椎体轻微错动，并可有“喀拉”响声。最后使患者恢复端坐位，术者用拇、示指自上而下理顺棘上韧带及腰肌。

2.固定

损伤初期，应卧硬板床休息并佩戴腰围，以减轻疼痛、缓解肌肉痉挛。

3.中药治疗

挫伤者侧重于活血化瘀，可用桃红四物汤加土鳖虫、血竭等。扭伤者侧重于行气止痛，可用舒筋汤加枳壳、香附、木香等。

4.针灸疗法

取后溪、水沟两穴，强刺激手法，诸多患者针后腰痛立消。也可取肾俞、腰阳关、委中、次髎、阿是穴，翻身困难加绝谷。用泻法。

5.其他疗法

可采用超短波、磁疗或中药离子导入等物理治疗方法进行治疗。

五、预防与调护

腰部扭挫伤强调以预防为主，劳动或运动前做好充分准备活动，注意劳动保护，加强腰背肌锻炼。恢复期疼痛缓解后，离床活动时佩戴腰围或宽布带保护，加强腰背肌功能锻炼，促进气血循行，防止粘连，增强腰椎稳定性。

第四节 骨盆骨折

骨盆是躯干与自由下肢骨之间的桥梁，起着传导重力和支持体重的作用。

骨盆前部有两条约束弓，一条通过耻骨联合联结两侧耻骨上支，防止骶股弓被挤压，另一条为两侧耻骨下支与坐骨构成的耻骨弓，能约束骶坐弓不致散开。

骨盆对于盆腔内的直肠、膀胱、输尿管、尿道、女性的子宫和阴道以及神经、血管等有很重要的保护作用。但骨盆骨折时，又容易损伤这些器官。由于盆腔内血管丰富，骨盆本身亦为血循丰富的松质骨，因而骨盆骨折时，常常出血很严重，极易发生休克。

一、病因病机

骨盆骨折主要由高能量直接暴力所致，如车辆碾压、撞击、坑道或房屋倒塌等。

骨盆前后方向的挤压暴力作用在耻骨联合和髂后上棘，一侧或两侧髂骨将随着外旋使耻骨联合分离。如暴力较大，髂骨继续外旋，造成骶棘韧带和骶髂前韧带撕裂，骨盆呈“翻书状”分离。如果暴力继续外旋，发生骶髂关节脱位或发生一侧髂骨纵裂骨折或骶骨外侧纵裂骨折。内旋暴力或侧方挤压暴力直接作用在髂嵴上而产生半骨盆向内旋转，或外力间接通过股骨头作用于骨盆产生同侧损伤，或产生对侧骨盆骨折，即“桶柄式”损伤。内旋暴力致伤占骨盆骨折损伤的大多数。纵向垂直剪切暴力，如高处跌下，造成骨盆纵向明显移位，骨盆后侧所有韧带完全撕裂，耻骨联合分离，髂骨明显移位，极不稳定。

骨盆骨折按骨折的部位与数量分型如下。

1.骨盆边缘撕脱性骨折

肌肉的骤然收缩常常导致骨盆边缘撕脱性骨折。多发生于青少年剧烈运动中。

2.骶尾骨骨折

骶尾骨骨折往往是复合性骨盆骨折的一部分，有时引起骶神经根损伤。尾骨骨折于滑倒坐地时发生，一般无明显移位。

3.骨盆环单处骨折

骨盆环单处骨折包括：①髂骨骨折；②闭孔处骨折；③耻骨联合轻度分离；④骶髂关节的轻度分离。单处骨折往往不引起骨盆环的变形，对骨盆的稳定性影响小。

4.骨盆环双处骨折

骨盆环双处骨折包括：①双侧耻骨上下支骨折；②一侧耻骨上下支骨折合并耻骨联合分离；③耻骨上下支骨折合并骶髂关节脱位；④耻骨上下支骨折合并髂骨骨折；⑤髂骨骨折合并骶髂关节脱位；⑥耻骨联合分离合并骶髂关节脱位。此类骨折对骨盆稳定性的影响较大。

二、临床表现

1.症状

骨盆边缘撕脱骨折常有骤然起跳、起跑运动史，骶尾骨骨折常有滑倒坐地受伤史，其他骨折大多有遭受高处坠落等强大暴力致伤史。骨盆骨折常常导致失血性休克，出现皮肤苍白、意识模糊、心率加快、尿量减少，以至于无尿等休克的临床表现。

2.体征

局部有疼痛、肿胀、皮肤擦伤、皮下瘀斑表现。在髂嵴、髂前上棘、耻骨联合、坐骨支、骶尾骨和骶髂关节等处可有压痛和叩痛。撕脱性骨折，可在髂前上、下棘或坐骨结节等处触及移位的骨折块。骨盆挤压试验或分离试验阳性提示骨盆骨折。

3.辅助检查

绝大多数骨盆骨折经摄X线平片均能明确诊断，摄片时除摄骨盆正侧位X线片外，有时可加摄骨盆入口位和出口位X线片。三维重建CT技术能使骨盆完整、直观、立体地展现于医生面前，对于判断骨折的类型和决定治疗方案有指导意义。

三、诊断

根据外伤史、症状与体征，并结合X线检查，多能明确诊断。

四、治疗

1.早期救治

骨盆骨折可引起腹膜后大量出血等严重并发症，导致失血性休克，甚至造成患者死亡。因此，处理原则是首先积极救治危及生命的合并伤。救治的重点为控制出血和积极补充血容量。

2.手法复位

对于髂前上、下棘撕脱性骨折，患者取仰卧位，膝下垫枕，屈髋略屈膝以放松缝匠肌和股直肌，术者按撕脱骨片复位，必要时行交叉克氏针固定。有移位的骶尾骨骨折术者，可将手指插入患者肛门内，将骨折片向后推挤复位。对于骨盆环双处骨折，前后挤压骨折，术者可从两侧对挤髂骨翼，使之复位；侧方挤压骨折，术者可将两侧髂前上棘向外推按，分离骨盆，使之复位。

3.固定

对于骨盆边缘撕脱骨折采取相应肌肉放松体位。对于骶尾骨骨折，骶尾部垫气圈以减轻疼痛。对于骨盆环单处骨折，可用多头带环形固定以减轻疼痛。对于前后挤压型骨盆环双处骨折，可用骨盆兜悬吊固定。对于不稳定的骨盆环双处骨折，急救多采用骨盆外固定器固定。

4.手术治疗

骨盆骨折急诊手术多是针对直肠、尿道等破裂而进行的剖腹探查修补术。目前，对于严重的骨盆环双处骨折，多采用手术复位内固定的方法，使骨折得到良好复位。

5.中药治疗

早期骨折局部疼痛，胃纳不佳，腹胀腹痛，大便秘结，苔薄白，脉弦紧，证属气滞血瘀，治宜行气活血，消肿止痛，多选用血府逐瘀汤、复元活血汤。中后期舌暗红、苔薄白、脉弦缓，治宜活血和营，接骨续筋，方用续骨活血汤或八珍汤加减。

五、预防与调护

骨盆骨折易于愈合，早期可在床上进行下肢肌肉收缩和踝关节功能锻炼，稳定性骨盆骨折可于伤后 3 周后离床活动。不稳定性骨折伤 8 周后根据骨折愈合情况逐步离床进行功能锻炼。

第七章　肩臂部损伤

第一节　锁骨骨折

锁骨骨折是临床常见的骨折之一，占全身骨折的6%左右，各种年龄均可发生，但青壮年及儿童多见。发病部位以中1/3处最多见。

一、病因病机

1.间接暴力

间接暴力是引起锁骨骨折最常见的暴力，如跌倒时，手掌、肘部或肩部触地，传导暴力冲击锁骨发生骨折，多为横断形或斜形骨折。骨折内侧段因胸锁乳突肌的牵拉作用向后上移位，外侧段因上肢的重力作用和胸大肌的牵拉作用向前下方移位。

2.直接暴力

暴力从前方或上方作用于锁骨，可发生锁骨的横断或粉碎骨折。幼儿多为横断或青枝骨折。骨折移位严重时可伤及锁骨下方的臂丛神经及锁骨下动、静脉。

二、临床表现

锁骨全长均位于皮下，骨折后局部有肿胀和压痛，触诊可摸到移位的骨折端，可闻及骨擦音和触到异常活动，患肩下沉，并向前、内倾斜。患者常用健侧手掌托起患肢肘部，以减轻因上肢的重量牵引所引起的疼痛；同时头部向患侧偏斜，使胸锁乳突肌松弛而减轻疼痛。患肢活动功能障碍。幼儿因不能自述疼痛部位，且锁骨处皮下脂肪丰满，畸形不甚明显。但若不愿活动上肢，且于穿衣伸手入袖或上提患肢有啼哭等症状时，应仔细检查是否有锁骨骨折。锁骨骨折刺破皮肤或损伤臂丛神经及锁骨下血管者较少见。

三、诊断与鉴别诊断

锁骨骨折的患者通过外伤史、临床的症状、体征及X线检查诊断并不困难。锁骨外侧1/3骨折需与肩锁关节脱位相鉴别。骨折患者一般疼痛、肿胀更加明显，有骨折的特有症状、骨擦音和异常活动等。通过X线片可以明确诊断。

四、治疗

对于儿童青枝骨折及成人无明显移位的骨折，用三角巾或颈腕吊带悬吊2～3周即可痊愈，有移位骨折时，应根据情况采用手法或手术治疗。

1.手法整复

骨折端局部血肿内麻醉。患者坐在凳子上，两手叉腰挺胸。首先进行牵引。

(1)一助手立于患者背后，用两手反握两肩前下腋侧，两侧向外后上扳提，同时用一个膝部顶住患者背部胸椎棘突，使骨折远侧端在挺胸的作用及助手两手向后上扳提的作用下，使两骨折端被牵引拉开，两骨折端的轴线在一条直线上，多数可自行复位。

(2)上述的牵引方法向后上扳提的作用力较大，而向外的牵引力则较弱，常因远侧骨折端向外的牵引力不够，影响手法复位。因此，另一助手一手推顶伤侧胸壁，另一手向外牵拉伤肢上臂，协助第一助手缓缓将远侧骨折牵开，再行手法复位。

(3)手法复位，在助手牵引的情况下，术者立于患者面前，用两拇指及示指摸清并捏住两骨折端向前牵拉，即可使骨折复位。或用两拇指摸清两骨折端，并以一拇指及示指捏住近侧骨折端向前下侧牵拉，同时另一手拇指及示指捏住远侧骨折端向后上方推顶，也可使骨折端复位。

2.固定

(1)"8"字形绷带固定：将棉垫或纸压垫放置于两骨折端的两侧，并用胶布固定；两侧腋窝放置棉垫，用绷带行"8"字形缠绕固定，绷带经患侧肩部腋下，绕过肩前上方，横过背部至对侧腋下，再绕过对侧肩前上方，经背部至患侧腋下，包绕8～12层，缠绕绷带时应使绷带的两侧腋部松紧合适，以免引起血管或神经受压。

(2)双圈固定：用绷带缠绕棉花制作好大小合适的绷带圈两只，于手法复位前套于两侧腋部，待骨折复位后，用棉垫或纸垫将两骨折端上下方垫压合适，并用胶布固定。从患者背侧拉紧此两布圈，在其上下各用一布带扎牢，维持两肩向外、向上后伸；另用一布带将两绷带圈于胸前侧扎牢，以免双圈滑脱。

用以上两种固定方法固定后，如出现手及前臂麻木感或桡动脉搏动摸不清，表示固定过紧，有压迫血管或神经的情况，应立即给予适当放松，直至症状完全解除为止。

3.手术治疗

手法治疗难获满意疗效者或多发性骨折等情况者，可行手术治疗。

五、预防与调护

骨折整复固定后，平时应挺胸抬头，睡觉时应平卧位，肩胛骨间稍垫高，保持双肩后仰，有利于骨折复位。固定初期可作腕、肘关节的屈伸活动。中、后期逐渐做肩关节功能练习，尤其是肩关节的外展和内，外旋运动。肩部长时间固定，易出现肩关节功能受限，所以早期功能锻炼十分必要。

第二节　肱骨外科颈骨折

肱骨外科颈位于肱骨上端，解剖颈下 2～3 cm，相当于大、小结节下缘与肱骨干的交界处，也是松质骨与皮质骨的交界处，是骨折的好发部位。肱骨外科颈骨折较常见，各种年龄均可发生，以老年人居多。肱骨外科颈骨折移位多较明显，局部出血较多，骨折严重移位可损伤腋部的神经、血管。

一、病因病机

骨折多为间接暴力所致。如跌倒时手或肘部触地，暴力沿肱骨干向上传导冲击引起肱骨外科颈骨折；肩部外侧直接暴力亦可引起骨折。

1.间接暴力

由于受伤时上臂的体位不同，可导致肱骨外科颈的外展型或内收型骨折。

(1)外展型骨折：跌倒时上肢处于外展位，骨折后骨折的远侧段呈外展，骨折的近侧段相应内收，两骨折端向内成角移位，且常出现两骨折端外侧互相嵌插。

(2)内收型骨折：跌倒时上肢处于内收位，骨折后骨折的远侧段内收，骨折的近侧段外展。形成两骨折端向外成角移位，两骨折端内侧常出现互相嵌插。

(3)肱骨外科颈骨折合并肩关节前脱位：多为上肢外展外旋暴力所致，骨折后暴力继续作用导致肩关节前脱位。骨折合并脱位后，肱骨头常因翻转或因喙突、肩胛盂、关节囊的阻碍而整复困难。

2.直接暴力

暴力直接作用于肱骨上端外科颈处可造成裂纹骨折或粉碎骨折。

二、临床表现

1.症状与体征

肱骨外科颈骨折的患者有明显的外伤史，可出现肩部疼痛，肩部活动时疼痛加重，肱骨上端周围压痛明显，纵向叩击痛，肩部活动功能严重受限等骨折的一般症状。如骨折无嵌插，可出现肱骨上端的异常活动和骨擦音等骨折的特有症状。

2.辅助检查

肩部 X 线检查可明确诊断，也可显示骨折的类型情况。

三、诊断与鉴别诊断

通过受伤史、临床的典型症状和体征以及 X 线检查可做出明确的诊断。尤其要注意有无合并肩关节脱位。并需与单纯肩关节脱位相鉴别。肩关节脱位时疼痛没有肱骨外科颈骨折严重，可出现方肩畸形、弹性固定等脱位的症状和体征，而没有骨擦音和异常活动等骨折的症状和体征。

四、治疗

无移位的裂纹骨折或嵌插骨折，用三角巾悬吊患肢1～2周即可活动患肢。有移位的骨折应行手法复位。复位不满意者手术治疗，老年近端粉碎骨折可行肩关节置换术。

（一）外展型骨折手法复位与固定

1.外展型骨折手法复位

(1)拔伸牵引：在局部麻醉下，患者仰卧位，伤肩外展45°，前屈30°，上臂中立位，肘关节屈曲90°拔伸牵引。用宽布带绕过患侧腋下作对抗牵引，即宽布带两头由一助手执握。另一助手两手分别握住肘部及腕部，沿肱骨纵轴方向进行牵引。

(2)外展型骨折矫正向内成角及向内侧方移位：术者一手置于伤肩外侧，固定近折段，另一手握住骨折远折端内侧，由内向外挤压，同时助手在牵引下内收上臂，使患肢肘部到达胸前，矫正向内成角及向内侧方移位。

(3)矫正向前成角及向前侧方移位：术者一手置于肩部前方，将远折端向后推按，另一手置于上臂远端后方近肘关节处，由后推向前。同时助手在牵引下将患肢上臂逐渐前屈、内收，直至肘窝对准患者鼻部，以矫正骨折段向前成角及向前侧方移位。

(4)用触碰合骨法使两骨折端互相嵌入：术者两手固定好骨折端，助手将患肢上臂近侧端顶推，或叩击屈肘后的尺骨鹰嘴处，使两骨折互相嵌插，加强骨折复位后的稳定性，逐渐将患肢放下，置于肩外展10°、前屈30°位置，作上臂超肩小夹板固定。

2.外展型骨折的固定方法

(1)上臂超肩小夹板固定：夹板共四块，每块小夹板的宽度为上臂最大周径的1/5左右，但前、后及外侧夹板的上段超肩关节以上后使成椭圆形。小夹板的长度前、后及外侧夹板的上端从肩锁关节上2 cm起，下达肘关节止；内侧平板从腋窝至肱骨内上髁。

(2)固定垫：用棉垫包裹内侧夹板的近端，使呈大头型垫。在大头垫中放置一布带，固定于大头垫中，位于大头垫外的两段布带应等长。在外侧夹板的近端(相当于骨折线上方处)及远端各放一固定垫，与内侧近端成角处的大头垫形成三垫固定，防止骨折部再发生向内成角和向内侧方移位。以同样方法，在前、后夹板中加用三垫固定，防止骨折部再发生向前成角和向前方移位。

(3)上臂超肩小夹板固定的包扎：在外、前、后三块夹板上端，肩部上方用一条布带贯穿三块夹板进行结扎。腋下部分四块夹板用四条横带结扎。其中，近端的一条可使用在内侧夹板上端穿大头垫备用的横带进行结扎。再取宽绷带一条，将其中部置于患侧腋窝内，将其两段分别从前、后绕到外侧夹板上，进行打结，然后将其两头分别经过胸前及背后到对侧腋窝前打结，呈横“8”字形包扎，用以加强夹板固定。在健侧腋窝内，可先安置一厚棉垫，以防损伤皮肤。其他三条横带结扎后，患肢用三角巾或吊带将患肢悬吊于胸前。固定4～6周。

（二）内收型骨折手法复位与固定

1.内收型骨折手法复位

(1)拔伸牵引：在局部麻醉下，体位与外展型相同，但患肢上臂应置于外展60°～70°的位置。拔伸牵引的方法同外展型。

(2)矫正向外成角及向外侧方移位:术者一手置于骨折近端的外侧,由外向内推压;另一手置于患肢上臂骨折远端的内侧,由内向外推拉。同时助手使患肢肩关节加大外展位超过 90°,上举到 120°,以矫正向外成角及向外侧方移位。

(3)矫正向前成角及向前侧方移位:术者一手置于患肩后部,固定骨折近段,一手顶住骨折远端的前侧并向后推压。助手在牵引下将患肢上臂逐渐前屈达 90°,以矫正向前成角及向前侧方移位。

(4)用触碰法使两骨折端互相嵌插:术者两手固定好骨折端,助手将患肢上臂向近侧端顶推,并叩击肘部尺骨鹰嘴处,使两骨折端互相嵌插。

(5)逐渐将患肢放下,使患肢处于外展 10°、前屈 30°位置,作小夹板固定。合并肩关节脱位者可先整复骨折,再整复脱位。也可在持续牵引下,使肩肱关节间隙加大,先纳入肱骨头,然后整复骨折。

2.内收型骨折小夹板固定方法

与外展型相似,固定垫按三垫固定法放于相应位置,但须注意内侧夹板的大头垫应放在肱骨远端内上髁上部。同时内侧夹板近端应按腋窝部塑形,以免损伤腋部。对不稳定的内收型骨折,固定后应将患肢放置在外展架上,固定患肢于外展 70°、前屈 30°及肘屈 90°位置。半个月后骨折端已初步连接时,可拆除外展架。继续小夹板固定 2～4 周。

五、预防与调护

对于无移位的骨折,一般用三角巾或绷带悬吊 2～3 周。自伤后 3 日起即可开始练习肩部摆动,即将上体向患侧及前方倾斜,使患肢上臂放松下垂,在此姿势位做肩前后及左右摆动练习,同时做握伸拳、屈、伸腕及肘的练习。

对于有移位的肱骨外科颈骨折,经复位后须夹板固定 4～6 周。在此期间要进行腕和肘的运动练习。外展型骨折要禁忌肩外展肌静力性收缩,内收型骨折要禁忌肩内收肌静力性收缩。去除固定后,早期要做恢复肩关节前屈、后伸的关节活动范围的训练及肌力练习,以后再逐步增加肩关节外展与内收的练习。外展型骨折患者的肩外展练习和内收型骨折患者的肩内收练习要待骨折愈合后进行。

第三节　肱骨干骨折

肱骨干是指肱骨外科颈下 1 cm 至肱骨内、外髁上 2 cm 之间的长管状皮质骨。肱骨干骨折好发于骨干的中段,其次为下段,上段较少。肱骨干中下 1/3 后外侧有桡神经沟,桡神经紧贴骨干在此通过,此处骨折易合并桡神经损伤,桡神经损伤是肱骨干骨折的常见并发症。临床检查时尤其要注意。

一、病因病机

1.直接暴力

如打击伤、挤压伤或火器伤等直接作用于肱骨干，多发生于肱骨干的中1/3处。常见横形骨折、粉碎骨折或开放性骨折，有时亦可发生多段骨折。

2.间接暴力

间接暴力又分传导暴力和旋转暴力。

(1)传导暴力：如跌倒时手或肘部触地，地面暴力向上传导，与跌倒时体重向下的暴力相交于肱骨干某个部位，即可发生肱骨干的斜形骨折或螺旋形骨折，多见于肱骨中下1/3处。此种骨折尖端易插入肌肉，影响手法复位。

(2)旋转暴力：如投掷手榴弹、标枪或掰腕扭转前臂时，多可引起肱骨干中下1/3交界处骨折，所引起的肱骨干骨折多为螺旋形骨折。

3.骨折移位的特点

肱骨干骨折后，由于骨折部位肌肉附着点不同，暴力作用方向及上肢体位的关系，肱骨干骨折可有不同的移位情况。

(1)骨折位于三角肌止点以上：近侧骨折端受到胸大肌、大圆肌和背阔肌的牵拉作用向内侧移位；远侧骨折端因三角肌的牵拉作用而向外上移位。

(2)骨折位于三角肌止点以下：近侧骨折端因受三角肌和喙肱肌的牵拉作用而向外、向前移位；远侧骨折端受到肱二头肌和肱三头肌的牵拉作用，发生向上重叠移位。

(3)骨折位于中、下1/3处：由于患者常将前臂悬吊于胸前，引起远侧骨折端内旋移位，手法整复时要注意纠正。

二、临床表现

1.症状与体征

患者有明显的外伤史，局部疼痛、肿胀明显，压痛剧烈，伤肢有环形压痛，上臂可出现畸形，触摸有异常活动和骨擦音。如骨折合并桡神经损伤者，可出现典型的垂腕和伸拇及伸掌指关节功能丧失；第1、第2掌骨间背侧皮肤感觉丧失。

2.辅助检查

X线检查，不仅可以确诊骨折，还可明确骨折部位、类型及移位情况。

三、诊断与鉴别诊断

肱骨干骨折通过患者的外伤史、临床的典型症状和体征、X线检查等诊断并不困难。肱骨干骨折要注意骨折发生的部位，尤其要注意检查有无桡神经损伤。

四、治疗

1.手法整复

(1)体位：局部麻醉下，患者仰卧位，患肩关节前屈30°，骨折线在三角肌止点以上、胸大肌止点以下者，肩关节内收30°。骨折线在三角肌止点以下者，肩关节外展40°～50°，屈肘90°。

（2）拔伸牵引：用宽布带绕过患侧腋下，固定于健侧病床头端或一助手握住布单两头，做对抗牵引。前臂置于中立位。一助手握住患者肘部及前臂，沿上臂纵轴方向牵引，矫正短缩移位及成角移位。因桡神经贴附于肱骨干中、下1/3交界处，用折顶手法容易损伤桡神经，故应慎用。

（3）矫正侧方移位及旋转移位：用端挤、提按手法矫正侧方移位。对于螺旋形骨折，应分析是否由内旋或外旋暴力所引起。在矫正侧方移位及旋转移位时，可握住远侧段肢体与旋转暴力方向相反的方向回旋。对于内旋暴力引起的骨折，则应将骨折远侧段肢体置于外旋位进行复位。外旋暴力引起的骨折则相反。复位后，若上、下两骨折端间仍有间隙存在，可用触碰手法，使两骨折面紧密吻合。

2.固定（小夹板）

（1）小夹板规格：共四块。其长度应根据骨折的部位而定，中1/3骨折不超关节，前侧小夹板自肩部至肘窝，后侧小夹板自肩部至尺骨鹰嘴上1 cm，内侧小夹板自腋窝至肱骨内上髁，外侧小夹板自肩部至肱骨外上髁上1/3骨折，前、外、后三块小夹板上端应超肩关节固定，下1/3骨折，前、外、后三块小夹板下端应超肘关节固定。肱骨干中段骨折四块小夹板均不超关节固定。

（2）固定垫：按骨折移位的情况选用两垫、三垫或四垫固定法。肱骨中、下段骨折，为了防止因悬挂患肢前臂于胸前时，远折段因上臂内收而引起向外成角移位，应在内、外侧小夹板内加用三垫固定。侧方移位选用两垫固定。

（3）包扎方法：上1/3骨折，超肩小夹板固定，应在肩上方将前、外、后侧小夹板贯穿固定。下1/3骨折，超肘小夹板固定，应在肘关节下方将前、外、后小夹板用布带贯穿固定。其他部位可选择3～4条横带捆扎。捆扎夹板后，用三角巾悬挂于胸前。有分离移位时，可应用外展架或肩肘带固定。固定时间成人6～8周，少儿4～6周。

3.手术治疗

肱骨干骨折经过保守治疗多数患者都能达到满意的疗效。但有下述情况时可考虑手术治疗。手术内固定可选择钢板、髓内针等内固定物。

（1）开放性骨折或多发性骨折手法整复不能满意者。

（2）肱骨干骨折合并肩、肘关节骨折。

（3）血管损伤者。肱骨干骨折合并肱动脉损伤应在手术探查吻合血管的同时，行骨折内固定。

（4）肱骨干骨折合并桡神经损伤。这种损伤多为神经挫伤，应先观察2～3个月，一般挫伤都能逐渐恢复。若骨折愈合后神经仍未恢复，可作肌电图测定，如有手术指征，可手术探查。观察期间应注意防止前臂屈肌群挛缩及手指关节僵硬，可安装伸指及伸腕弹力装置，使屈肌群能经常被动伸展。另一种情况，经手法整复、固定后，桡神经麻痹加重，也可手术探查并行内固定。

五、预防与调护

肱骨干骨折小夹板，石膏或切开复位内固定后第3日即开始做握、伸拳练习，第2周开始做肩关节前、后摆动练习，第3周增加肩关节内、外摆动练习。除去外固定后，做肩、肘关节活动练习，肩外展、肘屈伸、握力等肌力练习。肩关节旋转运动应在骨折愈合牢固后进行。

第四节　肩关节脱位

肩关节脱位，也称肩肱关节脱位。古时称"肩胛骨出""肩骨脱臼"。肩关节脱位是临床常见病，约占全身关节脱位的第二位，青壮年人多发。肩关节脱位分前脱位和后脱位，前脱位多见。因脱位后肱骨头所在的位置不同，肩关节前脱位又分肩胛盂下脱位、喙突下脱位及锁骨下脱位。根据脱位的时间长短和脱位的次数，肩关节脱位可分为新鲜性、陈旧性及习惯性脱位。肩关节后脱位极为少见。

一、病因病机

肩关节前脱位可因间接暴力或直接暴力所致，以间接暴力最多见。

1.间接暴力

间接暴力又可分为传导外力和杠杆作用力。

(1)传导外力：当患者向前外侧跌倒时，手掌触地，躯干向前外侧倾斜，肱骨干呈外展姿势，由手掌传导到肱骨头的外力可冲破肩关节囊前壁，向前脱位到喙突下，形成喙突下脱位，较多见；如外力继续作用，肱骨头可被推到锁骨下，形成锁骨下脱位。

(2)杠杆作用力：当上臂过度外展、外旋伸展时跌倒，肱骨颈或肱骨大结节抵触于肩峰时，肩峰构成杠杆的支点，使肱骨头向关节盂下滑脱，形成肩胛盂下脱位；外力继续作用，使肱骨头至肩胛前部成为喙突下脱位。此型脱位并常伴有肱骨大结节撕脱性骨折。腋神经或臂丛神经有时被牵拉或被肱骨头压迫，引起不同程度的腋神经和臂丛神经损伤。

2.直接暴力

直接暴力所致的肩关节脱位，多因外力从肱骨头后部直接撞击，使肱骨头向前脱位，但较少见。

肩关节脱位后的病理，主要为肩关节囊的破裂和肱骨头的移位。并伴有肩胛盂边缘的骨折、肱骨大结节骨折和肱骨上端的骨折。其中肱骨大结节撕脱骨折最常见。

二、临床表现

1.肩关节前脱位

(1)症状与体征：肩关节脱位有明显的外伤史，肩部疼痛、肿胀及功能障碍等脱位的一般损伤症状。肱骨头向前脱位，肩峰突出形成方肩畸形。可触及肩峰下有空虚感，从腋窝可摸到前脱位的肱骨头。上臂呈外展、内旋畸形，弹性固定于这种畸形位置。搭肩试验阳性。自肩峰到肱骨外髁的长度较健侧长，直尺检查可以放平。检查骨折的同时要注意检查血管和神经损伤。

(2)辅助检查：X线片检查，可以确诊肩关节脱位的位置和类型，并观察有无合并骨折。

2.肩关节后脱位

(1)症状与体征：肩关节后脱位极少见，而且容易误诊。肩关节后脱位多为肩峰下脱位，在肩关节前方遭到暴力作用后而发生脱位，患者肩前部扁平塌陷，喙突突出，在肩胛冈下可触到突出的肱骨头，上臂呈明显内旋畸形。

(2)辅助检查：X线片检查肩部上下位时(从头部向足部摄片)，可见肱骨头向后脱位，三维CT重建可以直观地显示脱位状态。

三、诊断

肩关节脱位有明确的外伤史，具有脱位的一般症状，如疼痛、肿胀和功能障碍等以及肩关节脱位的典型症状，如方肩畸形、弹性固定、搭肩试验阳性等。X线片可明确诊断。在诊断肩关节脱位的同时要注意检查有无合并肱骨外科颈骨折、肱骨大结节骨折、肩袖损伤和血管、神经损伤等。

四、治疗

肩关节脱位后，应尽早进行手法复位和固定治疗。整复操作可在麻醉下进行，操作手法应准确，切忌暴力。大部分患者可以通过手法整复进行复位，只有少数情况下需要手术治疗。

1.手法整复

(1)牵引推拿复位法：患者仰卧位，自伤侧腋下经胸前及背后绕套一布单，助手牵拉布单两头向健侧牵引固定，作为对抗牵引；另一助手握住伤肢腕部及肘部，沿上臂弹性固定的纵轴方向，即外展60°位牵引并适当外旋，术者用手自腋部将肱骨头向外后推挤，即可使之复位。此法操作简便，效果满意，危险性小，最为常用。

(2)手牵足蹬复位法(Hippocrates)：患者仰卧位，术者立于伤侧面对患者，两手握住伤肢腕部，同时将脚伸至伤侧腋下，向上蹬住附近胸壁(右肩用右脚，左肩用左脚)，使之在牵引过程中，用足挤压肱骨头而复位。操作方法即用两手握住患肢腕部，臂外展，沿上臂纵轴方向牵引1～3 min，并向外旋转，足蹬腋部和胸壁，内收、内旋即可使肱骨头复位。

(3)牵引回旋复位法(Kocher)：患者采用坐位或仰卧位，以右肩关节脱位为例，助手扶住患者双肩，术者立于伤侧。第一步，右手握住伤肢腕部，左手握住伤肢肘部，并使伤肢屈肘90°；第二步，徐徐沿上臂纵轴方向牵引，并外旋上臂；第三步，逐渐内收，使肘部与前下胸壁接触，在上臂牵引外旋及内收时，听到滑动响声即已复位；第四步，再将上臂内旋，伤肢手掌扶于健侧肩峰上，保持复位。

(4)膝顶复位法：术者屈曲膝关节，用膝部顶住患者的腋窝(左肩脱位用左膝，右肩脱位用右膝)，以左肩脱位为例，左手反握患肢腕部，右手绕过患肢肘前握住术者左前臂，以肘部扣住患者的肘部，牵引几分钟，略内收、外旋即可复位。

(5)椅背复位法：对于肩部肌力较弱的脱位者，可令患者坐在座椅上，将患肢放在椅背外侧，腋和胸部紧贴椅背，腋下放置棉垫以防血管、神经损伤。此法利用椅背的杠杆作用，术者握住患肢外展、外旋牵引，再逐渐内旋，并将患肢下垂，内旋屈肘即可复位。

(6)悬吊复位法：此法适合于老年人，安全有效。令患者俯卧于床，患肢垂于床旁，在患肢腕部系布带并悬挂25 kg重物，自然位持续牵引15 min左右，多可自行复位。如复位困难，术者可以双手自腋窝向外上方轻推肱骨头或旋转上臂即可复位。

2.固定

采用胸壁绷带固定患肢上臂于内收、内旋位，肘关节屈曲60°～90°，前臂悬挂三角巾，依附胸前固定2～4周。

3.手术治疗

(1)合并肱二头肌腱向后滑脱、肱骨外科颈骨折、关节盂大块骨折等影响复位，手法复位不能成功者。

(2)肩关节脱位合并神经、血管损伤症状较重，且进行性加重者。

(3)陈旧性脱位2～4个月以上或合并神经、血管损伤及肱骨大结节、肱骨外科颈骨折闭合复位不成功者，应采用手术复位的方法。

(4)习惯性肩关节前脱位：多见于青壮年，一般认为系首次肩关节脱位整复后未得到适当的有效固定，撕裂的关节囊或盂唇未得到适当的良好修复，肩胛盂前缘或肱骨头后外侧有缺损的病理改变。以后遭受轻微的暴力或日常生活中做某些动作，如上肢外展外旋及后伸的动作，穿衣、举臂等动作，即可反复发生肩关节前脱位。手术方式可采用肩胛下肌关节囊重叠缝合术，肩胛下肌止点外移术等。

五、预防与调护

肩关节脱位复位后用绷带将上臂固定于胸壁，或用三角巾将上肢悬挂胸前2～4周。功能锻炼从固定当日开始做指、腕、肘的主动练习，1周后在上肢悬挂和上体侧曲的姿势做肩前屈和内外摆动练习，忌用力后伸、外旋、外展。2周后，每日定时去除固定，做肩关节的主动前屈和内收运动。第3周起做主动后伸与外展。练习动作要轻柔缓慢，以有酸胀感为度，不强求增大运动幅度。4周后去除固定，进入功能康复第二期，增加肩前屈的牵引运动；6周后逐步增加肩外展、外旋、后伸等方向的牵引运动。

第八章 前臂及肘部损伤

第一节 尺骨上1/3骨折合并桡骨头脱位

尺骨上1/3骨折合并桡骨头脱位又称孟氏骨折。1914年，意大利外科医生Monteggia最早报道了这种类型的骨折。孟氏骨折多发生于儿童及青少年。桡神经在桡骨头附近分为深、浅两支，深支穿旋后肌走行于前臂背侧，浅支伴桡动脉走行于掌侧。脱位的桡骨头，可牵拉桡神经造成损伤。

一、病因病机

直接暴力和间接暴力均可造成尺骨上1/3骨折伴桡骨头脱位，但以间接暴力多见。暴力先造成尺骨上1/3骨折，残余暴力的牵拉力继续引起环状韧带撕裂，导致桡骨头从肱桡关节、桡尺关节脱位。根据暴力的方向及受伤时肘关节的位置的不同，尺骨上1/3骨折合并桡骨头脱位临床上可分为四种类型。

1.伸直型

最为常见，多见于儿童。肘关节伸直或过伸位跌倒，前臂旋后，掌心触地，身体重力与地面反作用交汇于尺骨干上1/3，造成尺骨斜形骨折，骨折断端向掌侧成角。残余暴力转移至桡骨上端，迫使桡骨头冲破环状韧带，向前外方脱位。如为成人，外力直接打击尺骨背侧，可造成伸直型骨折，此时折线为横断或粉碎形。

2.屈曲型

多见于成年。肘关节屈曲，前臂旋前位跌倒，掌心触地，躯干重力与地面反作用力交汇在尺骨较高部位发生骨折。骨折线呈横断或短斜形，桡骨头由于肘关节屈曲及向后传达的残余暴力作用，使其向后方脱位。骨折断端向背侧成角。

3.内收型

仅见于幼儿。肘关节处于伸直位，前臂旋前时跌倒，躯干重力与地面反作用力传导至肘部，自肘内侧传向外侧，多在尺骨喙突处发生横断骨折或纵行劈裂骨折，向桡侧成角移位，并且引起桡骨头向外侧脱位。此类型骨折移位不明显，容易漏诊。

4.特殊型

尺骨及桡骨上1/3或中上1/3双骨折，桡骨头向前脱位。成人和儿童均可发生。

二、临床表现

1.症状

伤后肘部及前臂肿胀、疼痛，前臂旋转功能及肘关节伸屈功能障碍。移位明显者，可见尺骨成角畸形。

2.体征

在肘关节前、外方或后方可扪到脱位的桡骨头。在骨折和脱位处压痛阳性，被动旋转前臂时有锐痛，并可引出骨擦音及假关节活动。检查时应注意腕和手指的感觉及运动功能，以便确定有无合并桡神经损伤。

3.辅助检查

以X线片为主，正常时，桡骨头与肱骨小头相对，并且桡骨干纵轴线的延长线通过肱骨小头的中心。因肱骨小头骨骺在1～2岁时才出现，所以，对1岁以内的患儿，应同时摄健侧X线片，以便对照。如X线片仅见尺骨干上端骨折而无脱位，亦应视作孟氏骨折处理，因桡骨头脱位后可能自动还纳。MRI可明确是否有韧带及软组织损伤。

三、诊断与鉴别诊断

根据患者有明确外伤史，结合症状、体征及辅助检查，可基本明确诊断。

孟氏骨折应与盖氏骨折相鉴别。盖氏骨折为桡骨干中下1/3骨折合并下尺桡关节脱位，故拍摄X线片时应包含腕关节，排除是否存在桡骨远端骨折或下尺桡关节脱位。

四、治疗

1.手法复位

应用手法治疗新鲜闭合性孟氏骨折是一种有效而简便的治疗措施。尤其小儿肌肉组织较纤弱，韧带和关节囊弹性较大，容易牵引分开，桡骨头也易还纳。原则上先整复桡骨头脱位，后整复尺骨骨折。根据不同的损伤类型，采用不同的手法操作。

(1)伸直型：患肢平卧，将肘关节屈曲90°，前臂旋后，术者以拇指自前向后按压桡骨头，同时将前臂做旋转动作，有时可听到桡骨头复位声或有复位感。由于牵引和桡骨的支撑作用，尺骨骨折成角移位可同时获得复位。若骨折未能复位，可将肘关节屈曲略<90°，在维持桡骨头复位的情况下将尺骨骨折折屈复位。

(2)屈曲型：牵引时将肘关节自90°略加伸展达120°～130°，术者拇指向前按压桡骨头，然后将向后成角的尺骨骨折复位。

(3)内收型：牵引方法同前。术者拇指加压方向应自外向内，先使桡骨头复位后尺骨成角亦随之纠正。

(4)特殊型：牵引后，复位的注意力仍在桡骨头脱位。然后按尺桡骨双骨折处理。

2.固定

(1)压垫放置：以尺骨骨折平面为中心，于前臂的掌侧与背侧各置一分骨垫。平垫放置于伸直型骨折的掌侧，屈曲型骨折的背侧，以及尺骨尺侧的上、下端。葫芦垫放置于伸直型和特殊型骨折的前外侧、屈曲型骨折的后侧、内收型骨折的外侧,用胶布固定,然后放置长度适宜的夹板,用四条扎带扎缚。

(2)固定位置:伸直型骨折固定于肘关节屈曲位 4～5 周;屈曲型或内收型骨折固定于肘关节伸直位 2～3 周后,改为肘关节屈曲 90°位固定 2 周。

3.手术治疗

多系青少年手法复位失败者;陈旧性损伤,肘关节伸屈功能受限及前臂旋转障碍者。手术治疗的目的在于矫正尺骨畸形及维持桡骨头稳定性并恢复其功能。

4.中药治疗

可按骨折三期辨证施治给予中药内服,中后期拆除固定后可选用中药熏洗,以尽快恢复关节功能。

5.运动治疗

伤后 3 周内做手、腕诸关节的屈伸锻炼,以后逐步作肘关节屈伸锻炼。前臂的旋转活动须在 X 线片显示尺骨骨折线模糊并有连续性骨痂生长时,才开始锻炼。

五、预防与调护

骨折复位后,应注意观察患肢血液循环情况,卧床时应抬高患肢,以利于肿胀消退。要经常检查夹板固定的松紧度,注意压垫是否移动,防止压疮。定期复查 X 线片,以了解骨折愈合情况。加强营养,以促进骨质新生及骨折愈合。

第二节　桡骨下 1/3 骨折合并下桡尺关节脱位

桡骨下 1/3 骨折合并下桡尺关节在临床较为常见,多见于成人,儿童较少见。1934 年,Galeazzi 详细描述了此种损伤,故称之为 Galeazzi 骨折(盖氏骨折)。桡骨下 1/3 骨折极不稳定,复位固定较难,下桡尺关节脱位容易漏诊,且会造成不良后果。故对这种损伤应予足够重视。

一、病因病机

盖氏骨折可因直接暴力或间接暴力引起。间接暴力多为跌倒时手掌撑地,地面向上的传达力与身体重力集中于桡骨下端而发生骨折。如前臂旋前,则桡骨远侧段向背侧移位;如前臂旋后,则桡骨远侧段向掌侧和尺侧移位。骨折线多为螺旋形或长斜型。直接暴力较少见,多由暴力直接打击桡骨背侧造成桡骨下段骨折,远折端向尺侧移位,引起下尺桡关节脱位,有时合并尺骨下段骨折。折线多为横形、短斜形或粉碎形。儿童桡骨下段骨折时,可合并尺骨下端骨骺分离,应注意鉴别。盖氏骨折的病理变化比较复杂,临床可分为三型。

(1)桡骨下 1/3 发生青枝骨折合并尺骨小头骨骺分离,均为儿童。

(2)桡骨下 1/3 骨折伴下尺桡关节脱位,骨折可为横形、螺旋形或斜形。多因跌倒手掌撑地,骨折短缩移位明显,临床以屈曲型多见。此型最多见。

(3)桡骨下 1/3 骨折伴下尺桡关节脱位,合并尺骨干骨折或尺骨干外伤性弯曲畸形。多为机械绞轧伤所致。此型损伤重,可能造成开放伤口。

二、临床表现

1.症状

前臂及腕部皮下瘀斑,局部肿胀、疼痛,可见短缩、成角畸形。

2.体征

触摸前臂远端 1/3 处压痛明显,可扪及骨折断端及骨擦感,下尺桡关节松弛并有挤压痛。

3.辅助检查

X 线检查是诊断盖氏骨折最常用的手段。摄片时,除了拍摄前臂正侧位,还必须拍摄肘关节和腕关节,以观察有无下尺桡关节脱位及尺骨茎突骨折。必要时加摄健侧肘部 X 线片对比。

三、诊断与鉴别诊断

明确外伤史,局部疼痛、肿胀、压痛,前臂出现短缩、成角畸形,结合 X 线检查可基本确诊。应注意与孟氏骨折脱位鉴别。

四、治疗

1.手法复位

患者平卧,肩外展,肘关节屈曲,前臂中立位。两助手对抗牵引 3～5 min,纠正重叠移位。术者用左手拇指及示、中二指挤平掌背侧移位;再用两拇指于患腕尺桡两侧向中心合挤,矫正下尺桡关节分离移位。骨折整复后,再次扣挤下尺桡关节。用分骨垫、夹板固定,经 X 线检查,位置满意后再正式包扎固定。

2.固定

在维持牵引和分骨下,捏住骨折部,掌背侧各放一个分骨垫。分骨垫在骨折线远侧占 2/3,近侧占 1/3。用手捏住掌、背侧分骨垫,各用两条粘膏固定。根据骨折远段移位方向,再加用小平垫。然后再放置掌、背侧夹板,用手捏住,再放桡、尺侧板,桡侧板下端稍超过腕关节,以限制手的桡偏,尺侧板下端不超过腕关节,以利于手的尺偏,借紧张的腕桡侧副韧带牵拉桡骨远折段向桡侧,克服其尺偏倾向。对于桡骨骨折线自外侧上方斜向内侧下方的患者,置分骨垫于骨折线近侧,尺侧夹板改用固定桡、尺骨干双骨折的尺侧夹板(即长达第 5 掌骨颈的尺侧夹板),以限制手的尺偏,利于骨折对位。成人固定前臂中立位 6 周左右,儿童固定 4 周左右。

3.手术治疗

适用于骨折端嵌入软组织,手法复位失败或固定不稳,桡骨骨折畸形愈合或桡骨骨折不愈合者。为了获得良好的前臂旋转功能,避免下尺桡关节紊乱,桡骨骨折必须解剖复位,切开复位内固定常选择钉板固定术。

4.中药治疗

可按骨折三期辨证施治给予中药内服,中后期拆除固定后可选用中药熏洗,以尽快恢复关节功能。

5.运动治疗

与孟氏骨折大致相同,但要严格限制前臂旋转。

五、预防与调护

盖氏骨折属于不稳定性骨折,复位与固定后极易发生再移位,3周内必须每周复查X线片,如有移位及时调整。经常检查夹板与分骨垫的位置是否合适,松紧度如何。拆除夹板后尽早练习握拳、伸指活动,注意严格限制前臂旋转与手尺偏活动。

第三节　尺骨鹰嘴骨折

尺骨鹰嘴骨折占全身骨折的1.17%。尺骨近端后方位于皮下的突起为鹰嘴。尺骨鹰嘴是肱三头肌的附着点,尺骨半月切迹关节面与肱骨滑车关节面共同构成肱尺关节。尺骨鹰嘴骨折是波及半月切迹的关节内骨折。

一、病因病机

尺骨鹰嘴骨折是肘关节常见损伤之一,多发生于成年人,少年儿童亦可发生,除少数鹰嘴尖端撕脱骨折外,大多数病例是骨折线涉及半月状关节面的关节内骨折。尺骨鹰嘴骨折多由直接暴力引起,低能量的直接暴力可致简单骨折。当高能量损伤的直接暴力作用于肘关节后侧,可造成尺骨鹰嘴粉碎性骨折。同时,强大的外力使尺、桡骨同时向前移位,常发生"鹰嘴骨折合并肘关节前脱位"现象。间接暴力使肘关节突然地强力屈曲,鹰嘴被猛烈收缩的肱三头肌撕裂。

二、临床表现

尺骨鹰嘴部有局限性肿胀和疼痛,明显压痛,肘关节屈曲活动疼痛加重,主动伸直活动障碍。骨折有分离移位时,可触及骨折裂隙或骨擦音。临床上将骨折分为三种。

1.无移位骨折

多由直接暴力造成,骨折块无移位。

2.移位骨折

多由间接暴力造成,骨折块有明显移位,骨折线为横断或斜行。

3.粉碎性骨折

严重的直接暴力造成,骨折碎片多无明显移位。

三、诊断与鉴别诊断

受伤后,尺骨鹰嘴部疼痛、压痛明显,局限性肿胀,活动肘痛加剧。分离移位时,主动伸肘功能丧失,可在局部扪及鹰嘴骨折片上移和明显的骨折间隙或骨擦感。肘关节正侧位X线片可明确骨折类型和移位程度。一般根据受伤史、临床表现和X线片结果可以确诊。

四、治疗

无移位的尺骨鹰嘴骨折一般不需手法整复，有分离移位者需要手法整复；手法整复效果不佳时，可行切开复位。

1.手法整复

无移位的尺骨鹰嘴骨折一般不需手法整复，有分离移位者需要手法整复。进行手法整复时，患者取坐位或仰卧位。若局部肿胀明显，则先在伤肢肘后局部皮肤消毒用注射器作关节穿刺，抽出关节内血肿块。伸直肘关节，令助手维持此位置不变。术者站立于患者伤肢外侧，一手固定骨折远端。如果是粉碎性骨折，则可用固定于远端之手的示、中指指腹放于碎骨块后方按压碎骨块，另一手的拇、示指将尺骨鹰嘴近折端骨折块向远折端推挤，使其复位。同时助手将其伤肢肘关节做轻度反复伸屈活动，以矫正骨折端残余错位，促进关节面平整、光滑。

2.固定

无移位的尺骨鹰嘴骨折，因伸肘装置多未损伤，屈肘至功能位不会导致骨折端分离，一般采取功能位固定3周，亦可固定肘关节于屈曲20°～60°角位3周。有移位骨折手法整复后，在尺骨鹰嘴上端置一块有半圆形缺口朝下的抱骨垫，用以顶住尺骨鹰嘴的上端，不使骨折块再向上移位，并用前、后侧超肘夹板固定肘关节0°～20°角位3周，以后再逐渐改为固定在屈肘90°角位1～2周。亦可用石膏托、树脂绷带外固定。

3.手术治疗

手法整复效果不佳时，可行切开复位。骨折移位明显或属粉碎性骨折，应切开做碎骨片清除，内固定治疗。尺骨鹰嘴骨折合并血管、神经损伤者，应考虑手术探查并进行复位内固定。

4.中药治疗

内服中药按骨折三期辨证施治。去掉夹板后肘关节局部配合活血通络、理气舒筋之剂熏洗或外敷。

五、预防与调护

自复位固定3～5天后即指导患者进行握拳、腕关节活动功能锻炼，并禁止肘关节屈伸活动。第4周后，逐渐开始肘关节的自主屈伸运动，严禁暴力被动的功能锻炼。

保持肘关节处于伸直位固定，逐渐屈曲肘关节，正确合理地进行功能锻炼。绑缚应适宜，过松则达不到稳定固定的目的，过紧则易影响血液在肢体远端的供应，应注意观察肢体远端皮肤颜色、温度。

尺骨鹰嘴骨折并发症包括运动丧失、不愈合、尺神经麻痹、畸形愈合、创伤后关节炎等。尽量做好初次固定，稳定固定，治疗后积极进行功能锻炼，必要时的尺神经前置术可以减少后遗症的发生。

第四节　肘关节脱位

肘关节由肱尺、肱桡和桡尺近侧三组关节包于一个关节囊内构成。其中肱骨滑车与尺骨半月切迹构成的肱尺关节，属于蜗状关节，是肘关节的主体部分；肱骨小头与桡骨头凹构成的肱桡关节，属于球窝关节；桡骨头环状关节面与尺骨的桡骨切迹构成的桡尺近侧关节，属于车轴关节。关节囊前后松弛薄弱，两侧紧张增厚形成侧副韧带。尺侧副韧带呈三角形，起自肱骨内上髁，呈放射状止于尺骨半月切迹的边缘，有防止肘关节侧屈的作用。桡侧副韧带也呈三角形，附于肱骨外上髁与桡骨环状韧带之间。在桡骨头周围有桡骨环状韧带，附着于尺骨的桡骨切迹的前后缘，此韧带同切迹一起形成一个漏斗形的骨纤维环，包绕桡骨头。

肘关节脱位是构成肘关节的骨端关节面脱离了正常位置，而致功能障碍者。本病是肘部常见的损伤，在全身大关节脱位中占 1/2 左右，居于第一位，多发于青壮年，成人和儿童也时有发生。正常肘关节由肱尺、肱桡和尺桡上关节组成，主要是肱尺关节进行伸屈活动（伸 180°，屈 30°）。肘关节关节囊侧方有坚强的桡侧副韧带和尺侧副韧带保护，而后部关节囊及韧带较薄弱，因此肘关节后脱位最为常见。

一、病因病机

本病多由传达暴力和杠杆作用造成。其临床大致可分为四类：肘关节后脱位、侧后方脱位、前脱位和陈旧性肘关节脱位。

跌倒时用手撑地，肘关节在半伸直位，作用力沿尺、桡骨长轴向上传导，使尺、桡骨上端向近侧冲击，并向上后方移位。当传达暴力使肘关节过度后伸时，尺骨鹰嘴冲击肱骨下端的鹰嘴窝，产生一种有力的杠杆作用，使止于喙突上的肱前肌和肘关节囊前壁撕裂。肱骨下端继续前移，尺骨鹰嘴向后移，形成肘关节后脱位。

由于暴力方向不同，尺骨鹰嘴除向后移位外，有时还可向内侧或外侧移位，引起桡侧副韧带和尺侧副韧带撕脱或断裂，形成后内侧、后外侧脱位。

肘关节前脱位很少见，当跌伤时，肘关节屈曲位肘尖着地，暴力由后向前，先发生尺骨鹰嘴骨折；暴力继续作用，可将尺桡骨上端推移到肱骨下端的前方，导致肘关节前脱位，前脱位不合并鹰嘴骨折的罕见。

肘关节脱位时，肱三头肌腱和肱前肌腱会被撕脱、剥离，骨膜、韧带、关节囊均被撕裂，伤及经络，瘀血留滞，肘窝部形成血肿，且易发生纤维化或骨化，引起骨化性肌炎，成为陈旧性肘关节脱位，并影响复位后肘关节的功能活动，严重移位者会引起肘部血管、神经损伤的并发症，应引起注意。

二、临床表现

患者肘部肿胀、疼痛、畸形，肘关节功能障碍；具有脱位的特殊表现：肘部明显畸形，肘窝部饱满，前臂外观变短，尺骨鹰嘴后突，肘后部空虚和凹陷。关节弹性固定于 120°～140°，只有微小的被动活动度。肘部三点关系完全破坏。临床上可以分为三种。

1.后脱位

肘关节呈弹性固定于 45°左右的半屈曲位，呈靴形畸形，肘窝前饱满，可触到肱骨下端，肘后空虚凹陷，尺骨鹰嘴后突，肘后三点骨性标志关系不对。

2.侧后方脱位

除具有后脱位的症状体征外，可呈现肘内翻、肘外翻畸形，肘关节出现内收、外展功能障碍，肘部左右径增宽。

3.前脱位

肘关节过伸，屈曲受限，肘窝隆起，可触及突出的尺桡骨上端，肘后可触及鹰嘴骨折片。

三、诊断与鉴别诊断

有外伤史，患处肘部肿胀、疼痛、畸形，肘关节被动屈伸不利，活动功能障碍。患者以健手托住患侧前臂，肘关节处于半伸直位，被动运动时伸不直肘部。肘后空虚感，可摸到凹陷处。X 线检查可确诊。

肘后骨性标志关系改变，在正常情况下肘伸直位时，尺骨鹰嘴和肱骨内、外上髁三点呈一直线；屈肘时则呈一等腰三角形。脱位时上述关系被破坏，肱骨髁上骨折时三角关系保持正常，此征是两者的鉴别要点。

四、治疗

新鲜的肘关节脱位应以手法整复为主，并宜及早复位和固定。复位后将肘关节被动活动 2～3 次，无障碍，给予适当固定。闭合手法整复失败或脱位时间久，有明显功能障碍者及陈旧性脱位无法手法整复者，应手术治疗。

1.手法治疗

(1)肘关节后脱位。

1)拔伸屈肘法：患者取坐位，助手立于患者背侧，以双手握其患肢上臂，术者站在患侧对面，双手握住腕部，置前臂于旋后位，与助手相对拔伸牵引 3～5 min，术者一手握腕部继续牵引，另一手拇指抵住肱骨前下端向后推按，其余四指置于鹰嘴处，向前端提，并缓慢地将肘关节屈曲，当闻及入臼声时，即已复位。

2)膝顶复位法：患者取坐位，术者立于患侧前面，一手握其前臂，一手握其腕部，同时一足踏在凳子上，以膝盖顶在患侧肘窝内，先顺势牵拉，然后逐渐屈肘，闻及入臼声时，说明已复位。

(2)肘关节侧方脱位：推肘尖复位法，患者取坐位，一助手双手握其患侧上臂固定患肢，第二助手握患侧腕部，沿前臂纵轴方向慢慢拔伸牵引，术者立于患侧，双手拇指置于鹰嘴尖部由后上方向前下方用力推鹰嘴，其余四指环握前臂上端，拉前臂向后侧，使冠突与肱骨下端分离。同时第二助手在维持牵引下和术者协同逐渐屈曲肘关节，此时，即能还纳复位。

(3)肘关节前脱位：对于单纯性新鲜的肘关节前脱位，患者取仰卧位或坐位，复位时，使肘关节呈高度屈曲位进行，助手牵拉上臂，术者一手握住肘部，另一手握住腕部，稍加牵引，保持患肢前臂旋内的同时，在前臂上段向后加压，可听到入臼复位的响声，即已复位。

(4)肘关节陈旧性脱位：肘关节超过3周的陈旧性脱位，由于关节囊及侧副韧带和周围组织广泛粘连，甚至出现血肿机化等损伤后的病理变化，造成复位困难。临床上对脱位3周以上的、不合并骨折或血管、神经损伤及骨化性肌炎及骨质疏松的单纯性后脱位的成年人，若肘关节仍有一定活动范围者，仍可采用手法复位。若经上述活动无效，或活动范围改善不大，不宜强行手法复位，以免发生骨折等并发症。

2.固定

肘关节复位后，一般用绷带做“8”字形固定肘关节于60°～80°屈曲位，并用三角或直角夹板固定在胸前，固定2～3周后，除去固定。若合并肱骨内、外上髁骨折的，可用夹板固定，并于内、外上髁处加垫，以加强固定。

五、预防与调护

肘关节脱位因暴力的强大可伴见肱骨内或外上髁撕脱骨折，尺骨冠状突骨折，桡骨头或桡骨颈骨折，桡神经、尺神经损伤。后期可见侧副韧带骨化，损伤性骨化性肌炎，创伤性关节炎，肘关节僵直。因此，需要积极地进行康复治疗，固定期间可进行肩关节、腕及手指的活动；去除固定后，积极进行肘关节的主动活动，以促进功能恢复。

第九章　腕及手部损伤

第一节　桡骨远端骨折

桡骨远端骨折系指桡骨下端关节面以上 2～3 cm 处发生的骨折。本病发生率甚高，是腕部常见的损伤。女性多于男性，好发于中老年及青少年。桡骨下端是松质骨与密质骨交界的部位，也是受伤时的应力集中点，故在此处易发生骨折。桡骨远端与腕骨（舟状骨与月骨）形成关节面，其背侧边缘长于掌侧，故关节面向掌侧倾斜 10°～15°（掌倾角）。桡骨下端内侧缘切迹与尺骨头形成下尺桡关节，切迹的下缘为三角纤维软骨的基底部所附着，三角软骨的尖端起于尺骨茎突基底部。前臂旋转时桡骨沿尺骨头回旋，而以尺骨头为中心。桡骨下端外侧的茎突，较其内侧长 1～1.5 cm，故其关节面还向尺侧倾斜 20°～25°（尺偏角）。这些关系在骨折时常被破坏，在整复时应尽可能恢复其正常解剖。

一、病因病机

桡骨远端骨折可由直接暴力和间接暴力所致。以间接暴力多见，跌倒时手部着地，躯干向下的重力与地面向上的反作用力交汇于桡骨远端，从而在此处发生骨折。临床上可根据手着地时的姿势与骨折移位的方向分为四型。

1.伸直型（colles 骨折）

临床最为常见。跌倒时，腕关节呈背伸位，手掌先着地，应力通过手掌传导至桡骨远端，骨折的远端向背桡侧移位，近端向掌侧移位。桡骨远端关节面改向背侧倾斜，尺倾角减少或消失。严重者可伴有下尺桡关节脱位和尺骨茎突骨折。

2.屈曲型（Smith 骨折）

此类型骨折少见。跌倒时，腕关节处于屈曲位，手背着地，应力传导至桡骨远端，骨折的远折端向掌桡侧移位，近端向背侧移位。也可由于外力直接撞击腕背部发生此型骨折。

3.背侧缘型（Barton 骨折）

跌倒时，前臂旋前，腕背伸位手掌着地，外力通过腕骨冲击桡骨远端关节面背侧缘，造成桡骨远端背侧劈裂骨折，伴有腕关节向背侧脱位或半脱位。

4.掌侧缘型

跌倒时，腕关节呈掌屈曲位，手背先着地，造成桡骨远端掌侧缘劈裂骨折，同时伴腕关节向掌侧脱位或半脱位。

二、临床表现

1.症状

伤后腕部肿胀、疼痛，腕关节功能明显障碍。伸直型骨折侧位观时腕部及手掌形成“餐叉样”畸形，正面观时呈“枪刺样”畸形。屈曲型骨折腕关节近端背侧突起，而远端掌侧饱满，并伴有腕桡偏现象。患侧手指呈被动屈曲位。

2.体征

短缩移位时可触及上移的桡骨茎突，无移位或不完全骨折时肿胀多不明显，腕部周围环状压痛和纵轴叩击痛，腕关节处可触及骨擦感。

3.辅助检查

腕关节X线正侧位片可明确骨折类型和移位方向。若骨折移位不明显、骨折线不清晰，可行腕关节CT三维重建明确诊断。

三、诊断及鉴别诊断

根据患者明确的外伤史，伤肢局部肿胀、疼痛及畸形、腕关节功能障碍，甚至可触及骨擦音，再结合影像学检查，可确定诊断。本病应与腕部软组织扭伤相鉴别。

四、治疗

1.手法整复

无移位的骨折不需要整复，仅用掌、背两侧夹板固定2～3周即可。有移位的骨折则必须根据骨折类型采用不同的复位方法。

(1)伸直型。①牵引：近端助手牵引前臂上1/3部，术者握住患手大、小鱼际进行对抗牵引，牵引1～2 min，矫正嵌插、重叠、成角移位。②成角反折：术者双手拇指移至骨折远端，其余四指移至掌侧的骨折近端，先加大成角，再骤然反折。反折时，拇指压远端向掌侧，示指顶近端向背侧。③尺偏：术者以牵引小鱼际之手虎口部顶住尺骨下端，牵大鱼际之手使腕关节向尺侧偏移。整复时，成角反折、尺偏等手法一气呵成。

(2)屈曲型。①牵引：患肘屈曲，前臂旋后位。术者与近端助手的牵引部位同伸直型骨折。②成角反折：术者双手拇指置于远折端的掌侧，示指置于近折端的背侧，先加大成角，再骤然反折。反折时，拇指压远折端向背侧，示指顶近折端向掌侧。③尺偏：同伸直型骨折手法。

(3)背侧缘型：患者取仰卧位，术者与助手先拔伸牵引，并将腕部轻度屈曲，然后双手相对挤压，腕部的拇指推按背侧缘骨折片，使其复位。

(4)掌侧缘型：患者取坐位，前臂中立位。两助手握持患者手指及前臂下段进行拔伸牵引，并将患肢轻度背伸。术者用两手掌基底部在骨折处相对挤按，使得掌侧缘骨折片复位。

2.固定方法

对于伸直型骨折，先在骨折远端背侧和近端掌侧分别放置一平垫，然后放上夹板，夹板上端达前臂中、上1/3，桡、背侧夹板下端应超过腕关节，限制手腕的桡偏和背伸活动。对于屈曲型骨折，则在远端的掌侧和近端的背侧各放一平垫，桡、掌侧夹板下端应超过腕关节，限制桡偏和掌屈活动。扎上3条布带，最后将前臂悬挂胸前，保持固定4～5周。对于背侧缘型或掌侧缘型骨折，在整复成功后用石膏超腕关节固定。复位固定后应观察手部血液循环，随时调整夹板松紧度。

3.手术治疗

关节面移位大或伴有关节面压缩塌陷，可考虑切开复位内固定术。陈旧性骨折畸形愈合有旋转障碍者，可作尺骨头切除术，畸形严重无前臂旋转障碍者，可做尺骨头部分切除及桡骨远端截骨术。

4.中药治疗

初期局部肿胀较重，治宜活血祛瘀、消肿止痛，内服桃红四物汤、复元活血汤加利尿消肿药，外敷双柏散；中期宜和营生新、接骨续筋，内服续骨活血汤、新伤续断汤、接骨丹等，外敷接骨续筋膏；后期宜调养气血、补益肝肾、强壮筋骨，内服八珍汤等。老年人在初期不宜攻下太过，中后期可重用补益类药物。肝肾不足，偏肝肾阴虚者，治宜补益肝肾，方用六味地黄汤、知柏地黄汤、左归丸等；若为肾阳虚者，治宜温补肾阳，方用金匮肾气丸、右归丸合虎潜丸等。各类型骨折拆除外固定后，可用中药熏洗以尽快恢复关节功能。

5.运动治疗

固定期间积极做指间关节、指掌关节屈伸锻炼及肩肘部活动。解除固定后，作腕关节屈伸和前臂旋转锻炼。

五、预防与调护

复位固定后，应随时观察手指远端血供情况，随时调整夹板松紧度。尽量将患肢前臂保持在中立位。伸直型骨折的患者在固定期间应避免腕关节桡偏与背伸活动。复位后每周复查X片1次，如有移位，及时再次手法复位或行手术治疗。拆除夹板固定后加强患肢功能锻炼，避免后期关节强直。

第二节　腕舟骨骨折

腕舟骨骨折在临床上比较常见，约占腕骨骨折的80%以上，好发于成年人。腕舟骨是最大的一块腕骨，呈长弧形，其状如舟，中段较细者为腰。舟骨、月骨和三角骨由坚强的韧带联系在一起，近端共同构成椭圆形的关节面，与桡骨远端关节面构成腕关节。在腕关节活动中，舟骨占有比较重要的位置。腕舟骨分为结节、腰部和体部三个部分，共五个关节面，仅背侧的一小部分及掌侧舟骨结节处有韧带附着，为营养血管进入的孔道。故舟骨腰部骨折时，近侧骨折块容易发生缺血性坏死。

一、病因病机

腕舟骨骨折常由传达暴力造成。骨折可发生于腰部、结节部或近端，其中以腰部多见。前扑跌倒时，手掌触地，腕关节处于极度桡偏和背伸位，地面的反作用力由舟骨结节向上传递，身体的重力由桡骨干向下传递，两力将腕舟骨挤压在桡骨远端背侧缘和远排腕骨之间。舟骨被锐利的桡骨关节面的背侧缘或茎突缘切断，从而发生舟骨腰部骨折。腰部发生骨折后，舟骨远侧的骨折块就与远排腕骨一起活动，两排腕骨间的活动就改为通过舟骨骨折处的活动，故舟骨骨折线所受的剪力很大，难以固定。因为腕部诸骨紧密接触，又没有肌肉和强大韧带附着，所以腕舟骨骨折多无明显移位，早期影像学检查不易发觉。根据腕舟骨骨折的部位不同分型如下。

1.舟骨结节骨折

骨折线近侧与远侧的骨折块均有丰富的血液供应。骨折愈合快，不会发生缺血性坏死。

2.舟骨腰部骨折

腰部骨折是腕舟骨骨折中最多见的一型骨折。骨折线远侧的骨折块血液供应佳，而近侧骨折块的血液供应可能部分或大部分被破坏。因而腰部骨折的愈合缓慢，近侧骨折块可能发生缺血性坏死。

3.舟骨近端 1/3 骨折

骨折线的远侧骨折块血液供应良好，而近侧骨折块的血液供应大部丧失，故近侧骨折块多数发生缺血性坏死。

4.舟骨远端 1/3 骨折

舟骨远端血运较好，整复愈合大多没有问题，但所需时间较长。

二、临床表现

1.症状

伤后局部轻度疼痛，腕关节活动功能障碍。

2.体征

鼻烟窝部位肿胀、压痛明显，将腕关节桡倾、屈曲拇指、示指和中指，叩击其掌指关节时可引起疼痛。

3.辅助检查

X 线检查，腕部正位、侧位和尺偏斜位片可协助诊断。但第一次拍摄 X 线片未发现骨折而临床表现仍有可疑时，可先行腕关节石膏固定，2 周左右后进行 X 线检查，由于骨折部位的骨折吸收，使骨折线更加明显。

三、诊断与鉴别诊断

根据患者的明确外伤史，鼻烟窝处肿胀、疼痛，查体腕关节桡倾、屈曲拇指和示指后掌指关节叩击痛阳性，再结合影像学检查，可确定诊断。腕舟骨骨折早期不易被发觉，故应与其他腕骨骨折及脱位相鉴别。

四、治疗

1.手法整复及固定

腕舟骨骨折很少移位，一般不需整复。若有移位时，可在牵引下，使患腕尺偏，以拇指按压骨块,即可复位。复位后用塑形纸夹板或短型石膏管型固定患腕于功能位,即腕关节背伸25°～30°,尺偏10°,拇指对掌、前臂中立位。塑形纸夹板或石膏管型包括前臂近侧1/4,拇指掌骨全长及其他四个掌骨近侧2/3,相当于掌横纹处,以不妨碍握拳及各指屈伸活动为度。结节部骨折一般需要固定6周,其余部位骨折愈合时间为3～6个月,甚至更长时间,故应定期复查X线观察骨折愈合情况。

2.手术治疗

若骨折长时间不愈合且有明显症状,以及发生缺血性坏死者,可根据年龄、工作性质、临床症状及腕舟骨的病理变化采用不同的手术治疗方法。

3.中药治疗

初期治宜活血祛瘀、消肿止痛,可内服桃红四物汤、复元活血汤。中期应接骨续损,内服和营止痛汤、新伤断续汤。后期宜养气血、补肝肾、壮筋骨,内服八珍汤、六味地黄汤,外用五加皮汤熏洗。

4.运动治疗

固定期间积极做指间关节、指掌关节屈伸锻炼,避免盲目过早拆除夹板或石膏进行活动。

五、预防与调护

腕舟骨骨折可靠的固定是决定骨折愈合的关键。故应定期行X线检查以观察骨折愈合情况,避免过早解除固定,并遵医嘱进行功能锻炼。

第三节 掌指、指间关节脱位

掌指关节脱位是指近节指骨基底部与掌骨头发生移位。以拇指掌指关节脱位常见,示指掌指关节脱位次之,第3～5指掌指关节脱位少见。掌拇关节为屈戌关节,可作屈伸活动,其余四指的掌指关节为球窝关节,能作屈伸、内收、外展及环绕活动。其内外侧、掌侧及背侧均有韧带加强。

指间关节脱位在临床也颇为多见,各手指的近侧和远侧指间关节均可发生。指间关节为屈戌关节,仅能作屈伸活动,关节囊两侧有侧副韧带维持其稳定性。

一、病因病机

掌指关节脱位可分为背侧脱位和掌侧脱位,以背侧脱位多见。拇指掌指关节脱位发生率较高,且多为背侧脱位,常由杠杆作用及关节过伸位受伤所致。如跌倒时掌拇关节在伸直位触地,外力使拇指过度背伸,造成掌指关节掌侧关节囊紧张继而破裂,掌骨头由破裂处脱向掌侧,移位于皮下,近节拇指移向背侧。第2～5指掌指关节脱位较拇指掌指关节脱位少见。

过伸、扭转或侧方挤压等形式的暴力,造成指间关节囊撕裂或破裂、侧副韧带断裂,进而产生指间关节脱位,有时伴有指骨基底撕脱性骨折。临床以背侧或内侧脱位多见,前侧脱位极少见。

二、临床表现

1.症状

伤后患处出现疼痛、肿胀、畸形或呈弹性固定，关节屈伸功能受限。

2.体征

掌指关节脱位可在掌横纹处触及高突的掌骨头。指间关节脱位伴有侧副韧带断裂，可出现关节的侧向活动。

3.辅助检查

掌指关节脱位X线片显示近节指骨基底部向背侧移位；指间关节脱位X线片显示远端指骨基底部向背侧移位，或向内、外侧移位。

三、诊断与鉴别诊断

根据外伤史、临床表现和X线检查，可作出诊断。X线正位片显示关节间隙消失，侧位或斜位片可见指骨呈过伸位向上、向背侧移位，指骨基底部位于掌骨头的后上方。本病应与掌、指骨骨折相鉴别。

四、治疗

1.手法整复

(1)掌指关节脱位：患者取坐位，将患肢腕关节及近节指间关节屈曲，以放松屈指肌腱。一助手固定患侧腕关节，术者用一手拇、示指握住脱位指骨，顺畸形方向持续牵引，同时另一手握住腕关节相对牵引，并用拇指向背侧推按脱位的掌骨头，然后向掌侧屈曲患指即可复位。

(2)指间关节脱位：术者双手握持伤指，适当用力牵引，再轻度屈曲或扳正侧偏的手指即可复位。

2.固定

掌指关节脱位复位后，将患指置于轻度屈曲，对掌功能位，用铝板或竹板压弯塑形，固定1～2周。然后进行主动屈伸关节的功能锻炼。注意关节应固定在屈曲位，在此位置侧副韧带紧张，关节稳定，可避免侧方移位。指间关节脱位复位后用塑形铝板或竹片，置于手指的掌侧，固定患指于轻度对掌位1～2周；或用绷带卷置于手掌心，将手指固定于屈曲位；此外，亦可用邻指胶布法固定。

3.手术治疗

若多次未能复位时，说明掌骨头前方关节囊或拇指屈肌腱卡住掌骨头，阻碍复位，应手术切开复位。掌指关节脱位，如出现关节交锁征，采用暴力牵拉，可造成组织损伤甚至掌骨头骨折。若合并骨折，骨折片有明显分离移位，骨折片旋转或嵌入关节间隙，导致手法复位失败者，或复位后不能维持对位者，应切开复位细钢针固定。若合并侧副韧带断裂者，则需手术修补侧副韧带。陈旧性指间关节脱位可行关节融合术。

4.运动治疗

损伤早期，除患指外，可作其余关节的功能锻炼。去除外固定后，即可开始患指掌指关节及指间关节的主动屈伸练功活动，范围从小到大，力量由轻到重。同时配合应用中药熏洗疗法。切忌强力推扳、扭晃等被动活动。

五、预防与调护

复位后应行足够时间的有效固定，指间关节囊的修复缓慢，常常需要3～5个月才能彻底恢复。拆除固定后应进行早期功能锻炼，否则后期极易引起关节粘连、僵硬。还应避免二次损伤，以免关节发生增生及粘连，致肿胀长期不消并遗留慢性疼痛症状。

第十章　膝及腿部损伤

第一节　股骨髁上骨折

股骨髁上骨折是股骨远端骨折的一种，指发生于股骨腓肠肌起始点上 2～4 cm 范围内的骨折，不包括内外髁部骨折和髁间骨折。髁上骨折一般为关节囊外骨折，而髁部骨折及髁间骨折为关节囊内骨折，但髁上骨折与髁间骨折常相互波及，又称经髁间的髁上骨折。股骨髁上骨折临床上在两类人群中发病率较高，分别是青年人和老年人，前者为高能量损伤，后者为低能量损伤。

一、病因病机

股骨髁上骨折大多由间接暴力所致，如从高处坠落受伤、患者足部或膝部着地或车祸高速损伤，亦可因直接暴力打击所致。此外，若膝关节强直、失用性骨质疏松，亦容易因外力而发生股骨髁上骨折。如老年患者，由于干骺端骨质疏松，在屈曲位跌倒时，可引起该处嵌插性骨折。股骨髁上骨折可分为屈曲型骨折和伸直型骨折两种。

1.屈曲型骨折

远端向后侧移位，骨折呈横断或斜形，骨折线由后上斜向前下方，骨折远端因受腓肠肌的牵拉和关节囊的紧缩而向后移位，容易压迫或损伤腘动、静脉和神经。

2.伸直型骨折

远端向前移位，骨折线从前上斜向后下。

二、临床表现

1.症状与体征

股骨髁上骨折的临床表现与股骨下 1/3 骨折相似，伤后大腿下段及膝部严重肿胀，患肢短缩，压痛显著，功能丧失。屈曲型骨折者，在膝前外上方可扪及骨折近侧断端明显突起，而在膝后可摸到骨折远侧断端。伸直型骨折者因骨折端相互重叠，不易扪及骨折端，但患处前后径增大。检查时应防止膝关节过伸而造成的腘窝部血管或神经损伤。

2.辅助检查

膝关节正、侧位 X 线片，可确定骨折类型和移位情况。

三、诊断与鉴别诊断

根据其外伤史、临床表现及X线征象，一般均能作出骨折的诊断。若局部出现较大血肿，且腘后动脉、足背动脉搏动减弱或消失时，应考虑为腘动脉损伤。若出现足跖屈、内收、旋后及趾跖屈运动消失，并呈仰趾状，趾强度伸直，足底反射及跟腱反射消失，伴有小腿后1/3、足背外侧1/3及足底皮肤感觉明显减弱或消失时，应充分考虑到胫神经损伤的可能性。

股骨下端为骨肿瘤的好发部位，如骨巨细胞瘤、骨肉瘤等，严重者可并发病理性骨折，但其致伤暴力往往较小，疼痛肿胀的程度亦较轻。临床根据病史、临床过程及影像学资料全面综合分析，进行鉴别诊断。

四、治疗

对股骨髁上骨折进行非手术疗法治疗时，股骨前后方向或内外方向允许有7°以内的成角；长度短缩则应≤2 cm。在此范围内的功能复位对患肢的功能影响较小。

1.整复方法

(1)骨牵引复位：屈曲型骨折可采用股骨髁部冰钳或用骨圆针牵引。伸直型骨折则采用胫骨结节牵引。牵引重量一般为7～10 kg，维持重量为5 kg。骨牵引后配合手法整复即可复位。如骨折远端向后移位明显者，可应用股骨髁上和胫骨结节双部位牵引进行复位。

行双部位骨牵引时，骨折远端后倾程度大者，则膝关节的屈曲角度亦应相应加大。与此对应，胫骨结节的牵引方向亦应加大向下的角度，并注意置放患肢附架的转折处应对准骨折远端。

(2)手法整复：以临床常见的屈曲型为例，说明手法复位方法。采用屈膝拔伸法整复骨折，患者仰卧，两膝屈曲至90°～100°，悬垂于手术台一端。患膝下方垫一沙袋。用宽布带将患肢固定于手术台上，助手以两膝夹住患肢踝部，并用双手抱住小腿上部顺势拔伸并向足端牵拉。术者双手抱住小腿上端近腘窝处将远折端向前提托，以纠正重叠及向后成角移位；然后两手相对挤压，纠正残余的前后及侧方移位，力求骨折功能复位。

整复时要保持膝关节屈曲位，注意保护腘窝神经血管，用力不宜过猛；复位困难者，可加大牵引重量后再整复。

2.固定

(1)无移位骨折：将膝关节内的积血抽吸干净后，采用超膝关节夹板或石膏托固定即可。其夹板规格：前侧板下端至髌骨上缘，后侧板的下端至腘窝中部，两侧板以带轴活动夹板行超膝关节固定，小腿部的固定方法与小腿骨折相同，膝上和膝下均以四根布带绑扎固定。将患肢膝关节屈曲于70°～90°的位固定。

(2)移位骨折：经持续牵引而配合手法复位者，所用固定夹板，其两侧板的下端呈叉状，骑在冰钳或骨圆针上。6～8周后解除牵引，改用超膝关节夹板固定，直至骨折愈合。

(3)手术开放复位内固定，或经皮钢板螺钉治疗，或逆行交锁髓内钉固定。

3.手术治疗

对于移位严重、经牵引和手法整复不能复位者，或伴有血管神经损伤者，应考虑行切开复位内固定，并探查血管神经。

4.运动治疗

与股骨干骨折基本相同,但因骨折靠近关节,易发生膝关节功能受限,所以应尽早进行股四头肌锻炼和关节屈伸功能锻炼。5～7周后解除牵引,改用超膝关节夹板固定,直至骨折愈合。

5.中药治疗

按照骨折三期辨证施治。由于股骨髁上骨折近膝关节,为了防止关节僵硬,解除夹板固定后应用中药熏洗并结合按摩。

五、预防与调护

预防骨折的关键在于避免创伤发生。

股骨髁上骨折因靠近膝关节,故骨折愈合后常遗留膝关节主动或被动伸屈功能的部分障碍。故应在解除固定后用中药熏洗并结合理筋按摩。加强膝关节功能康复。

对于因股四头肌粘连而出现的膝关节屈伸功能障碍,在骨折愈合稳定的前提下,及早进行膝关节屈伸锻炼,或行CPM辅助功能恢复。若后期膝关节屈伸仍明显障碍,则可考虑手术松解。

第二节 股骨髁部骨折

股骨髁部骨折包括双髁(髁间)骨折和单髁骨折,为关节内骨折,临床多发生于青壮年。股骨髁骨折占全身骨折的0.4%。股骨髁周围有关节囊、韧带、肌肉及肌腱附着,因此股骨髁部骨折可并发腘动脉、神经及其周围软组织的广泛损伤;同时易发生骨块分离而不产生塌陷,出现"T"或"Y"型骨折。

一、病因病机

股骨髁部骨折主要为股骨轴向暴力合并内、外翻或旋转暴力所造成。近年来,交通事故更为频繁发生,该类骨折的青壮年病例往往由于高速、高能量暴力而发病。

1.髁间骨折

股骨髁间骨折大多由间接暴力造成,临床上可分为屈曲型髁间骨折和伸直型髁间骨折。

(1)屈曲型髁间骨折:患者自高处坠落受伤,屈膝位足或膝部直接着地,首先造成屈曲型股骨髁上骨折;暴力继续作用,骨折近端自髁间将股骨内外髁劈成两半甚至多块碎片,导致内外髁骨块向两侧分离(或旋转)移位,形成"T"或"Y"型骨折,受肌肉牵拉骨折远端向后上移位,近端向前下移位。

(2)伸直型髁间骨折:如患者自高处坠下时,膝关节于过伸位受伤,造成髁间骨折后,骨折远端向前上移位,近端向后下移位。股骨内、外髁亦可向两侧分离移位。

2.单髁骨折

临床少见,直接暴力或间接暴力均可引起单髁骨折,但以后者多见。患者膝伸直位自高处坠下，暴力向上传导，对股骨髁产生强大的冲击力，由于正常膝关节存在轻度外翻，故易形成膝外翻暴力而造成外髁骨折，分离的股骨髁被推向上移位，形成膝外翻畸形。少数患者可并发外侧副韧带及前侧交叉韧带撕裂；少数情况下，过度的膝内翻暴力，可导致内髁骨折，分离的股骨髁向上移位，从而形成膝内翻畸形。或可合并内侧副韧带及前侧交叉韧带撕裂。单髁骨折的骨折线多为纵向斜行近矢状面劈裂骨折；冠状面及粉碎骨折少见，骨折块多向后上移位。

二、临床表现

1.症状与体征

患者有明确的自高处坠落、局部碾压或车祸受伤等外伤史，伤后患膝肿胀（关节内积血明显）、疼痛严重，腘窝部有青紫及瘀斑、膝关节功能障碍。髁间骨折检查时可见患肢短缩，膝关节呈半屈曲状，膝部横径及前后径增大明显，股骨内外髁部压痛明显，并可触及骨擦音。单髁骨折则见膝关节外展或内收位畸形，内髁或外髁压痛明显，并可触及骨擦音及异常活动。

2.辅助检查

X 线检查可明确骨折的部位和类型。

三、诊断与鉴别诊断

根据外伤史、临床表现、体征及 X 线检查所见，即可明确诊断。临床上如发现腘窝部肿胀明显，皮肤张力高，足背胫前动脉的搏动减弱或消失，小腿和足背的皮肤感觉、温度下降，应考虑骨折伴发血管、神经损伤。

四、治疗

股骨髁间骨折属关节内骨折，故治疗时必须达到良好对位，力争解剖复位。以保证关节面光滑完整，同时配合有效固定、早期功能锻炼，才能有效地恢复关节功能，防止发生创伤性关节炎。

1.手法整复

患者取仰卧位，屈膝 30°～50°。两助手分别握持大腿中上段和小腿中下段，但暂不作牵引。术者两手环抱股骨内外髁，向中心挤压，纠正内外髁分离移位，与此同时令两助手施行适度力量的牵引，以纠正重叠移位。

牵引下维持两髁的位置，然后采用整复股骨髁上骨折的手法纠正骨折前后移位。复位后，术者用两手维持复位位置，令远端助手屈伸膝关节数次，模造关节面使之恢复平整。对于单髁骨折移位不明显者，可直接用挤压手法复位。如患者移位显著，采用手法复位不成功，应考虑采用手术治疗。

股骨髁间骨折手法复位牵引力不能过大，否则易引起两髁旋转分离甚或加重损伤。此外，手法复位亦可在胫骨结节骨牵引下进行。

2.固定

治法选择无移位骨折，在严格无菌操作下抽出关节腔内积血后，局部用棉垫加压包扎。然后用两侧带轴的活动超膝关节夹板或石膏前后夹进行固定，固定范围应从大腿中段至小腿中下段。固定时间一般为4～6周。对于轻微移位或无明显旋转移位的骨折，抽出关节内积血后，施行手法复位夹板或石膏固定，亦可在骨牵引的前提下，辅助手法整复及夹板固定。骨折移位明显难于整复或关节腔中有骨折碎块者，一般主张切开复位内固定。

3.手术治疗

股骨髁部骨折，如骨折块移位大、骨折碎片进入关节内、手法复位失败或陈旧性骨折应切开复位，采用骨圆针、螺钉、髁支持钢板或动力髁螺钉(DCS)内固定。对骨折粉碎程度严重或已并发创伤性关节炎者，可考虑行关节融合术或关节置换术。

4.运动治疗

在牵引期间，应指导患者练习股四头肌舒缩活动；6～8周后解除牵引，继续用超关节夹板固定，指导患者练习不负重步行锻炼和关节屈伸活动。骨折愈合坚强后再负重行走。

5.中药治疗

按照骨折三期辨证施治。由于股骨髁上骨折近膝关节，为了防止关节僵硬，解除夹板固定后应用中药熏洗并结合按摩。

五、预防与调护

骨折的预防关键在于避免创伤发生。

股骨髁间骨折的预后与康复与股骨髁上骨折的类似，重点在于膝关节功能的恢复。股骨髁间骨折常伴随着膝关节滑膜囊、半月板的损伤，伤后关节腔粘连，遗留关节功能的障碍更易发生。

动静结合原则应贯穿于整个治疗过程中，早期功能锻炼在股骨髁部骨折治疗中显得特别重要。它能起到对关节面的模造，矫正残余移位，防止关节囊粘连、肌肉韧带挛缩，否则将导致膝关节活动障碍甚至僵硬。骨折复位固定后，即应作股四头肌的收缩及踝关节、跖趾及趾间关节的屈伸活动。1～2周后，如骨折稳定，可行膝关节主动或辅助活动，活动时宜轻缓，切勿施行暴力，活动应循序渐进，范围逐渐加大。4～6周内，可参照股骨下1/3骨折功能锻炼方法进行。6周后，可在超膝关节带轴夹板固定下，扶拐下地进行不负重行走锻炼。骨折愈合后配合外用药物熏洗作主动锻炼或被动屈伸锻炼。如X线片显示已骨性愈合，方可逐步负重下地行走。

第三节　膝关节脱位

膝关节属于屈戌关节，是人体最大、结构最复杂的关节，周围借助坚强的韧带及肌肉附着，关节比较稳定，故脱位较为少见。随着交通运输业、建筑业的高速发展和激烈对抗性运动的增加，膝关节脱位患者呈逐年递增趋势，多见于青壮年。

一、病因病机

膝关节伸直时，周围的肌肉、韧带均处于紧张状态，无侧方及旋转活动，关节保持稳定；而屈曲90°或半屈曲位时，周围的肌肉、韧带松弛，关节的稳定度相对较差，故屈曲位遭受高能量损伤时，偶发关节脱位，并发周围韧带、半月板损伤，甚至骨折、血管、神经损伤，合并腘动脉损伤时，有下肢截肢风险。

根据股骨髁和胫骨髁脱位的程度，膝关节脱位可分为部位脱位和完全脱位。完全脱位常伴有广泛的关节囊及韧带的撕裂，或伴有关节内撕脱骨折，甚至腘窝部血管、神经和腓总神经等的损伤。根据脱位后胫骨上端移位的方向，膝关节脱位可分为前脱位、后脱位、侧方脱位（外侧脱位、内侧脱位）及旋转脱位等四种类型。其中前脱位较多见，后脱位次之，其余少见。

1.前脱位

受伤时，膝关节处于屈曲位，暴力从前向后作用于股骨下端或从后向前作用于胫骨上端，使胫骨向前急骤移位。前脱位多伴有后关节囊撕裂、十字韧带断裂或腘动静脉损伤。

2.后脱位

屈曲位时，暴力从前向后作用于胫骨上端，胫骨上端向后脱出，多合并严重的十字韧带、内侧副韧带、内侧关节囊的撕裂伤，或发生肌腱断裂或髌骨撕裂骨折。后脱位常并发腓总神经损伤，腘窝后血管损伤。

3.侧方脱位

膝关节受到来自侧方的暴力，或间接暴力传达到膝关节，引起膝关节的过度内翻或过度外翻，关节囊两侧破裂及韧带的断裂而形成侧方脱位胫骨上端向侧方脱出，以外侧脱位较多见，且常合并腓总神经损伤。此外，关节囊及内侧副韧带断裂后常嵌入关节内，导致复位困难；内侧脱位较少见。常合并对侧胫骨平台骨折。

4.旋转脱位

受伤时膝关节微屈、小腿固定，旋转暴力使股骨发生旋转，迫使膝关节承受扭转应力发生脱位。根据脱位后胫骨上端所处的位置，旋转脱位可分为前内、前外、后内和后外四种类型。

二、临床表现

伤后膝关节剧痛，严重肿胀，功能丧失。

不全脱位者，由于胫骨平台与股骨髁之间不易交锁形成弹性固定，因而常能自行复位而无明显畸形。

完全脱位时，弹性固定明显，且存在不同程度和类型的畸形：①前脱位者，膝关节微屈，髌骨前侧凹陷，皮肤形成横形皱襞，腘窝部饱满，可触及突起于后方的股骨髁部，于髌腱两侧触及向前移位的胫骨平台前缘，外观呈台阶状变形。②后脱位者，膝关节前后径增大，膝关节处于过伸位；胫骨上端下陷，并局部出现皱褶；腘窝处可触及胫骨平台后缘高突处；于髌腱两侧可触及向前突起的股骨髁部。③侧方脱位者，则有明显的侧方异常活动，于膝关节侧方可触及突起的胫骨平台边缘。④旋转脱位者，膝部出现明显畸形，患侧小腿呈内旋或外旋畸形，膝内侧关节间隙处出现皮肤凹陷及皱褶，腘窝部后外侧可触及骨性突起。

合并十字韧带损伤时，抽屉试验阳性；如出现十字韧带损伤，侧方试验阳性；并发腘部血管损伤者，可引起血管栓塞，而使肢体远端缺血性坏死；如出现腓总神经损伤时，可出现足背伸功能丧失和足背外侧痛觉消失等表现。

三、诊断与鉴别诊断

根据外伤史，临床表现及X线、CT、MRI检查等，可作出诊断。诊断时必须注意防止漏诊膝部血管、神经损伤及并发的骨折、韧带和半月板损伤。此外，尚需与膝部骨折进行鉴别诊断，通过X线和CT一般不难鉴别。

四、治疗

膝关节脱位属急症，一旦确诊，需在充分麻醉下，行手法复位。神经损伤如为牵拉性，多可自行恢复；如有血管损伤表现，在复位后未见恢复，应及时手术探查。如韧带、肌腱或关节囊嵌顿而妨碍手法复位，尽早手术；神经或韧带断裂，情况允许，尽早手术修补。

1.手法复位

复位一般在腰麻或硬膜外麻醉下进行。患者仰卧位，一助手双手握住患侧大腿，另一助手握住患踝及小腿作对抗牵引，保持膝关节半屈伸位置，术者用双手按脱位的相反方向推挤或提拖股骨下端与胫骨上端，如有入臼声，畸形消失，则复位。复位后，将膝关节轻柔屈伸数次，检查关节间是否完全吻合，并可理顺被卷入关节间隙的关节囊及韧带和移位的半月板。一般不主张过伸位直接按压胫骨上端向后，以免加重腘动、静脉损伤。

2.固定

前、后及旋转脱位复位后应以长腿石膏托或前后石膏夹固定，保持患膝屈曲20°～30°位，腘窝部应加软垫，并严密观察患肢远端的血液循环。侧方脱位复位后，宜用内、外侧长石膏夹板或长夹板固定。于脱出部位和上、下两端各加一块棉垫保持三点加压，将患膝固定于内翻或外翻位，固定时间一般为4～8周。

3.手术治疗

急症手术处理手法复位失败及合并腘动脉、神经损伤患者。对关节外韧带损伤Ⅰ、Ⅱ度采用保守治疗，Ⅲ度应行修补、重建；交叉韧带胫骨附处骨性撕脱可行一期修补缝合；如果韧带损伤不需要急症手术，韧带手术应该推迟到确保肢体的血供充分和软组织肿胀消退后再行关节镜下修复。此外，外侧脱位者应注意同时整复胫骨内侧平台骨折并同时行内固定。

4.运动治疗

固定期间可作股四头肌收缩及髋、踝关节主动活动。患膝制动3～4周后，可推动髌骨向上下、内外方活动，以减轻由于关节内血肿引起的粘连，同时行股四头肌主动锻炼。6周后，可在石膏或夹板的保护下下地活动，但勿完全负重。8周后，在膝关节完全稳定情况下开始负重。解除固定后，练习关节屈伸活动，待股四头肌及腘绳肌肌力恢复后方可负重行走。

5.中药治疗

初期以活血化瘀、消肿止痛为主，方用桃红四物汤加牛膝、延胡索、川楝子、泽泻、茯苓；中后期用强筋壮骨的正骨紫金丹或健步虎潜丸。脱位整复后，早起可外敷金黄散或消肿止痛膏消肿止痛；中期可用消肿活血汤外洗以活血舒筋；后期可用苏木煎或海桐皮汤熏洗以利关节。

五、预防与调护

对于本病，要加强劳动保护，注意膝关节功能锻炼，避免创伤发生；体育锻炼前要做好准备活动，充分热身；对于对抗性运动应该循序渐进加大对抗强度。

因膝关节脱位修复时间长，故易产生关节僵硬。因此早期即应开始功能锻炼，但不宜过早行膝关节屈伸活动，如有膝关节明显不稳，应继续延长固定时间，同时避免过早负重行走。由于韧带等软组织尚未修复，膝关节不稳定或关节软骨面损伤较重者，可能并发创伤性关节炎。

第四节　膝关节半月板损伤

半月板为位于股骨髁与胫骨平台之间的纤维软骨。半月板分为内侧半月板和外侧半月板，分别位于膝关节的内、外侧间隙内。内侧半月板较大，弯如新月形，前后角间距较远，呈“C”形。外侧半月板稍小，前后角间距较近，近似“O”形。外侧半月板不与外侧副韧带相连，因而外侧半月板活动度比内侧大。正常膝关节有轻度外翻，胫骨外侧髁负重较大，故外侧半月板承受压力也比较大，易受损伤。半月板周边较厚而中央部较薄，加深了胫骨髁的凹度，以适应股骨髁的凸度，因此半月板具有缓冲震荡和稳定关节的功能。

一、病因病机

半月板的结构与功能特点使其成为膝关节内非常易损伤的组织之一。半月板损伤多见于球类运动员、矿工、搬运工等。引起半月板破裂的外力因素有撕裂性外力和研磨性外力两种。

撕裂性外力发生在膝关节半屈曲状态下做旋转动作时，膝关节处于半屈曲位，半月板向后方移位，此时作内外翻或向内外旋扭时，半月板虽紧贴股骨髁部随之活动，而下面与胫骨平台之间形成旋转摩擦剪力最大，当旋转碾锉力超过了半月板的承受能力，即可发生半月板撕裂损伤。在膝半屈曲外展位，股骨髁骤然内旋牵拉，可致内侧半月板破裂；若膝为半屈曲内收位，股骨髁骤然外旋伸直，可致外侧半月板破裂。

研磨性外力多发生在外侧半月板，因外侧半月板负重较大（或先天性盘状半月板），长期蹲、跪工作的人，由于半月板长期受关节面的研磨挤压，可加快半月板的退变，发生外侧半月板慢性撕裂性损伤。

半月板损伤有边缘性撕裂、前角撕裂、后角撕裂、水平撕裂、纵向撕裂（桶柄式撕裂，此型易套住股骨髁发生“交锁”）、横形撕裂（多在中部偏前，不易发生交锁）等。

二、临床表现

1.症状

患者多有明确的膝部外伤或劳损史，特别是膝关节突然旋转的损伤；有长期蹲位、跪位工作等职业的慢性损伤史。急性发病者，伤后膝关节疼痛剧烈，局部肿胀；慢性期的主要症状是膝关节活动痛，行走中及膝关节伸屈活动时有弹响、交锁和关节滑落感。交锁现象为当行走或进行某一动作时，伤膝突然被卡住交锁，不能屈伸，有酸痛感。若轻揉膝关节并作小范围的屈伸晃动，多可解除交锁、恢复行走。

2.体征

检查时可发现膝关节间隙前方、侧方或后方有压痛点，屈伸功能障碍，后期出现股四头肌萎缩。半月板损伤可通过回旋挤压试验及研磨试验进行诊断，从而确定侧别和损伤部位。

三、诊断与鉴别诊断

诊断半月板损伤时，首先需了解初次损伤的时间、原因、疼痛部位，有无交锁、弹响，膝无力的程度，关节有无肿胀等；早期如何处理；是否存在打软腿等情况。其次认真地做回旋挤压试验及研磨试验，这是诊断的关键步骤，而侧向试验及抽屉试验等检查则对鉴别侧副韧带及交叉韧带存在与否是非常必要的。影像学检查中，X 线平片对半月板损伤诊断意义不大，但有鉴别诊断意义，可以排除骨折、骨关节退行性改变、关节内游离体等其他病变。MRI 或膝关节镜检查对确定诊断、排除其他合并损伤，具有决定意义。

四、治疗

以手法治疗为主，配合药物、固定和运动治疗，必要时手术治疗。

1.手法治疗

急性损伤期，可做 1 次被动的伸屈活动，嘱患者仰卧，放松患肢，术者左拇指按摩痛点，右手握踝部，徐徐屈曲膝关节并内外旋转小腿，然后伸直患膝，可使局部疼痛减轻；慢性期、损伤期，每日或隔日作 1 次局部推拿，先用拇指按压关节边缘的痛点，然后在痛点周围作推揉拿捏，促进局部气血流通，使疼痛减轻。

2.固定

急性损伤期膝关节功能位固定 3 周，以限制膝部活动，并禁止下床负重。若半月板边缘损伤，因血运较好有修复可能者，可用超关节夹板或石膏托固定于屈膝 10°休息位，限制膝部活动，并禁止下床负重。3～5 天后，肿痛稍减，应鼓励患者进行股四头肌的主动舒缩锻炼、防止肌肉萎缩。3～4 周后解除固定，可指导进行膝关节的伸屈活动和步行锻炼。边缘型的损伤大部分可以自行愈合。

3.手术治疗

因半月板边缘部血运较好，所以半月板损伤在边缘部分者，通过上述治疗，多能获得治愈。对于其他类型的半月板损伤，如迁延不见好转者，可考虑手术治疗，以防止继发创伤性关节炎。使用关节镜治疗半月板损伤，可获得满意效果，术后 24 h 内可活动膝关节。4～5 日即可下地部分负重。手术方式有缝合修复、部分切除及全切除。

4.运动治疗

肿痛稍减后，应进行股四头肌舒缩锻炼，以防止肌肉萎缩。解除固定后，除加强股四头肌锻炼外，还可练习膝关节的伸屈活动和步行锻炼。

5.中药治疗

内服与外用结合。初期治宜活血化瘀、消肿止痛，内服桃红四物汤加牛膝、防风，或舒筋活血汤；后期治宜温经、通络、止痛，内服补肾壮筋汤或健步虎潜丸、大活络丸等。外用初期可局部外敷止痛膏，局部红肿者，可敷清营退肿膏；后期可用四肢损伤洗方或海桐皮汤熏洗患膝处。

五、预防与调护

半月板损伤是常见的运动损伤，应注意运动前做好膝关节热身，合理安排运动量，要加强膝关节周围肌肉、韧带的力量、柔韧性等功能训练等，以减少损伤发生。

一旦出现半月板损伤，应减少患肢运动，避免膝关节骤然的扭转、伸屈动作。若施行手术治疗，术后1周开始股四头肌舒缩锻炼，术后2～3周如无关节积液，可下地步行锻炼。若出现积液，则应立即停止下地活动，配合理疗及中药治疗。如治疗正确及时，恢复期锻炼得法，可获得满意疗效。但如果损伤严重，由于半月板缺乏血运，故其自行修复的可能性较小。因此半月板损伤未能早期修复者，则可能长时间存在膝关节疼痛和功能障碍。

第十一章　踝及足部损伤

第一节　踝部骨折脱位

踝部骨折是日常生活中最常见的关节内骨折，约占全身骨折的3.92%，在骨折的同时，常伴有关节脱位及韧带损伤，青壮年最易发生。

踝关节由胫、腓骨下端和距骨组成。胫骨下端内侧向下的骨突，称为内踝，后缘也稍向下突出，形成后踝。腓骨下端的突出部分，称为外踝。外踝较内踝窄，但较长，其尖端在内踝下0.5 cm，且位于内踝后约1 cm，胫骨及腓骨下端的成骨中心在1～2岁时出现，在16～19岁时与骨干合并。两骨的骨骺不在同一平面，腓骨下端的骨骺线相当于胫骨下端关节的平面。内、外、后踝构成踝穴，距骨位于踝穴内。

胫、腓二骨下端被坚强而有弹性的骨间韧带和胫腓下前、后韧带及横韧带联结在一起。当踝背伸时，踝穴能增宽1.5～2.0 cm，以容纳较宽的距骨体前部进入踝穴，胫、腓二骨可稍稍分开。跖屈时，距骨体较宽部分滑出踝穴，两骨又互相靠近，但下胫腓韧带松弛，踝关节不稳定，易出现损伤。

踝关节的关节囊前后松弛，两侧较紧。踝关节的前后韧带薄而软弱，以利踝关节的伸屈活动。内侧三角韧带较坚强，分为深浅两层。外侧韧带不如内侧三角韧带坚强，分为三束，即跟腓韧带、距腓前、后韧带。

踝关节周围有许多肌腱包围，后面主要为跟腱，前面有胫前肌腱、伸、伸趾长肌腱及第3腓骨肌。内侧有胫后肌腱、屈及趾屈长肌腱。外侧有腓骨长短肌腱。这些肌肉相互协调，完成踝关节的运动。踝关节的活动范围因人而异，一般背伸可达70°，跖屈可到140°，有70°的活动范围。

一、病因病机

对踝部骨折的分型各家意见不一。按解剖部位分类，踝骨骨折可分为单踝骨折、双踝骨折和三踝骨折。目前较为常用的为Danis-Weber分型法。

Danis-Weber分型：A型，腓骨骨折线位于下胫腓联合平面之下，可为外踝撕脱骨折或为外侧副韧带损伤，下胫腓联合及三角韧带未损伤，此型主要由内收内旋应力引起；B型，外踝骨折线位于下胫腓联合平面处，自前内侧向后外侧延伸，可伴有内踝撕脱骨折或仅有三角韧带损伤，下胫腓联合有可能损伤，此型通常由强力外旋外力引起；C 型，腓骨骨折发生在下胫腓联合平面之上，均合并有下胫腓韧带损伤，其通常为长斜形骨折，骨折线水平越高，损伤越严重，内侧结构损伤为内踝撕脱骨折或三角韧带断裂，此型骨折多由外展外旋应力引起。

二、临床表现

伤后踝关节出现疼痛，局部肿胀、压痛、皮下瘀血，可及骨擦感，患肢不能负重行走，踝关节功能障碍。肿胀严重者，可出现张力性水疱；如有脱位，可出现踝关节畸形。

三、诊断与鉴别诊断

有明显的外伤史，可为扭伤、重物压伤、车辆碾伤、高处坠落及枪弹伤等。X 线片可以明确诊断骨折类型和移位情况，便于确定治疗方案。常规行踝关节正、侧位 X 线片检查，同时应包括胫骨下 1/3，必要时可加拍斜位或应力位片。

踝关节骨折影像学检查的相关要点：

1.X 线片

(1)踝关节骨折主要的影像学检查手段是常规 X 线片，应包括踝部前后位、侧位、踝穴位(小腿内旋 15°前后位)。

(2)当体检发现小腿上段有压痛或踝关节摄片未发现外踝骨折但内侧间隙有增宽时，应对小腿全长摄片，以免漏诊腓骨近端骨折。

(3)对于骨折移位不明显，但怀疑踝关节不稳时，有时需要应力位摄片，以明确诊断。

2.CT 检查

(1)横断位可以显示远端胫骨和腓骨的关系及后踝骨折。

(2)矢状位重建可清楚显示后踝骨折的大小、部位，累及关节面情况。

(3)冠状位重建可以显露下胫腓关节内有无碎骨片嵌入。

四、治疗

踝关节的承重力大于髋、膝关节，因此对踝关节骨折的治疗要求高，关节面稍有不平或关节间隙增宽，均可引发创伤性关节炎。骨折后解剖复位至关重要，只有精确复位，恢复正常生理结构，才能达到治疗目的，避免并发症的出现。踝关节骨折复位后的 X 线片应满足下列要求：①必须恢复踝穴的正常解剖关系；②踝关节负重面必须与小腿纵轴线垂直；③踝关节面的轮廓应尽可能光滑。最佳结果是恢复踝关节的正常解剖关系，为此，可采取闭合手法复位或切开复位内固定等治疗方法。

1.手法复位

(1)内翻骨折：患者取侧卧位，患肢在上，一助手握住小腿上段；术者立于患肢远端，两手分别把住足背和足跟上缘，两拇指顶住外踝，两示、中指扣住内踝。先行对抗牵引；然后将踝关节外翻，整复移位的骨块；再将足被动背伸数次，使骨折复位稳定，并借此将踝穴模造，以使关节面恢复原有形状；最后进行固定。

(2)外翻骨折：患者取侧卧位，患肢在下，术者的位置与内翻骨折相反。术者首先用两拇指顶住内踝,两示、中指扣住外踝,将踝关节内翻,使骨折整复;再将足被动背伸数次,使骨折复位稳定,并借此将踝穴模造,以使关节面恢复原有形状;最后进行固定。

(3)外旋骨折:复位方法与外翻骨折大致相同。在将踝扳向内翻时,同时使足内旋,使骨折复位。

2.固定

无移位骨折、有移位骨折行手法复位后,可用纸壳小夹板或小腿石膏固定踝关节背伸90°中立位,固定6~8周。切开复位内固定者,术后应行小腿石膏固定踝关节于中立位6~8周。

3.中药治疗

按骨折三期用药原则处理。早期局部瘀血较重,宜使用活血化瘀药物;如有张力性水疱,可穿刺抽液,大黄油纱条覆盖,隔日换药至创面愈合。中期可口服接骨丹,以接骨续筋、和营止痛。后期可服用伸筋丹,外用熏洗药以舒筋活络。

4.手术治疗

行切开复位内固定,适应证:①手法整复失败者;②内翻骨折,内踝骨块较大,波及胫骨下关节面1/2以上者;③外翻外旋型撕脱骨折,有软组织嵌入骨折断端间;④足强度背伸造成胫骨下关节面前缘大块骨折;⑤后踝骨折波及胫骨下关节面1/3者;⑥双踝骨折并下胫腓关节分离者;⑦开放性骨折,对陈旧性骨折,对位不良或继发创伤性关节炎者,可行关节融合术。

五、预防与调护

无移位骨折、有移位骨折行手法复位固定后,即可练习膝关节和足趾的活动,抬高患肢,以利肿胀消退。骨折基本连接以后,可解除固定,在不负重的情况下,行踝关节屈伸活动。骨折牢固愈合后,方可下地行走锻炼。切开复位内固定者,固定后即应行股四头肌舒缩活动,以防肌肉萎缩。固定4~6周,可解除固定,在不负重的情况下,行踝关节屈伸活动。骨折愈合后,才能下地行走活动。如果骨质条件好且内固定牢固,2~4日后可去除石膏后托,改用可卸夹板或石膏靴固定,然后开始练习关节活动。6周内限制负重,如果骨折愈合较好,6周后开始部分负重,完全负重一般在12周以后。

第二节　跖趾、趾间关节脱位

跖趾关节是由跖骨小头和第1节趾骨构成的球窝关节,其结构与功能与掌指关节相似,可作屈、伸、收、展活动。但跖趾关节的活动范围较掌指关节小,背伸又比跖屈小,以趾最为显著。当全足着地时,跖骨参与形成足弓,跖趾关节处于伸展状态。跖趾关节囊薄弱的两侧有侧韧带加强,在5个跖骨小头之间有足底深横韧带相连。跖趾关节脱位指跖骨头与近节趾骨构成的关节发生分离。临床以第1跖趾关节背侧脱位常见。

近节趾骨与远节趾骨间关节为滑车关节,可作屈伸而无侧向活动。近侧较远侧活动大,脱位以趾多见,该脱位指近远节趾骨间关节因外伤所致关系紊乱,临床少见。

一、病因病机

跖趾关节脱位多因奔走挤迫时，足趾踢硬物或踢足球时姿势不当引起。有开放也有闭合性的。因第1跖骨较长，趾仅有两节，踢碰硬物时掌先着地，外力迫使跖趾关节过伸，近节趾骨基底部冲破关节囊背侧向跖骨头背侧脱出，有时冲破背部皮肤成为开放脱位。

趾间关节脱位多为直接踢碰趾端，使远节趾骨近端移位于近节趾骨背侧，有时患者可自行复位，只因遗留肿痛而就诊。

二、临床表现

局部肿胀、疼痛，足不敢触地。跖趾关节脱位检查见趾过度背伸、短缩，趾间关节屈曲，第1跖骨头在足底突出，趾近节趾骨基底部在背侧突出，关节弹性固定。严重者，跖趾关节成直角或有皮肤破裂，露出趾骨基底部。趾间关节脱位检查患足趾缩短，脱位之趾前后径增大，呈弹性固定畸形。

三、诊断与鉴别诊断

患者有明显踢碰硬物的外伤史。X线检查可以明确诊断并可排除骨折。

四、治疗

一般以手法治疗为主。对于开放性脱位，可在对创口清创缝合后复位。

1.手法复位

(1)跖趾关节脱位：一助手固定踝部，术者一手持趾或用绷带提拉趾用力牵引，另一手握前足，先用力向背牵引，加大畸形，然后握足背的拇指用力将脱出的趾骨基底部向远端推出，当滑到跖骨头处时，在维持牵引下，将趾迅速跖屈即可复位。有时，因屈趾肌腱嵌入关节间隙阻碍复位，可将跖趾关节极度背伸，以解脱缠绕的肌腱及关节囊，然后用力在背伸位将趾骨基底部推至趾骨头处，再跖屈趾，即可复位。

(2)趾间关节脱位：一手握踝部或前足，另一手捏紧足趾远端，水平拔伸牵引即可复位。

2.固定

(1)跖趾关节脱位：绷带包扎患处数圈，再以夹板或压舌板固定跖趾关节伸直位2～3周。也可石膏外固定。

(2)趾间关节脱位：以邻趾固定法固定2～3周。如有骨折可用夹板或石膏托固定。

3.药物治疗

局部外敷消肿膏，中药内服按骨折三期临床用药。对于开放性脱位，根据病情及时应用TAT(破伤风抗毒素)及抗生素。

4.手术治疗

(1)跖趾关节脱位：开放性脱位可在清创的同时，直视下复位；如手法复位失败者，尤其由于扣眼式嵌顿者，必须切开分离背侧关节囊及足底韧带才能复位者，需手术切开复位。开放性脱位若伤口小，可先整复脱位，再缝合伤口；若伤口大且合并骨折，可在清创时开放复位，对骨折块整复内固定，再缝合伤口，术后石膏托外固定 4 周。

(2)趾间关节脱位：对手法复位失败者或陈旧性脱位者，可采用手术治疗，取患趾侧方切口显露脱位关节后，消除瘢痕组织，复位后用克氏针贯穿固定。

五、预防与调护

跖趾关节脱位早期作踝关节屈伸活动。1 周后肿胀消退，可扶拐以足跟负重行走，4 周后可除外固定逐步练习负重行走。趾间关节脱位去除外固定后作主动屈伸趾间关节活动。

第三节　踝关节扭挫伤

踝关节扭挫伤甚为常见，可发生于任何年龄，但以青壮年居多，临床上一般分为内翻扭伤和外翻扭伤两大类，前者多见。踝关节周围主要的韧带有内侧副韧带、外侧副韧带和下胫腓韧带。内侧副韧带又称三角韧带，起于内踝，自上而下呈扇形附于跗舟骨、距骨前内侧、下跟周韧带和跟骨的载距突，内侧副韧带相对坚强，不易损伤；外侧副韧带起自外髁，包括止于距骨前外侧的距腓前韧带，止于跟骨外侧的跟腓韧带，止于跟骨后外侧的距腓后韧带，外侧副韧带相对薄弱，容易损伤。下胫腓韧带又称胫腓联合韧带，为胫骨与腓骨下端的骨间韧带，是保持踝关节稳定的重要韧带。

一、病因病机

踝关节扭挫伤多由踝关节突然受到过度的内翻或外翻暴力引起，如在不平的地面上行走或跑步，上下楼梯、走坡路时不慎失足踩空，或在骑车、踢球等运动中不慎跌倒，足的过度内、外翻而产生踝部扭伤。

踝关节扭挫伤在临床上分为内翻扭伤和外翻扭伤两类。内翻扭伤时以跖屈内翻扭伤多见，容易损伤距腓前韧带；单纯内翻扭伤时容易损伤跟腓韧带。背伸内翻扭伤时，容易损伤距腓后韧带。外翻扭伤时，由于三角韧带比较坚强，较少发生损伤，严重时可引起下胫腓韧带撕裂。

二、临床表现

1.症状

有明显的踝关节扭伤史，伤后踝部即觉疼痛，活动功能障碍，损伤轻者仅局部肿胀。损伤重时整个踝关节均可肿胀，并有明显的皮下积瘀，皮肤呈青紫色，跛行状态，足不敢用力着地。活动时疼痛加剧。

2.体征

内翻损伤时外踝前下方压痛明显，若将足部做内翻动作时，则外踝前下方疼痛。外翻扭伤者，内踝前下方压痛明显。若将足部做外翻动作，则内踝前下方剧痛。严重损伤者在韧带断裂处可摸到有凹陷，甚至摸到移位的关节面。

三、诊断与鉴别诊断

根据受伤史、临床症状、体征和影像学检查可作出诊断。

踝关节扭挫伤多有明显的扭伤史，受伤后踝关节疼痛、活动受限，活动时疼痛加重。急性踝关节扭伤可见局部肿胀、压痛，严重者皮下可见瘀斑，踝关节屈、伸、内、外翻功能受限；陈旧性踝关节扭伤肿胀往往不明显，可在踝部触及压痛点。

X线检查可以帮助排除内外踝的撕脱性骨折。若为损伤较严重者，应做踝关节内翻、外翻应力位X线检查，可见到距骨倾斜角度增大，甚至可见到移位现象。MRI检查可以明确韧带及周围肌腱的损伤情况。需注意踝关节扭挫伤与踝部骨折的鉴别，踝部骨折可有骨畸形、骨擦音，X线片可见踝部骨折征象。

四、治疗

1.手法治疗

损伤严重、局部瘀肿较甚者不易行理筋手法。对单纯的踝部伤筋或部分撕裂者可使用理筋手法。恢复期或陈旧性踝关节扭伤者手法宜重。特别是血肿机化、产生粘连、踝关节功能受限者则可施以牵引摇摆、摇晃屈伸等法以解除粘连、恢复功能。

2.固定

理筋手法之后可将踝关节固定于损伤韧带的松弛位置。若为韧带断裂者，可用管型石膏固定，内侧断裂固定于内翻位，外侧断裂固定于外翻位，6周后解除固定下地活动；若为韧带不完全断裂者，可以用“8”字绷带固定，位置同上，时间一般为2～3周。

3.手术治疗

陈旧性损伤外侧韧带断裂，致踝关节不稳或继发半脱位者，可行外侧韧带重建术，选用腓骨长短肌或者人工材料重建外侧副韧带。

4.运动治疗

外固定之后应尽早练习跖趾关节屈伸活动，进而可做踝关节背屈、跖屈活动。拆除石膏后可指导做距小腿关节内翻、外翻的功能活动，以防止韧带粘连，增强韧带的力量。

5.中药治疗

损伤早期，治以活血化瘀、消肿止痛，内服七厘散及舒筋丸；后期治宜舒筋活络、温经止痛，内服活血酒或小活络丹。早期疼痛严重者可以口服消炎止痛药物；初期肿胀明显者，可外敷消肿化瘀散、七厘散、双柏散之类。中、后期肿胀较轻，可外贴狗皮膏、伤湿止痛膏，并可配合活血舒筋的中药外洗。

五、预防与调护

踝关节扭挫损伤早期应及时治疗，严格固定，严禁患肢负重及行走。患足抬高，以利消肿。预防踝关节扭伤的根本方法是适当参加体育锻炼，保持肢体的灵活性和踝关节的稳定性。

第四节 跟腱损伤

跟腱是人体最大和最强有力的腱性组织，由腓肠肌和比目鱼肌的肌腱组织合并组成。腓肠肌的内侧头和外侧头分别起于股骨内、外髁的后方；比目鱼肌起于胫骨、腓骨及骨间膜的后面近侧部，位于腓肠肌的深部。两肌肌腱联合向远端形成跟腱而附着在跟骨的后上方。腓肠肌和比目鱼肌合称为小腿三头肌，是足踝部跖屈的主要动力肌。当膝关节屈曲时，腓肠肌起着支持、稳定作用。跟腱附着处受两个滑囊保护，皮下滑囊位于皮肤和跟腱之间，跟腱后滑囊位于跟腱和跟骨之间。跟腱是一种致密结缔组织，充满胶原纤维和蛋白粘多糖类，胶原纤维集合组成初级束、次级束和三级束。被疏松结缔组织网、内膜所包绕，内含血管、淋巴和神经。整个腱被精巧的结缔组织鞘、腱鞘所包绕，此腱鞘的内面与腱内膜相连，跟腱和腱鞘被薄膜似的透明组织、腱旁组织所围绕，腱鞘和腱旁组织统称为腱围组织。跟腱的血供虽不如肌肉丰富，但仍具有良好的血供应，主要来自肌腱连接处、腱骨连接处和腱旁组织。跟腱有一个丰富的腱膜血循环网，其淋巴管道和血供相似。但在跟腱止点上方 2～6 cm 的一段血液供应极差。随着社会的进步，参加运动的人增加，跟腱出现撕裂的人所占的比例也越来越大。

一、病因病机

跟腱损伤的原因很多，分为急性损伤和慢性损伤。急性损伤多由直接暴力引起，慢性损伤一般都和长期的慢性过度运动有关。

急性损伤可分为直接暴力伤和间接暴力损伤。直接暴力损伤由直接外伤造成跟腱断裂，常为锐器伤，如铁器、玻璃等切割所致。往往造成局部开放性损伤，断端较为整齐。间接暴力损伤主要指踝关节极度背伸时突然蹬地发力，使跟腱受到强力牵拉所致，局部多无伤口，断端常参差不齐呈马尾状。

二、临床表现

跟腱断裂时，可有断裂声，跟腱部疼痛、肿胀、压痛、皮下瘀斑。足跖屈无力，活动受限，跛行，但由于足趾的屈肌和胫后肌腱的代偿，跖屈功能不一定完全丧失。完全断裂损伤时，在断裂处可摸到凹陷空虚感，足背伸时更明显，跟腱近端由于小腿三头肌的收缩而向上回缩，在腓肠肌肌腹内可摸到隆起物。

三、诊断与鉴别诊断

患者俯卧位，足垂于床端，用手挤压小腿三头肌时，踝关节出现跖屈为正常，若挤压后足无动作为阳性，表明跟腱断裂。患者直立，双侧足跟离地，患侧不能提踵或者较对侧力弱，表明跟腱部分撕裂损伤，各项症状均较轻。即捏小腿三头肌试验阳性，提踵试验阳性。须注意与跟骨节部的撕裂性骨折相鉴别，X 线检查可以排除跟骨结节部的撕裂性骨折。利用 B 超、磁共振可明确诊断。

四、治疗

以手法治疗为主，配合药物治疗，严重者外固定或手术治疗。

1.理筋手法

理筋手法适用于跟腱部分撕裂损伤。将患足跖屈，在肿痛部位做较轻的按压、顺推，并在小腿三头肌肌腹处做按压揉拿，使肌肉松弛以减轻近端跟腱回缩，促进功能恢复。本法亦适用于手术后期。

2.中药治疗

(1)内服药：初期治宜活血祛瘀止痛，内服续筋活血汤、舒筋丸等；后期治宜补益肝肾，强壮筋骨，内服壮筋续骨丸。

(2)外用药：后期外用四肢损伤洗方、海桐皮汤熏洗。

3.固定

跟腱部分撕裂损伤者，在理筋手法后，可用夹板或石膏拖将踝关节固定于跖屈位 3～4 周。跟腱修补缝合术后，应用管型石膏浆将膝关节屈曲 30°、踝关节跖屈 30°位固定 4～6 周。

4.手术治疗

适用于新鲜的跟腱完全性断裂损伤或开放性断裂损伤，宜早期施行手术修补缝合。

五、预防与调护

跟腱的损伤能导致腱围炎、腱病、部分断裂及完全性断裂，因此早期预防调护是非常重要的。对于跟腱损伤，主张保守治疗，如果无效需考虑手术治疗。对发生跟腱完全性断裂的患者，早期进行手术修补是促进跟腱功能恢复的有效手段。穿着合适的运动鞋或便鞋、纠正不良足形引起的生物力学因子、避免在差的场地上活动、加强小腿肌肉力量与足踝活动练习等，是预防跟腱损伤的有效措施。

第十二章　颈肩臂腕痛

第一节　颈 椎 病

颈椎病是指颈椎间盘退行性变及其继发病理改变，刺激或压迫颈椎脊髓、神经根、椎动脉、交感神经等而产生相应症状和体征的颈椎退行性疾病。本病以中年人高发，长期低头伏案、外感风寒湿邪等，是诱发及加剧该病的重要因素。

中医典籍中关于“颈肩痛”“项强”“项筋急”“臂厥”“眩晕”等论述与本病的某些类型有相似之处，现在称此病为“项痹病”。

一、病因病机

(一)病因病理

颈椎位于颅骨和胸椎之间，寰枕关节和寰枢关节之间没有椎间盘，自第3颈椎开始，每两个椎体之间皆有椎间盘连接。颈椎上、中、下三段的解剖结构不同，其活动方式和范围也有较大差异，需要骨性结构与其他附属结构保持高度协调性和稳定性，才能完成正常的生理活动和功能。颈椎的活动度较大，又需保持头颈部平衡，故颈椎容易发生劳损及退变。颈椎间盘退变和颈项部肌肉慢性累积性损伤，继发关节稳定性降低，在异常应力反复或持续作用下，可引起颈椎间盘突出，或者继发颈椎骨质增生、韧带肥厚和颈椎管狭窄等，皆可压迫或刺激脊神经根、脊髓、交感神经和椎动脉，而出现相应的临床症状。临床上根据受累的部位，可将颈椎病区分为不同的类型。

(二)中医病因病机

《仙授理伤续断秘方》曰：“劳役所损，肩背肢疼痛。”如长时间低头伏案或姿势不良，筋脉因持续牵拉而损伤，气血溢出脉外，离经之血易成瘀血而阻滞局部经脉，气血运行失畅，可致疼痛，此即不通则痛。《素问・宣明五气》云：“久视伤血，久卧伤气，久坐伤肉，久立伤骨，久行伤筋。”可见过劳或过逸皆可引起气血筋骨损伤，气血亏虚或鼓动无力，也会引起气血运行不畅，而致疼痛，此乃不荣则痛。女子七七、男子八八，天癸衰竭，肝肾俱亏，筋脉失养，可以加剧上述病理过程的进展；复外感风寒湿邪作用于颈项部位，也是诱发和加剧颈椎病的重要病理因素。

因此，颈项部筋出槽及骨错缝、气血不通、筋骨失和是引发颈椎病发病的关键病机；而气血虚弱、肝肾不足、筋脉失养，或外邪侵袭、寒湿稽留、痰瘀阻络是诱发和加剧颈椎病发生发展的重要病理因素。颈项部承上启下，有任督二脉和六条阳经循行通过，经脉闭阻不通，清阳不升，浊阴不降，上可累及头面部，出现头晕、头痛、视物模糊、耳鸣耳聋、面部麻木等；下则引起脏腑功能异常、气机活动紊乱，而致胸闷、心慌、脘痞、纳呆、恶心、反酸等；旁及上肢，出现受累经脉循行部位的酸胀、疼痛、麻木等。

二、临床表现

根据病变部位、受累组织不同，颈椎病在临床分为颈型、神经根型、脊髓型、椎动脉型、交感神经型和混合型，各型的临床表现有所不同。

1.颈型

多由于颈项部肌肉或韧带劳损、小关节囊嵌顿或神经根后支受刺激引起肌肉痉挛而产生疼痛。表现为颈项部疼痛，可牵涉到头枕部或肩部，颈项肌肉僵硬，活动受限，甚者一侧疼痛时头偏向另一侧，常用手托住下颌以缓解疼痛。触诊可发现颈项部一个或多个压痛点。

影像学检查：X线片示颈椎生理弧度异常，颈椎退行性改变。

2.神经根型

颈椎间盘突出偏向侧方，椎体后缘骨赘特别是钩椎关节增生可突向椎间孔，均可压迫神经根而导致臂痛或手指麻木，并按神经根分布向下放射至前臂和手指。轻者持续性酸痛、胀痛，重者如刀割、针刺样疼痛，有的痛觉敏感，轻触即有触电感，有的麻木如隔布感，颈部后伸、侧屈等活动或咳嗽、喷嚏、用力大便时疼痛加剧。部分患者会出现手无力，沉重感或持物不稳等。

查体可见颈项部活动受限，颈项肌肉僵硬，在斜方肌、冈上肌、冈下肌、菱形肌等区域有压痛。受累的神经根分布区的感觉减退，所支配的肌肉无力或萎缩，按分布可发现大鱼际、小鱼际或骨间肌萎缩；肱二头肌、肱三头肌腱反射早期活跃，久之则反射减退或消失；臂丛神经牵拉试验、椎间孔挤压或分离试验阳性。

影像学检查：X线片示颈椎生理弧度平直或呈反弓，颈椎动力位片示病变节段动力性失稳；斜位片示椎间孔狭窄。CT片或MRI示颈椎间盘突出、侧隐窝狭窄、受累节段神经根受压等表现。

3.脊髓型

脊髓型是由颈椎间盘突出或骨赘等引起的脊髓压迫症状，以慢性进行性四肢瘫痪为主要特征，早期双侧或单侧下肢发紧、麻木、疼痛、无力、步态笨拙，走路不稳或有踩棉花感。手部肌肉无力、发抖或活动不灵活，细小动作失灵，如不能穿针、写小字、持物易坠落等。重症者可出现四肢痉挛性瘫痪、小便潴留或失禁等表现。

查体可见颈项部活动受限不明显，上肢动作欠灵活。四肢肌张力可增高，腱反射可亢进，重症时常可引出病理反射，如Hoffman征、Babinski征等，甚至出现踝阵挛和髌阵挛。

影像学检查：X线片示颈椎生理弧度变直或反弓，颈椎退行性改变。CT片示椎管明显狭窄。MRI示脊髓水肿或变性。

4.椎动脉型

椎动脉型常表现为一过性眩晕，甚至猝倒，发作和缓解常常与头部位置改变有关，可伴有耳鸣、听力下降、记忆力下降、声音嘶哑、吞咽困难、视物不清、心慌、Horner征等。

查体可见颈椎棘突旁、横突部压痛，仰头或转头试验阳性。

影像学检查:X线片示寰枢关节、钩椎关节、关节突关节位置关系异常，必要时可行核磁共振椎动脉成像(MRA)或椎动脉造影。

5.交感神经型

颈椎病可使病变局部出现创伤性反应，刺激分布于关节囊和项韧带上交感神经末梢，以及造成椎管内脑膜返支的病理性刺激，而引起一系列的神经反射症状。兴奋症状如头痛或偏头痛，头晕特别在转头时加重，有时伴恶心、呕吐，视物模糊或视力下降，瞳孔扩大，眼窝胀痛，心跳加速，心律不齐，心前区痛，四肢冰凉，汗多，耳鸣，听力下降，发音障碍，血压升高等;抑制症状主要表现为头昏、眼花、眼睑下垂、流泪、鼻塞、心动过缓、血压下降及胃肠胀气等。

查体时压痛点较多。

影像学检查:X线、CT、MRI等显示上述其他型颈椎病相似。

6.混合型

以上两种及以上类型同时存在。

三、诊断

多有颈项部慢性劳损史、颈椎先天性畸形等。多发于40岁以上的中老年人及长期低头伏案者。颈型颈椎病的疼痛和压痛部位基本局限在颈项部;神经根型颈椎病有颈、肩背疼痛，上肢麻木及放射性疼痛，颈部活动受限，可有上肢肌力减弱和肌肉萎缩，臂丛神经牵拉试验、颈椎间孔挤压试验等阳性;脊髓型颈椎病有慢性进行性双侧下肢发紧、无力等表现，重症者可出现四肢痉挛性瘫痪、锥体束征阳性等表现;椎动脉型颈椎病有头痛、头晕，颈后伸或侧弯时眩晕加重，甚至猝倒等表现，转头试验阳性;交感神经型颈椎病有头晕、心慌、视力下降、头痛或偏头痛、汗多、心律失常、血压升高或下降等表现。

结合影像学检查有助于定位诊断，但不能仅凭影像学表现进行临床诊断。

四、治疗

颈椎病的治疗目标:近期是消除病变局部的病理性刺激，缓解临床症状，减轻组织损伤，进而为修复损伤创造有利的条件;远期是修复损伤，重建筋骨和合的局部环境。在排除禁忌证的前提下，手法治疗和颈椎牵引是治疗颈椎病的重要而有效的方法，其他还有针灸、药物、练功、手术等方法，可根据各自的适应证进行合理选择运用。

1.手法治疗

综合运用理筋、整骨、点穴三类手法，主要针对局部筋出槽骨错缝进行治疗，也具有一定的整体调节作用。同时，需要注意手法的安全性，特别要排除整骨手法的禁忌证，如合并脊髓损伤、骨质破坏、椎管内占位性病变者。

(1)理筋:运用按、揉、推、拿、擦法，以及一指禅推法、㨰法等手法在病变部位及其相关肌群和经络部位进行治疗，重点部位配合点按、点压、叩击等手法，力量大小以患者能耐受为度。

(2)整骨:根据病变节段，选择相对应的整骨手法治疗。

1)俯卧位旋转扳法:患者取俯卧位，术者立其头端，将患者颈椎转向一侧，微微前屈，一手固定于下颌部位，至极限位时，另一手置于同侧肩峰处，做一个向下推按的短促发力动作。然后再调整另一侧。适用于下段颈椎和上段胸椎整复。

2)坐位旋提扳法：患者取坐位，腰部挺直，颈椎前屈、向一侧旋转并侧屈至极限位，术者立其侧后方，一手扶按于后枕部，另一手以前臂靠近肘部托住患者下颌部，做一个短促地上提动作。适用于中段颈椎整复。

3)仰卧位拔伸整复手法：患者取仰卧位，术者立或坐于头端，两手协同用力，沿颈椎纵轴方向施以一定的拔伸力，可以沿后正中线自下而上滑移，也可固定一点做间歇性或持续拔伸。适用于中下段颈椎整复。

4)坐位定位定向扳法：患者取坐位，腰部挺直，颈椎前屈、向一侧旋转并侧屈至极限位，术者立其侧后方，一手拇指指腹按于棘突侧方，另一手以前臂靠近肘部托住患者下颌部，做一个短促地上提动作。适用于上段颈椎整复。

2.牵引治疗

牵引悬重从 3 kg 开始，可增至 12 kg。每次 0.5～1 h，每日 1～2 次，15 日为 1 个疗程。重症者采用卧位牵引，根据患者性别、年龄、体质强弱、颈部肌肉情况和临床症状酌情处理。牵引后症状加重者，不宜再用。脊髓型颈椎病应慎用，因效果不明显，有时症状可加重。对椎动脉型或交感型颈椎病宜采用轻重量，从 1.5 kg 开始，逐渐增至 4～5 kg；也可采用坐位牵引，重量为 2～3 kg，每日 1～2 次，持续 2～3 周，本法适用于神经根型颈椎病，通常采用枕颌带牵引。对于轻症患者，应采用坐位间断牵引，牵引姿势以头部略向前倾为宜。若有不良反应应停止牵引。颈椎的稳定性主要依靠颈项部的韧带、肌肉维持，韧带坚韧，但弹性较差，若长时间、大重量持续牵引，会造成韧带弹力减退，影响颈椎的稳定性。故牵引时间宜短，重量宜轻，间断进行。

3.中药治疗

(1)寒湿痹阻证：颈、肩、上肢窜痛麻木，头有沉重感，颈项僵硬，活动不利，恶寒畏风，舌淡红、苔薄白，脉弦紧。治宜祛风散寒、温经通络，方用羌活胜湿汤加减。

(2)气滞血瘀证：颈肩部、上肢刺痛，痛处固定，伴有肢体麻木，舌质暗，脉弦。治宜行气活血、化瘀通络，方用活血舒筋汤加减。

(3)痰瘀阻络证：头晕目眩，头重如裹，四肢麻木，纳呆，舌暗红、苔厚腻，脉弦细。治宜祛瘀化痰、蠲痹通络，方用天麻钩藤饮加减。

(4)肝肾亏虚证：头痛眩晕，耳鸣耳聋，失眠多梦，肢体麻木，舌红少苔，脉弦。治宜补益肝肾、强筋健骨，方用六味地黄丸加减。

(5)气血两虚证：头晕目眩，面色苍白，心悸气短，四肢麻木，倦怠乏力，舌淡苔少，脉细弱。治宜补养气血、健运脾胃，方用黄芪桂枝五物汤加减。

4.针灸疗法

或针，或灸，或针与灸结合，或辅以火罐、刮痧等方法，主要针对病变局部经络阻滞不通，采取循经近端或结合远端取穴的方法进行治疗，也具有一定的整体性调节作用。

取项背部夹脊穴、双侧列缺为主穴，病变累及经络上的有关穴位为配穴，如督脉的百会、大椎，太阳经的后溪、肩贞、天柱、大杼，少阳经的风池、阳陵泉、翳风、天牖，阳明经的合谷、手三里、足三里、滑肉门，任脉的膻中、关元等。运用手针、电针、温针等循上述经穴进行治疗。

5.运动治疗

亚急性期和慢性期,可以采用主动的自我运动治疗进行治疗,以期收到较好的远期疗效。首先以肩关节活动带动颈项部运动为主,在颈椎各向活动基本恢复正常后,再增加颈项部主动活动,以及抗阻力运动。

6.手术治疗

手术的主要目的是降低椎管内压力和提高颈椎稳定性。对系统保守治疗 3 月以上无效的神经根型、脊髓型颈椎病患者,可以考虑手术治疗。

常用术式:①颈椎前路减压椎间盘切除、椎体间植骨融合并内固定术,主要适用于神经根型和脊髓型颈椎病。②颈椎后路减压术或椎管扩大术,适用于颈椎管狭窄。

7.其他疗法

颈围固定、针刀、理疗等治疗方法,根据各自的适应证和患者接受情况进行选择运用。

五、预防与调护

颈椎病常反复发作、迁延难愈,因此,经过治疗症状缓解后,应该进行积极主动的预防和自我调护。

其一,在日常工作和生活中,经常更换体位。其二,睡觉时选用材质软硬适中、高度合适的枕头,枕头的厚度以侧卧时能够保持一侧肩宽的高度为好,切忌使用有特殊形状的定型枕或过高、过低的枕头睡觉。其三,适度做一些肩背部、颈项部伸展运动,有助于缓解肌肉疲劳,增加肌肉的力量,提高颈椎的自身稳定性。其四,脊髓型颈椎病患者应特别注意维持颈部的相对稳定性,在剧烈运动、颠簸或乘坐高速汽车时,宜用颈围固定。

第二节 肩周炎

肩周炎又名粘连性肩关节囊炎,是指肩关节囊及其周围韧带、肌腱及滑膜等肩关节周围软组织发生慢性无菌性炎症,从而引起的以肩部广泛的疼痛和主、被动功能障碍为特征的一种疾病。其病名较多,因睡眠时肩部受凉引起的称“漏肩风”或“露肩风”;因肩部活动明显受限,形同冻结而称“冻结肩”“凝肩”;因在 50 岁以上的中老年人中多见,故又称“五十肩”。本病具有自愈倾向,女性多于男性,右肩多于左肩。

本病在中医典籍中又被称为“肩凝风”“肩凝症”“锁肩风”等,属于“筋痹”的范畴。如按病变部位及病机分类,本病又称为“肩痹病”。

一、病因病机

(一)病因病理

肩周炎分为原发性肩周炎及继发性肩周炎。原发性肩周炎的病因目前仍不清楚,目前多数学者认为原发性肩周炎多为无明显诱因出现肩关节囊滑膜的炎症和纤维化过程而导致的肩关节僵硬；而继发性肩周炎多与肩关节周围组织的病损，如冈上肌肌腱炎、肩峰下滑囊炎、肩袖损伤、肩部创伤、肩部长期固定等因素有关。该病特征性病理表现为肩关节囊的挛缩、关节囊滑膜的慢性炎症和纤维化改变。原发性肩周炎的病理过程可分为三期：①急性期。病变主要位于关节囊，肩关节造影显示关节囊紧缩，囊下皱褶互相粘连而消失。②粘连期。此期滑膜充血、增厚，关节囊严重挛缩，关节软骨间、肩周软组织均广泛性粘连，使得关节腔的容积减小，造成关节活动严重受限。③缓解期。关节内炎症逐渐消退、疼痛逐步缓解、肩关节功能逐渐恢复。

（二）中医病因病机

本病属于五体痹中"筋痹"的范畴，其病位主体在于筋涉及骨，可累及肌肉、筋骨、关节，而出现肌肉萎缩、筋脉拘挛、关节疼痛肿胀、屈伸不利等。《诸病源候论》记载："邪客机关，则使筋挛，客足太阳之络，令人肩背拘急……"提出了肩痛与筋痹之间的关系。《医宗金鉴》总结出肩痛的病机有经络气滞、气虚、血虚以及兼风、兼痰等。如果按发病部位分类，肩周炎属于"肩痹病"范畴，其病机为中老年人肝肾亏虚，气血不足，筋骨失健，风寒湿邪乘虚侵袭，痹阻经脉，致筋结肩凝，肩关节疼痛活动不利，久则气血运行不畅，筋肉失养，致肩部肌肉萎缩。外伤劳损为其外因，气血虚弱、血不荣筋为其内因。另外，本病亦常见于肩部外伤后的患者，局部瘀血内阻，经行不畅，致经脉痹阻而致本病。

二、临床表现

1.症状与体征

本病发病缓慢，严重的肩部疼痛（夜间尤甚）、肩部进行性僵硬、活动受限为其三大症状。肩关节主动和被动活动均受限，受限方向主要是外旋大于外展及内旋。

本病早期仅感肩部酸痛，随着时间的推延，疼痛加重，疼痛可为钝痛、刀割样痛，每遇阴天及劳累后症状加重，甚则影响睡眠，可向前臂或手部、颈、背部放射。肩关节外展、外旋、后伸功能受限，如不能穿衣、梳头等。因外伤诱发者，疼痛较重，肩关节功能迟迟不能恢复，此时用一手触摸肩胛下角，一手将患肩外展，感到肩胛骨随之向外上转动。肩部不肿，肩前、外、后侧广泛压痛。久病患者，患侧三角肌、冈上肌萎缩。此病期数月至 2 年左右，疼痛逐渐消失，肩部活动逐渐恢复。根据不同病理过程，本症可分为急性期、冻结期、缓解期。

（1）急性期：主要表现为肩部疼痛，肩关节活动受限，是由疼痛引起的肌肉、韧带、关节囊痉挛所致，但肩关节本身尚有较大的活动度。

（2）冻结期：肩部疼痛症状已明显减轻，肩关节活动严重受限，以外旋明显。肩关节因肩周软组织广泛粘连，活动范围极小，外展及前屈运动时，肩胛骨随之摆动而出现耸肩现象。

（3）缓解期：为本病的功能恢复期。疼痛缓解，肩部肌肉萎缩，肩关节的挛缩、粘连逐渐消除而恢复正常功能。首先是外旋活动逐渐恢复，继之为外展和内旋等功能恢复。

2.辅助检查

X 线片一般无异常，少数患者可出现软组织钙化阴影或骨质疏松等。

三、诊断要点与鉴别诊断

1.诊断要点

本病患者多有外伤史、慢性劳损或感受风寒史，发病年龄多在50岁左右，为慢性发病。肩周疼痛以夜间为甚，常因天气变化及劳累而诱发，肩关节主动及被动活动受限，以外展、外旋受限明显，不能脱衣、梳头等，出现典型的“扛肩”现象，肩部肌肉萎缩，肩前、后、外侧均有压痛。

影像学检查：X线片多为阴性，病程久者可见骨质疏松。

2.鉴别诊断

肩周炎应与肩袖损伤、肱二头肌长头腱炎、神经根型颈椎病等病相鉴别。

(1)肩袖损伤：以冈上肌腱损伤或炎症最常见，多继发于肩峰下撞击综合征，肩部夜间疼痛更为明显，肌腱断裂者出现抬肩无力，可向前臂放射，痛点以肩前、外侧为主，多在肩关节外展及前屈60°～120°时产生疼痛，其余方向活动受限不明显，而且被动活动无障碍，疼痛弧试验、Jobe试验、落臂征等阳性，封闭试验后外展抗阻疼痛缓解，是与肩周炎相鉴别的重要方式。MRI检查可发现肩袖肌腱的变性及形态改变。

(2)肱二头肌长头腱炎：为肩前部疼痛，外展、后伸、外旋加重，结节间沟处压痛明显，肱二头肌抗阻力试验阳性，MRI检查可发现T_2像上肱二头肌长头腱高信号改变。

(3)神经根型颈椎病：可引起肩部疼痛及放射痛，但麻木与颈神经根的节段性分布相一致，肩关节活动功能正常，椎间孔挤压或分离试验、臂丛牵拉试验均阳性，颈椎影像学检查显示多有颈椎退变及神经根损害表现。肩周炎可自愈，而颈椎病往往呈进行性加重。

四、治疗

本病多能自愈，但易复发，预后良好。

治疗原则：急性期缓解疼痛，预防功能障碍；冻结期改善功能；缓解期加强功能锻炼，消除残余症状。治疗以手法为主，配合药物、针灸、运动、理疗等治疗。经长期保守治疗无效者，可考虑手术治疗。手法及练功在本病的治疗和恢复过程中有特别重要的意义。

1.手法治疗

先进行手法松解粘连，再进行被动关节运动。术者先运用按法、揉法、拿捏法作用于肩前、肩后和肩外侧，用右手拇、示、中三指对捏三角肌肌束，作垂直于肌纤维走行方向的拨法，再拨动痛点附近的肌肉以使其充分放松；然后进行肩部牵拉、抖动和旋转活动；最后再进行被动外展、旋转、内收、前屈、后伸等活动，以解除肌腱的粘连。手法治疗时会引起不同程度的疼痛，要注意用力适度，以患者能忍受为度。

若经上述治疗肩关节功能仍无改善者，可在全麻下进行手法松解。方法是先进行肩内、外旋转，然后慢慢外展肩关节，整个过程中可感受到肩关节粘连撕开感。手法由轻到重，反复多次，直至肩关节达到正常活动范围。操作中，手法要轻柔，防止暴力活动而造成肩部骨折或脱位。手法完毕后，行关节腔内穿刺，抽出关节内积血，并注入1%～2%利多卡因5～10 mL加泼尼松龙12.5 mg。术后三角巾悬吊上肢，第2日即开始肩部活动练习，持续2～3个月，预后良好。

2.中药治疗

中药内服依据本病的中医分型进行辨证施治。

(1)风寒湿痹证:肩部窜痛,遇风寒痛增,得温痛缓,畏风恶寒,或肩部有沉重感,舌淡、苔薄白或腻,脉弦滑或弦紧。治宜祛风散寒、除湿通络,方用蠲痹汤加减。

(2)血瘀气滞证:肩部肿胀,疼痛拒按,以夜间为甚,舌暗或有瘀斑、苔白或薄黄,脉弦或细涩。治宜化瘀通络、蠲痹止痛,方用身痛逐瘀汤加减。

(3)气血亏虚证:肩部酸痛,劳累后疼痛加重,伴头晕目眩,气短懒言,心悸失眠,四肢乏力,舌淡少苔或舌苔白,脉细弱或沉。治宜调补气血、舒筋活络,方用黄芪桂枝五物汤加减。

3.针灸疗法

主穴:肩前、肩髎、肩髃、臑俞、外关、合谷。

配穴:若风寒重,可加用风门、风池穴;若有瘀滞,可加用肩贞、阳陵泉、条口穴;若有气血虚,加足三里、气海、血海。也可"以痛为腧"取穴,结合艾灸,隔日或每日 1 次。

4.封闭治疗

可使用非甾体消炎药、肌肉松弛剂及镇静剂对症治疗,仍疼痛较重者也可用 1%利多卡因 5～10 mL 加泼尼松龙 12.5 mg 或曲安奈德 5 mg 作痛点封闭。

5.运动治疗

运动治疗是治疗过程中不可缺少的重要步骤,急性期患者肩关节的活动受限主要是由疼痛和肌肉痉挛所引起,此时可加强患肢的外展、上举、内旋、外旋等功能活动;冻结期,患者可在早晚反复作外展、上举、内旋、外旋、前屈、后伸、环转等功能活动,如"内外运旋""叉手托上""手拉滑车""手指爬墙"等动作。锻炼必须酌情而行,循序渐进,持之以恒,否则有损无益。

6.物理治疗

可采用超短波、磁疗、热疗、电疗等。对老年患者,不可长期电疗,以防因软组织弹性降低造成的恢复受阻。

7.手术治疗

经长期保守治疗无效者,可考虑行肩关节镜下手术治疗,手术目的是松解粘连、消除炎症、改善功能。手术方式为清理关节内增生的滑膜,尤其是肩袖间隙处的炎性组织;松解盂肱上、中韧带及喙肱韧带、肩胛下肌腱等,同时松解前、后方关节囊,关节僵硬重者甚至行 360°关节囊松解。之后再清理肩峰下滑囊内的炎性组织。如为肱二头肌长头腱损伤及炎症明显,者行长头腱固定或切除术;如为合并肩峰下撞击者,行肩峰下成形术。术中可配合手法进行被动松解,术后早期进行系统的功能锻炼。

五、预防与调护

患肩关节外伤后,要防止病情演变成肩周炎。外伤后要在医生指导下及时行肩关节功能锻炼,防止周围软组织的粘连。中老年人中的肝肾亏虚、体质虚弱者,要避免肩关节过度劳累,防止寒冷潮湿的刺激,避免露肩吹风,适当行肩关节功能锻炼,防止肩周炎的发生。

急性期以疼痛为主,肩关节被动活动尚有较大范围,应减轻持重,减少肩关节的活动;慢性期关节已粘连,关节被动活动功能严重障碍,肩部肌肉萎缩,要加强功能锻炼。肩周炎病程长、疗效慢、痛苦大、功能恢复不全。因此要鼓励患者树立信心配合治疗，加强自主锻炼，以增进疗效、缩短病程、加速痊愈。

第三节　肘管综合征

肘管综合征是尺神经在肘部受到卡压所产生的以环、小指疼痛、麻木、活动受限为主要表现的症候群，又称迟发性尺神经麻痹、迟发性尺神经炎等。本病在中医学中可以归入“肘痹”“肘痛”“筋痹”的范畴。

一、病因病机

(一)病因病理

肘管是由肱骨内上髁、尺骨鹰嘴和附着在其上的尺侧腕屈肌腱弓共同构成的骨纤维性管道，前、后、外侧壁均为骨性，内侧壁为由致密结缔组织构成的弓状韧带，缺乏伸展性，尺神经伴尺侧副动脉通过肘管从肱骨后面至前臂屈侧，随着肘关节的屈伸活动，该纤维膜弓的松紧也相应变化，肘管的容积大小随肘关节的屈伸而改变，伸肘时松弛，肘管增大，屈肘时紧张，肘管变小。任何使肘管容积绝对或相对减小的因素均可引起尺神经的卡压，常见的病因有：①肱骨远端骨折后畸形愈合产生肘外翻或其他畸形，使肘部提携角增大，尺神经受到牵拉、压迫和摩擦。②各种肘关节炎性病变，导致肘关节变形、骨赘增生从而亦可引起肘管容积减小。③先天性因素，如先天性肘外翻、尺神经沟变浅而致的尺神经反复脱位等。④长期屈肘工作，枕肘睡眠引起的“睡眠瘫”等。

主要的病理改变：早期尺神经出现微循环障碍，神经内水肿；中期产生结缔组织变化、尺神经外膜增厚、束间结缔组织增生；晚期尺神经的束间形成粘连以及永久性瘢痕。

(二)中医病因病机

肘管综合征按发病部位属于“肘痹”范畴，按病因病机与“筋痹”“肌痹”类似。本病系由肘部外伤、劳损，或外感风寒湿邪致使局部气血瘀滞、经络阻滞、筋失所养；或者中老年患者体虚或久病、骨折后气虚血瘀，血不荣筋而发病。

二、临床表现

1.症状与体征

本病常见于中年男性，从事体力劳动者多见，慢性发病且较隐匿。早期间歇出现轻微环指尺侧、小指及手背尺侧的麻木、刺痛，屈肘活动时症状加重，患者肘内侧酸痛不适，可向远侧或近侧放射，可有夜间疼痛或麻醒表现；尺神经支配区域出现感觉障碍，重者可有尺侧腕屈肌与环指、小指的指深屈肌的肌力减退、小鱼际及骨间肌萎缩，环、小指呈爪形手畸形且分、并指受限，尺神经沟处可有压痛或扪及增粗的神经，可出现 Tinel 征阳性。

2.辅助检查

(1)神经电生理检查:尺神经传导速度减慢,潜伏期延长;骨间肌及小鱼际肌可出现失神经电位。

(2)影像学检查:肘部X线检查可发现有无肘外翻畸形,肘管区有无异常骨质增生。

三、诊断与鉴别诊断

1.诊断要点

本病发病缓慢,肘内侧疼痛,环指尺侧、小指及手背尺侧的麻木,手部握力减退、手部骨间肌及小鱼际肌萎缩;尺神经支配区域的感觉、运动障碍、出现爪形手畸形,Tinel征阳性,神经电生理检查可以明确。

2.鉴别诊断

本病主要需与神经根型颈椎病、胸廓出口综合征、腕管综合征等进行鉴别。

(1)神经根型颈椎病:低位颈神经根卡压极易与本病相混淆,但颈椎病的疼痛、麻木以颈肩背部为主,疼痛向上臂及前臂内侧放射,椎间孔挤压及臂丛神经牵拉试验多能诱发疼痛。另外,颈椎X线片及CT片上可见相应椎间盘突出、椎间隙狭窄、骨质增生等改变。

(2)胸廓出口综合征:胸廓出口综合征伴有前臂内侧皮神经感觉障碍及锁骨下血管受压或其他臂丛神经分支损伤的表现。

(3)腕管综合征:由尺神经的手掌支在腕部的腕尺管(Guyon管)受压引起,但支配小指短展肌的肌支多在Guyon管近侧发出,故尺侧屈腕肌及环、小指指深屈肌肌力正常,Guyon管处压痛。

四、治疗

肘管综合征治疗目的是去除病因、解除神经卡压、松解神经粘连、减轻神经水肿。初期多采用非手术治疗,以针灸、封闭等治疗为主,配合药物、理疗等治疗等。

1.针灸疗法

按小肠经走形路线取穴,常选取小海、支正、腕骨、养老、后溪、中渚、阳池等,局部阿是穴配合治疗,强刺激,每日1次。

2.中药治疗

(1)风寒痹阻证:肘内侧部疼痛,环、小指麻木,遇寒加重,得温痛缓,舌苔薄白或白滑,脉弦紧或浮紧。治宜祛风散寒、温经通络,方用舒筋汤加减。

(2)气虚血瘀证:肘内侧部酸痛,环、小指麻木不仁,屈伸无力,并见少气懒言,面色苍白,舌淡苔暗,脉弦细。治宜益气养血、活血通络,方用黄芪桂枝五物汤加减。

3.固定

对于症状较重者,可将肘关节暂时制动于伸肘位3～4周,其目的在于减少尺神经刺激。

4.封闭治疗

用1%～2%利多卡因3～5 mL加泼尼松龙12.5 mg于肘管内注射,可起到减轻神经水肿、松解神经粘连、促进神经恢复的作用。

5.物理治疗

可采用中药离子导入，超短波、磁疗、红外线照射疗等促进炎症吸收、改善局部血液循环、缓解神经粘连及水肿。

6.手术治疗

对于经 3～4 周的保守治疗症状仍不能解除者，或有肌肉瘫痪、萎缩、肌电图检查有异常表现者，应及早手术，以解除尺神经的卡压。手术方式分为局部减压和神经前置两大类。局部减压分肘管原位切开减压和肱骨内上髁切除，但这两种术式因分别有尺神经前脱位、术后复发、肘关节不稳等缺点现已很少应用。尺神经前置术包括皮下肌间前置术、肌下前置术等。肌间前置因术后并发症少而应用最为广泛。此外还有镜下行神经减压松解术及带血管蒂深筋膜瓣下前置术等，具有微创、疗效确切的优点，但目前尚未普及。

五、预防与调护

可调整臂部的姿势、防止肘关节长时间过度屈曲，避免枕肘睡眠。

第四节　腕管综合征

腕管综合征是指由于腕管内容积减小或压力增高，使正中神经在腕管内受压而引起的以正中神经支配区的感觉及运动障碍为主要表现的症候群。本病以中年患者居多，女性多于男性，以单侧多见(女性发病为男性的 5～6 倍，双侧发病者占 1/3～1/2)。常见于腕部活动较多的脑力与体力劳动者。中医学认为腕管综合征属于“伤筋”“筋痹”的范畴。

一、病因病机

(一)病因病理

腕管有四壁：前壁为腕横韧带，后壁为头状骨、舟状骨、小多角骨及覆盖于其上的韧带，桡侧壁为舟骨结节和大多角骨结节，尺侧壁为豌豆骨、钩骨钩突及其韧带；在腕管内通过的有拇长屈肌腱、指浅屈肌腱、指深屈肌腱及正中神经。

腕管的容积可拓展性小，凡是导致腕管容积减小或内容物增多导致腕管内压力增高，卡压腕管内组织从而引发腕管综合征。

(1)腕管内容积减小：腕部损伤，如月骨脱位、桡骨远端骨折畸形愈合、腕横韧带的增厚等都可使腕管容积减小，压迫正中神经。

(2)腕管内容物的增多：①长期反复腕部活动可使手和腕发生慢性劳损，指屈肌腱和正中神经长期与腕横韧带来回摩擦，肌腱、滑膜水肿使管腔压力增高，正中神经受压。②常见的腱鞘囊肿、脂肪瘤、钙质沉着等也会增加腕管的内容物。③风湿和类风湿疾病、产后或闭经期内分泌功能紊乱，以及结缔组织病和掌长肌先天性肥大等，均可引起正中神经卡压。

(二)中医病因病机

腕管综合征属于“伤筋”“筋痹”的范畴，由于急性损伤或慢性劳损，致使气滞血瘀、经络阻滞；或阳虚寒凝，气血不畅，血不荣筋，不荣则痛。故其总病机为脉络受阻、气血不畅、筋脉失养。

二、临床表现

1.症状与体征

本病患者多有腕部外伤或劳损史，主要表现为正中神经支配区的桡侧3个半指的疼痛、麻木、手指无力等。轻者仅在夜间或持续用手劳动后出现手指感觉异常，但运动障碍不明显，仅少数患者用手指做精细动作时有不灵活的感觉，活动及甩手后减轻。重者手指刺痛、麻木，且持续而明显，有时疼痛可向前臂乃至上臂放射，夜间或用手工作时加剧。也可有患指发冷、发绀、皮肤干燥脱屑等表现。拇指、示指、中指桡侧及大鱼际感觉减退，手指握力下降，拇指外展、对掌障碍，大鱼际肌萎缩等。

2.辅助检查

(1)神经电生理检测：通过对神经传导的检测来判断正中神经损害的部位及程度，是较敏感及准确的检查方法。

(2)影像学检查：X线检查可以发现是否有骨性压迫；MRI检查可以发现腕管内容积的改变及正中神经形态的变化。

三、诊断与鉴别诊断

1.诊断要点

本病患者多有患腕关节劳损或外伤史，正中神经支配的拇指、示指、中指出现麻木、疼痛，夜间较明显，腕或手做重复动作后出现症状，甩手后可缓解，正中神经分布区感觉迟钝，手指握力下降，拇指对掌障碍。大鱼际感觉减退或肌萎缩。相应的正中神经受压的特殊检查阳性，神经电生理检测可以明确诊断。

2.鉴别诊断

本病需与神经根型颈椎病、旋前圆肌综合征、胸廓出口综合征等疾病鉴别。

(1)神经根型颈椎病：麻木区域不单在手指，往往前臂同时也有痛觉减退区，并且也出现相应颈神经支配区肌肉的运动障碍、腱反射的变化，同时伴有颈部症状与体征等。

(2)旋前圆肌综合征：是正中神经通过旋前圆肌或指浅屈肌腱时受压导致的所支配的肌肉运动障碍，以旋前圆肌区疼痛为主，无夜间痛，抗阻力旋前时疼痛加剧(旋前圆肌激发试验阳性)，腕部Tinel征阴性，掌皮支区感觉减退，腕部神经传导速度正常。

(3)胸廓出口综合征：为臂丛神经受压，主要表现为手臂内侧感觉异常，多位于手指及手的尺神经分布区域，还有锁骨下血管受压的表现。

四、治疗

腕管综合征治疗的目的是解除神经压迫、扩大腕管容积、减轻腕管压力。初期多采用非手术治疗，以手法、封闭及针灸治疗为主，配合药物、理疗等治疗等。经保守治疗后正中神经损害无缓解者则可采用手术治疗。

1.制动及固定

发病初期症状明显者，用石膏托或夹板固定腕部于轻度背伸位1～2周。

2.手法治疗

运用理筋手法按压、揉摩外关、阳溪、鱼际、合谷、劳宫等穴及痛点；然后将患手在轻度拔伸下，缓缓旋转、屈伸桡腕关节；再用左手握腕，右手拇、示两指捏住患手拇指远节，向远心端迅速拔伸，以发生弹响为佳；依次拔伸第2、第3、第4指。以上手法可每日1次，经1～2周后疼痛可缓解。

3.中药治疗

中药治疗根据具体证候分而治之。

(1)阳虚寒凝证：腕部疼痛，拇、示、中指麻木，患手喜温恶寒，伴手指冰冷、发绀，舌淡胖、苔白滑，脉沉迟。治宜温经散寒、养血通脉，方用当归四逆汤加减。

(2)气滞血瘀证：腕部刺痛，痛处固定，拇、示、中指麻木不仁，指端活动不便，或伴有大鱼际肌萎缩，舌淡苔暗，脉弦。治宜行气活血、祛瘀通络，方用身痛逐瘀汤加减。

4.封闭治疗

用1%～2%利多卡因4～6 mL加泼尼松龙12.5 mg于腕横韧带近侧缘中点向腕管内注射，每周1次，2～3次1个疗程，可达到减轻神经水肿、松解神经粘连、促进神经恢复的作用。

5.针灸疗法

取内关、外关、劳宫、大陵、合谷、鱼际、列缺、十宣穴等穴，强刺激，每日1次，2周为1个疗程。同时可结合电针、温针或艾灸来改善腕管内血运、消除水肿，减轻腕管内压力。

6.手术治疗

对于病史长、反复发作、已有大鱼际肌萎缩的患者，以及经多次局部封闭等保守治疗疗效不显著者，可行腕管切开减压术以解除正中神经压迫，减轻腕管内压力。采用腕横切口或“S”形切口，切断腕横韧带进行减压；或采取内镜下腕横韧带切断、腕管松解术，术后加压包扎2～3日，三角巾悬吊患手于胸前，避免下垂。术后即可开始手指的活动和锻炼。

五、预防与调护

避免长时间的掌指和腕部的过度活动，避免长时间腕部的压迫，如“鼠标腕”等。

第十三章　腰臀腿足痛

第一节　腰椎间盘突出症

腰椎间盘突出症是指腰椎间盘纤维环破裂、髓核溢出纤维环，刺激或压迫脊神经根、马尾神经，引起腰痛、腿痛或腰腿痛、下肢肌力下降、鞍区麻木，甚至二便失禁等为特征的一种病症。文献中亦有称之为腰椎间盘纤维环破裂症、腰椎间软骨盘突出症、腰椎软骨板破裂症者。

一、病因病机

本病好发于中青年，男性多于女性，主要是由于在腰椎间盘退行性变的基础上，又遇急性暴力性损伤、慢性积累性劳损、风寒湿邪外袭等因素而致病。

（一）病因病理

两个椎体由椎间盘相连接，构成脊柱的负重关节，为脊柱活动的枢纽。每个椎间盘由纤维环、髓核、软骨板三个部分构成。纤维环位于椎间盘的外周，由纤维软骨组织构成，其前部紧密地附着于坚强的前纵韧带，后部最薄弱，较疏松地附着于薄弱的后纵韧带。髓核位于纤维环之内，为富有弹性的乳白色透明胶状体。髓核组织在幼年时期呈液态或胶冻样，随着年龄增长，其水分逐渐减少，纤维细胞、软骨细胞和无定形物质逐渐增加，最终变成颗粒状和脆弱易碎的退行性组织。软骨板位于椎间盘上、下面，由透明软骨构成。腰椎间盘具有很大的弹性，起着稳定脊柱、缓冲震荡等作用。腰前屈时，椎间盘前方承重，髓核后移；腰后伸时，椎间盘后方负重，髓核前移。

随着年龄的增长，以及在日常生活中椎间盘不断遭受脊柱纵轴的挤压力、牵拉力和扭转力等外力作用，椎间盘不断发生退行性变，髓核含水量逐渐减少，失去弹性，继之椎间隙变窄，周围韧带松弛或产生裂隙，这是发生腰椎间盘突出症的内因；急性或慢性损伤是发生腰椎间盘突出症的外因。当腰椎间盘突然或连续受到不平衡外力作用，如弯腰提取重物时姿势不当或准备欠充分，或长时间弯腰后猛然伸腰，甚至弯腰洗脸、打喷嚏或咳嗽引起的腰部轻微扭动，椎间盘后部压力均可增加，进而发生纤维环破裂、髓核向后侧或后外侧突出。

不少的腰椎间盘突出症患者既无外伤史，也无劳损史，只因受寒、湿而发病。寒、湿可使小血管收缩和肌肉痉挛，影响局部血液循环，进而影响椎间盘的营养；肌肉紧张或痉挛，可增加对椎间盘的压力，进一步损伤已有变性的椎间盘，从而导致椎间盘突出。

临床上也可见因精神过度紧张而发生本病者，是由于肌肉缺乏适当的松弛，增加了对椎间盘的压力，而使变性的椎间盘突出。

纤维环破裂时，突出的髓核压迫或挤压硬膜囊及神经根，是造成腰腿痛的根本原因。若只有后纵韧带受刺激而未压迫神经根，则以腰痛为主。若髓核突破后纵韧带压迫神经根，则以腿痛为主。坐骨神经由腰4、腰5和骶1、骶2、骶3五条神经根的前支组成，故腰4、腰5和腰5、骶1的椎间盘突出，可引起下肢坐骨神经痛。初起，神经根受到激惹，出现该神经支配区的放射痛、感觉过敏、腱反射亢进等征象。日久，突出的椎间盘长期压迫神经根，与神经根、硬膜发生粘连，导致部分神经功能障碍。除了可引起反射痛外，尚有支配区放射痛、感觉减退、腱反射减弱甚至消失等现象。

纤维环在后侧较为薄弱，后纵韧带达到腰5、骶1平面时其宽度显著变小，特别是两侧更为薄弱，同时下腰部是遭受损伤、劳损和压迫最大的部位，这就更易使纤维环自两侧向后突出。故下腰部是腰椎间盘突出的好发部位。其中，以腰4、腰5椎间盘发病率最高，腰5、骶1次之。

（二）病理分型

1.根据髓核突出的方向分型

（1）向后突出型：向后突出的髓核可压迫神经根，产生下腰痛，此类突出临床最多见。

（2）向前突出型：不引起症状，无实际临床意义。

（3）向椎体内突出型：是髓核经过已闭塞的血管，向软骨板和椎体内突出，形成杯状缺口，此类多发生在青年期。

2.根据髓核向后侧突出部位的不同分型

（1）外侧型：临床最多见，突出的髓核位于脊神经之外侧部者，主要引起神经根刺激症状。

（2）极外侧型：突出物位于椎管侧壁或椎间孔内，发生率低。

（3）中央型：椎间盘自后中央部突出，一般不压迫神经根，而只压迫下行的马尾神经，产生马鞍区症状和大小便障碍等。如突出物较大也可压迫神经根。

（4）中央旁型：突出物位于中央，但偏于一侧者，临床上以马尾神经症状为主，同时可以伴有神经根刺激症状，临床上发病率略高于中央型。

3.根据髓核突出的病理形态分型

（1）隆起型：纤维环部分破裂，表层完整。退变的髓核经薄弱处突出。突出物呈弧形隆起，表面光滑。

（2）突出型：纤维环完全破裂，退变和破碎的髓核从纤维环的裂口突出，达后纵韧带前。

（3）脱出型：纤维环完全破裂，退变和破碎的髓核从纤维环的裂口脱出，并穿过后纵韧带抵达硬膜外间隙。

（4）游离型：纤维环完全破裂，髓核碎块经纤维环破口脱出，穿过后纵韧带，游离于椎管。

4.根据髓核突出的程度分型

（1）隐匿型（幼弱型）：纤维环不全破裂，其外层尚保持完整，髓核在受压的情况下向破裂软弱部分突出。此时若椎间盘所受压力大、纤维环破裂多，则髓核继续向外突出，此型有时产生坐骨神经痛，一般采取保守治疗。

（2）突出型（移行型）：纤维环裂隙较大，但不完全，外层尚保持完整，髓核突出较大，呈球形，此型可转为破裂型。一般多采取保守治疗。

(3)破裂型(成熟型):纤维环完全破裂,髓核可突入椎管内,多引起持续而严重的临床症状,一般可行手术治疗。

(三)中医病因病机

腰椎间盘突出症属中医“腰腿痛”“痹症”等范畴。历代医家对腰腿痛、痹症等均有所探讨,并逐步对腰腿痛等病的病因病机有了系统的认识和完整的论述。中医认为本病的病因病机可归纳为风、寒、湿、热、闪挫、瘀血、气滞、痰饮等,其根本在于肾虚。

二、临床表现

腰椎间盘突出症的主要症状为腰部疼痛及下肢放射性疼痛。下肢放射性疼痛出现的时间各有不同,有的在腰部损伤的同时出现,也有的只感腰痛,1～2 天后才感到下肢有放射性疼痛,也有的数周、数月后,才出现坐骨神经痛。下肢痛常伴有大腿、小腿及足部感觉异常。腰痛、下肢窜痛可同时存在,也可单独发生。腰痛多在下腰部、腰骶部或局限于一侧,并因疼痛和肌肉痉挛而影响腰部伸屈活动。

下腰痛与下肢窜痛是因神经根受压所致,严重者影响生活和工作,但多经过保守治疗后能够缓解。后又因劳累、扭腰、着凉等因素而复发。如此反复发作,时轻时重,可延续多年不愈,但也有的经休息和治疗后多年内不再复发。

坐骨神经痛表现为疼痛沿下肢坐骨神经或某个神经根分布区向下放射,一般由臀部开始向下肢放射至大腿后侧,小腿外侧,以至足背、足趾,疼痛区域较固定,患者多能指出具体的部位。放射性疼痛多因站立、用力、咳嗽、喷嚏或运动而加剧,休息后可减轻,但个别在站立行走时疼痛减轻,也有的夜间休息时症状加重,但经过充分休息后疼痛多能减轻;病程较久或神经根受压较重者,常有下肢麻木的感觉,麻木区域与受累神经根的分布区域一致,多限于小腿外侧或足背部,中央型突出可发生马鞍区麻木,有的患者会感到下肢发凉,患肢温度较健侧低;有的足背动脉搏动亦弱,原因不甚明确,可能为交感神经受到刺激,引起下肢血管、神经功能障碍所致。

三、诊断与鉴别诊断

1.诊断要点

根据上述病史、症状和体征,多数腰椎间盘突出症可被作出诊断。细致的检查、综合分析、与相关影像学资料结合是获得正确诊断的关键,切忌单凭影像学表现作出临床诊断。诊断要点如下。

(1)中青年人,男性为主,有外伤、积累性损伤和感受风寒湿邪病史。

(2)反复发作的腰腿痛或单纯腿痛。棘间及椎旁有固定压痛点,向臀部及下肢放射痛,并可诱发或因咳嗽、喷嚏等而加重。

(3)腰椎出现侧弯、平腰或后凸畸形,腰部活动受限。

(4)患肢肌肉萎缩、受累神经根区的皮肤感觉减退或迟钝,踝及踇背伸力减弱,腱反射减弱或消失。

(5)X 线检查无骨关节病理改变,显示腰椎侧弯、生理曲度变直、腰椎间隙变窄或前窄后宽。

(6)CT、MRI检查时，相应节段有髓核突出存在。

2.鉴别诊断

腰椎间盘突出症临床不难作出诊断，但尚须与以下疾病相鉴别。

(1)急性腰肌筋膜炎：好发于腰背筋膜、棘上和棘间韧带以及髂嵴后部等肌筋膜附着处，属软组织风湿性疾病。其急性发作时腰痛剧烈、活动受限、腰肌痉挛，疼痛有时牵扯到臀部、大腿两侧，甚至小腿，但其性质属牵扯性疼痛，与腰椎间盘突出所引起的根性疼痛实质不同。该病临床缺乏阳性体征，无感觉及反射消失，偶可摸到硬结或条索状物，可有明显的压痛点，痛点封闭可使疼痛症状消失。

(2)第3腰椎横突综合征：该病可有外伤及劳损史，表现为腰痛、臀部疼痛，活动时加重，疼痛可牵涉到大腿后侧，少数到小腿。但直腿抬高试验阴性，无下肢放射痛及神经根受累改变。常可扪及第3腰椎横突过长，骶棘肌外缘横突处有明显压痛点，横突及周围浸润性封闭可明显缓解症状。

(3)腰椎管狭窄症：该病多发生于中老年人，起病缓慢，主要症状为腰痛、腿痛及神经性间歇性跛行，站立行走时症状加重；休息、下蹲时症状减轻。一般X线、脊髓造影、CT或MRI检查可明确诊断。

(4)强直性脊柱炎：该病发病年纪较轻，多有受寒湿史。症状以腰背及骶髂部疼痛为主，伴有腰椎进行性僵直，脊柱活动受限，且症状与天气变化有关。“4”字试验为阳性，血沉快。X线片检查时，早期骶髂关节区有模糊和硬化现象，以后从骶椎向上逐渐形成脊柱骨性融合，呈现竹节样改变。

四、治疗

临床上宜根据患者的发病特点，区分表证里证、标本缓急，综合运用多种治疗方法，随证施治。

1.手法治疗

椎间盘、髓核、肌肉、韧带等软组织属于中医学“筋”的范畴，腰椎间盘突出症髓核突出及纤维环破裂等病理变化属“筋出槽”范畴。髓核突出后破坏了脊柱的内在平衡，进而使脊椎内外平衡失调，导致两椎体相对位置的改变及两侧软组织肌张力不一，表现为棘突的偏歪和关节突关节错缝，即“骨错缝”。依据“筋出槽、骨错缝”理论运用手法治疗本病，适用于亚急性期和慢性期，腰骶部“筋出槽、骨错缝”表现突出的患者。

(1)松解理筋手法：选择按、拨、揉、推、滚、拿、摩、擦等手法，在腰、骶、臀、腿部筋出槽部位和相应经穴处进行治疗。

(2)整骨合缝手法：根据筋出槽、骨错缝部位选择相应方法进行治疗，合并椎管内占位、骨质破坏的患者禁用。

1)侧卧位斜扳法：以左侧卧为例，患者左下肢伸直，右下肢屈膝、屈髋，足背置于左膝腘窝处。术者站于患者腹侧，一手固定其肩部，另一手以手掌或前臂着力，置于其骶部或腰部，两手协同，相反方向用力旋转患者腰部，至极限位置稍停片刻，嘱患者呼气放松时，进一步增加旋转角度，可闻及“咔嗒”声响。通过改变力的作用点和方向，可定位调整骶髂关节、腰骶关节和其他腰椎关节。

2)坐位旋转扳法:患者坐位,两手手指交叉合抱于后枕部。以右旋为例,术者坐其右后方,右手自患者肩前穿过,搭于其项部,嘱其缓慢前屈腰部,左手拇指置于相应棘突的右侧,当腰椎旋转至极限位置时,拇指同时用力推按。通过改变力的作用点和方向,可定位调整腰骶关节和其他腰椎关节。

3)仰卧位旋转扳法:患者仰卧位,以右侧为例,术者立于患者右侧,将其右下肢屈膝、屈髋,左手固定其右肩,右手扶膝,推向对侧至极限位置。通常可调整腰椎各关节。

2.针灸疗法

针灸治疗具有舒筋、活络、止痛及扶正祛邪的作用。在经络理论指导下,按腰腿疼痛、感觉及功能障碍分布区域辨证取穴,臀部主要取足太阳膀胱经,选秩边、承扶;臀部外侧归属足少阳胆经,取居髎、环跳;大腿前侧归于足阳明胃经,取伏兔、梁丘;大腿外侧归于胆、胃经,取环跳、髀关、风市;大腿后侧属膀胱经、胆经,取环跳、承扶;大腿内侧归于足厥阴肝经与足太阴脾经,取箕门、阴包、血海、曲泉;小腿前侧归于胃经,取足三里、下巨墟;小腿外侧归于胆经,取环跳、阳陵泉;小腿后侧归于膀胱经,取承筋、承山;小腿内侧归于下肢三阴经,取阴陵泉、三阴交;足背内侧归肝、脾、胃三经,取解溪、太冲;足外侧归于膀胱经,取昆仑、申脉;足底归肾经,取涌泉。针刺手法宜平补平泻,或以泻为主,或以补为主,临证应辨证应用。亦可针刺后用艾灸以散寒、舒通经络。

3.固定和运动治疗

急性期使用腰围可维持脊柱稳定,起到保护腰椎的作用,但应避免长期依赖,防止腰背肌肉萎缩。亚急性期和慢性期,在评估的基础上拟定练功处方,加强腰背肌和腹肌的功能锻炼,如仰卧位配合呼吸进行抬腿练习,八段锦中的"双手攀足固肾腰"练习等;经常后伸、旋转腰部,直腿抬高或压腿等动作,以增强腰腿部肌力,有利于腰椎的平衡稳定。

4.牵引治疗

牵引可使椎间隙增大及后纵韧带紧张,有利于膨出髓核回纳,可纠正脊柱关节紊乱,恢复其正常的生理平衡,松解神经根的粘连,放松椎旁肌肉,改善受压组织的血液供应。常用的牵引方法有电动骨盆牵引、持续牵引法和三维立体电脑牵引床牵引等。

5.物理治疗

腰椎间盘突出症的恢复期宜采用理疗以促进腰背功能的恢复,目的在于进一步改善周围组织的血液循环,促进神经根炎性水肿的吸收,缓解肌肉痉挛,促进功能恢复。常用的物理疗法有短波、超短波电疗法、间动电流疗法、传导热疗法。对于神经根粘连者可用超声波、中频中药离子导入或碘离子导入疗法。

6.硬膜外麻醉下神经根松解术

本方法适用于突出的髓核或炎性渗出物吸收过程中与神经根发生粘连,被动直腿抬高与主动直腿抬高角度相近、皆小于80°的患者。

在硬膜外麻醉下,患者仰卧位,施行被动直腿抬高手法操作,角度大于90°;然后再行侧卧位斜扳法。手法松解后可根据需要在局部注射长效糖皮质激素或臭氧。松解术后需要卧床2～3日。

7.神经阻滞治疗

利用利多卡因、普鲁卡因等麻醉药物加糖皮质激素浸润于神经根周围，以减轻神经根炎症和水肿，阻断疼痛刺激的治疗方法。常用的方法有痛点阻滞疗法、椎间孔阻滞疗法、硬膜外腔阻滞疗法。

8.手术治疗

经上述治疗，绝大多数患者症状可缓解或完全消失，但也可屡次复发，且每次复发症状可加重，并持续较久，发作的间隔期可逐渐缩短。病程时间长，反复发作，症状严重者及中央型突出压迫马尾神经者，可手术治疗，必须严格选择适应证。手术可行椎板切除及髓核摘除术、经皮穿刺椎间盘髓核切吸术、椎间盘射频热凝纤维环成形术、臭氧介入及椎间盘镜、椎间孔镜技术等。手术方式的选择，根据患者的病情、术者的经验及设备而定。

五、预防与调护

1.改善不良的劳动和生活姿势

长期从事弯腰用力工作，或久坐、久立的工作人员，尤其应注意工间休息，做工间操；同时应改变不良的用力姿势，避免强力举重，日常生活中也应避免某些运动姿势，以防止腰部负荷的增加。

2.改善居住环境，做到饮食起居有节

腰椎间盘突出症患者应多卧床休息，做到饮食起居有节，避免过劳。该病属于慢性疾病，应适当增加高蛋白和高维生素食物摄入。

3.加强腰背、腹肌的功能锻炼

《素问·痿论》曰："宗筋主束骨而利关节也。"加强腰背肌、腹肌的锻炼，可维持脊柱的稳定性，减轻腰部的负荷，同时强有力的腰背部肌肉可防止腰背部软组织的损伤。

4.心理调护

鼓励患者战胜疾病的信心，充分调动患者的主观能动性，坚持正确的治疗方向，争取早日康复。

第二节　腰椎管狭窄症

腰椎管狭窄症是指腰椎中央管、神经根管、侧隐窝或椎间孔由于骨性或纤维性结构异常增生，造成神经血管结构受压而引起的一系列症状体征，又称腰椎椎管狭窄综合征。

一、病因病机

本病临床多见于40～60岁中年人，男性多于女性，体力劳动者多见。好发节段为腰4、腰5，其次为腰5、骶1和腰3、腰4。

(一)病因病理

1.发育性腰椎管狭窄

先天或发育因素导致椎管管腔狭窄,表现为椎管的前后径和横径呈均匀一致性狭窄,且椎管容积减小。任何组织或异物进入椎管将更进一步减小其容积。先天性椎弓根短小、两侧椎弓根间的距离较短、两侧椎弓在棘突处相交的角度减小、椎板肥厚等因素均可造成椎管狭窄。单纯的发育性腰椎椎管狭窄症在临床罕见。

2.退变性腰椎管狭窄

此类型是最常见的类型。椎管的大小与形态存在一定程度的个体差异,与年龄、性别、职业等有关。中年以后,腰椎附件和软组织等都发生退行性变,椎体后缘及关节突骨质唇样增生形成骨赘,导致椎管和椎间孔变窄。长期劳损亦可致关节突退变肥大,甚至形成球形关节,致左右两关节的距离变窄,关节突增生,骨质伸入椎间孔,这些退变和增生可导致椎管狭窄。椎板增厚可使椎管的矢径变小,导致椎管狭窄。椎弓根增厚可使椎管的横径变短,神经根紧贴椎弓根内缘,造成神经根受压。黄韧带肥厚可使椎管和侧隐窝的前后径均变小,黄韧带松弛,腰后伸时容易迭折伸入椎管,使管腔变小,产生神经受压症状,在腰椎管狭窄症中占重要地位。腰椎间盘萎缩致使椎间隙变窄,韧带松弛,腰骶角增大,以致关节突退变,上下关节突失去挂钩的作用,因而导致椎体向前、后及侧方滑脱(也称假性滑脱)。此外,椎间盘退变可使椎间盘向后隆起或纤维环破裂突出,从而压迫马尾和神经根。总之,构成椎管组织的退行性变是造成狭窄的主要原因。

3.骨病和创伤性腰椎管狭窄

结核、肿瘤、炎症、腰椎间盘突出、创伤等均可引起椎管狭窄,但均有各自的独立性疾病,椎管狭窄是其病理表现,不列为椎管狭窄症。

4.医源性腰椎管狭窄

医源性狭窄可见于骨移植或脊柱融合术后的患者,由于骨移植或脊柱融合术可导致融合区的椎板增厚或黄韧带的增厚,以及后关节突的膨大或骨质增生,因而使椎管狭窄。

5.其他因素

如硬膜外组织变性、椎管内静脉曲张、软骨发育不良、氟骨症、畸形性骨炎、骨质疏松症等,均可产生椎管狭窄。

(二)病理分型

按狭窄发生的部位,腰椎管狭窄症可以分为中央管狭窄、侧隐窝狭窄、神经根管狭窄以及混合型狭窄四类。

(三)中医病因病机

本病属于中医"腰腿痹痛"的范畴,现多将本病的病因归结于虚、风、寒、湿、痰、瘀。其中先天肾气不足、肾气虚衰以及劳役伤肾为其发病的内在原因,而反复受外伤、慢性劳损以及风寒湿邪的侵袭为其发病的外在因素。本病的主要病机是肾虚不固,风寒湿邪阻络、气虚血瘀、营卫不得宣通。

二、临床表现

1.症状

(1)腰痛及下肢痛:起病缓慢,临床可见缓发性持续性的腰痛或下肢痛,两者可单独出现,也可同时出现。下肢痛可以表现为单侧,也可以表现为双侧。腰痛及下肢痛皆有的患者,一般腰痛多见于发病的早期,随着病情的发展逐步出现下肢痛,晚期还可出现马尾神经受压以及神经根受压而产生的相应症状。腰痛主要表现为局部的酸胀疼痛,无固定的压痛点,站立、行走或腰背后伸时疼痛加重,常强迫于前屈位姿势,平躺、下蹲以及骑自行车时疼痛多自行消失。腰痛的原因是椎管狭窄后,椎管内保留的空隙减小或消失,当腰椎由屈到伸时,椎管后方的小关节囊及黄韧带被挤向椎管和神经根管,椎管内压急剧增加,从而出现疼痛。

(2)间歇性跛行:间歇性跛行为腰椎管狭窄症最突出的症状,也是诊断本病最重要的依据。80%以上患者有此症状,多在行走时出现单侧或双侧下肢麻木、沉重、疼痛和无力,症状随步行时间或距离的增加而加重,被迫采取休息或下蹲后症状缓解,若继续行走则出现同样症状。这是由于椎管或神经根管相应的神经根部充血,狭窄的椎管因缺少充分的保留间隙而出现椎管内压增高,继发静脉瘀血,影响细小血管的血液供应,并出现缺血性神经炎以致跛行,而正常人椎管保留间隙大,不会出现上述症状。患者休息后,造成缺血性神经炎的直接原因消除,症状亦随之减轻或消除。

狭窄部位不同,临床表现也多为不同。如中央型椎管狭窄有明显的马尾神经症状和间歇性跛行,腰后伸时症状加重,腰侧弯或骑自行车时症状减轻,无明显根性神经痛,马尾神经症状主要表现为下肢麻木无力,严重者甚至出现马鞍区麻木、小便失禁或潴留,男性可出现阳痿等;神经根管型狭窄主要表现为根性神经痛,而无明显间歇性跛行,神经根症状主要包括下肢疼痛、麻木,其区域多依据受压神经而定,如大腿后外方、小腿后侧、踝部或足底部等;混合型腰椎管狭窄症的临床表现既有间歇性跛行又有根性神经痛。

2.体征

腰椎管狭窄症者有症状与体征不一致的特点,这是指一般症状较重,而体征却较轻。其原因是检查时往往采用卧位,此时导致体征出现的因素已消失。可出现脊柱侧弯,生理前凸减小,患者常采取腰部略向前屈的姿势,腰部后伸明显受限,腰部过伸试验阳性,但放射疼痛不明显,但也有以坐骨神经痛为主要症状,并有明显根性体征,直腿抬高试验阳性,椎旁有明显压痛点,并向下肢放射痛,这种疼痛往往是多神经根受累;肌力有时减弱,以腰5、骶1神经根支配的肌肉更为明显,常表现为伸肌力减退;触觉和痛觉的减退,可发生在一侧或双侧下肢,主要表现在小腿外侧及足的背侧等腰5、骶1神经根支配分布区;有时可出现膝、跟腱反射的减弱或消失;马尾神经受压,可出现马鞍区麻木或肛门括约肌松弛无力。

三、诊断与鉴别诊断

1.诊断要点

根据详细的病史、典型的临床症状、体征,结合影像学检查,本病的诊断并不困难,但诊断本病时应遵循以下原则:①临床表现是诊断的基础,没有临床症状或体征,仅根据辅助影像学结果并无诊断意义。②须根据临床表现选择适当的辅助检查方法，以做出精确的定位、定性和定量诊断。③辅助检查结果必须和临床症状、体征一致才有诊断意义。诊断要点如下。

(1)中年以上体力劳动者，男性多见。

(2)缓发性、持续性下腰痛和腿痛，站立或行走过久时加重，休息后减轻。

(3)间歇性跛行。

(4)腰部过伸试验阳性。

(5)其他体征，如直腿抬高试验阳性，下肢感觉障碍，腱反射迟钝以及肌力减弱、肌肉萎缩等。

(6)X线、CT、MRI检查有异常表现。

(7)椎管造影显示椎管部分或完全梗阻，有狭窄或压迹。

2.鉴别诊断

间歇性跛行是本病最具诊断价值的症状，本病的间歇性跛行属于神经源性间歇性跛行，当与脊髓源性间歇性跛行和血管源性间歇性跛行相鉴别。

(1)脊髓源性间歇性跛行：代表疾病主要有脊髓型颈椎病、胸椎管狭窄症、椎管内肿瘤等。此类间歇性跛行主要表现为下肢肌张力增高，行走协调性降低，患者可有踩棉花感，胸腹部束带感，与腰椎管狭窄症相比，大小便功能障碍更为常见。可出现感觉平面，下肢肌力下降但肌张力增高，膝反射和跟腱反射亢进，髌阵挛、踝阵挛、巴宾斯基征阳性等体征。

(2)血管源性间歇性跛行：代表疾病为血栓性脉管炎，多见于青壮年男性，有吸烟史，间歇性跛行与体位无关，多无神经受压症状，但有肢体缺血，如步行后动脉搏动消失，小腿青紫、苍白，下肢发凉等。本病感觉异常多位于下肢后部肌肉，同神经根分布无明显相关性，足背动脉和胫后动脉搏动减弱或消失，病程后期可产生肢体远端的溃疡或坏死。

四、治疗

本病一经确诊首先应选择非手术治疗，但经正确系统的非手术治疗无效的患者，须考虑手术治疗。

1.手法治疗

手法治疗一般可采用按摩、点压、提拿等手法，配合斜扳法，以舒经活络、疏散瘀血、松解粘连，使症状得以缓解或消失。手法宜轻柔，禁止用强烈的旋转手法，以防病情加重。

(1)掌根按揉法：患者俯卧位，术者从腰骶部沿督脉、膀胱经向下，经臀部、大腿后部、腘窝部等至小腿后部上下往复用掌根按、揉；然后点按腰阳关、肾俞、大肠俞、次髎、殷门、委中、承山等穴；弹拨、提拿腰骶部两侧的竖脊肌及腿部肌肉。或患者仰卧位，术者从大腿前、小腿外侧直至足背上下往复用掌揉；再点按髀关、伏兔、血海、风市、阳陵泉、足三里、绝骨、解溪等穴。

(2)腰部斜按法：一助手握住患者腋下，一助手握住患者两踝部，两人对抗牵引，术者两手交叠在一起置于腰骶部行按压抖动，一般要求抖动20～30次。

2.针灸疗法

本病针灸主要选择足太阳膀胱经和足少阳胆经。

主穴：大椎、腰阳关及相应病变部位的夹脊穴。

辨经配穴：太阳型，大肠俞、秩边、殷门、委中、昆仑；少阳型，环跳、风市、阳陵泉、绝骨、足临泣；混合型，大肠俞、环跳、风市、委中、阳陵泉、昆仑。

3.中药治疗

(1)风寒痹阻证：腰腿酸胀重着，时轻时重，拘急不舒，遇冷加重，得热痛缓。舌淡苔白滑，脉沉紧。治宜祛风散寒，温经通络。寒邪重者方选麻桂温经汤加减，风湿盛者方选独活寄生汤加减，湿邪偏重者方选加味术附汤加减。常用中药如麻黄、桂枝、独活、苍术、白术等。

(2)肾气亏虚证：腰腿酸痛，腿膝无力，遇劳更甚，卧则减轻，形羸气短，肌肉瘦削。舌淡苔薄白，脉沉细。治宜补肾益精，偏于阳虚者治宜温补肾阳，方选右归丸或补肾壮筋汤加减，偏于阴虚者治宜滋补肾阴，方选左归丸或大补阴丸加减。常用药物如熟地、山药、牛膝、山茱萸、菟丝子等。

(3)气虚血瘀证：面色少华，神疲无力，腰痛不耐久坐，疼痛缠绵，下肢麻木。舌质瘀紫，苔薄，脉弦紧。治宜益气活血、化瘀止痛，方选补阳还五汤加减。常用药物如桃仁、红花、黄芪、当归、川芎等。

4.固定和运动治疗

急性发作时，卧床休息最重要，一般屈髋、屈膝侧卧，不习惯长期侧卧者亦可在膝部垫高，屈髋、屈膝仰卧，每日除做必须起床之事，尽量卧床，直至症状缓解。骨盆牵引帮助放松肌肉，限制活动，可扩大椎间距离，缓解神经组织受压、充血水肿，减轻症状。症状减轻后应积极进行腰背肌的功能锻炼，可采用飞燕点水、五点支撑练功，以增强腰部肌力，练习行走、下蹲、蹬空、侧卧外摆等动作，以增强腿部肌力。

5.手术治疗

经上述治疗无明显效果，或典型的严重病例，如疼痛剧烈、下肢肌无力和肌萎缩、行走或站立时间不断缩短，影响日常生活者应手术治疗。常用的手术方式为全椎板切除、次椎板切除、椎板间扩大开窗术、全椎板截骨后移、侧方旋转再植成形术，目的是解除椎管内、神经根管内或椎间孔的神经组织和血管的压迫。

6.其他疗法

物理疗法是腰椎管狭窄症的一种常用辅助治疗，具有改善局部组织血液循环、促进神经根炎性水肿吸收、止痛和缓解肌肉痉挛的作用，有助于腰椎运动功能的改善。常用的物理疗法有超短波、红外线、音频电流和中药离子导入等。

五、预防与调护

急性期应卧床休息2～3周。症状严重者可佩带腰围，固定腰部，减少后伸活动。腰部勿受风寒、勿劳累。后期要行腰屈曲功能锻炼增强腰背肌，从而增强腰椎稳定性，改善症状。行手术治疗者，术后卧床休息1～2个月。若为行植骨融合术者，应待植骨愈合，然后进行腰部功能锻炼，以巩固疗效。

第三节　梨状肌综合征

梨状肌综合征是指由于损伤引起的梨状肌痉挛、水肿、肥厚、挛缩，压迫、牵拉坐骨神经，或由于梨状肌与坐骨神经解剖变异，产生的一系列相应临床症状体征的病症，亦称梨状肌损伤或梨状肌孔狭窄综合征。该病为一种神经嵌压综合征，是干性坐骨神经痛的主要原因，在临床腰腿痛的患者中占有一定比例，为临床常见的筋伤疾病之一。

一、病因病机

正常情况下，梨状肌收缩对坐骨神经无刺激，但当梨状肌发生炎性水肿、痉挛等时，可刺激坐骨神经，引起臀后部及大腿后外侧疼痛。此外，梨状肌与坐骨神经的解剖变异也是引起梨状肌综合征的主要原因。

(一)病因病理

1.外伤

髋部扭闪时，髋关节急剧外旋，梨状肌猛烈收缩而致伤。大腿内旋、下蹲位突然站立或腰部前屈伸直时，骨盆发生旋转，梨状肌受到过度牵拉亦可致伤。

2.外感风寒

髋关节长期处于外展，外旋位易引起劳损，如久立、久蹲位，再外感风寒发病。如在温室内久蹲工作，劳损和外感风寒后可引起梨状肌无菌性炎症，如水肿、渗血、粘连，甚至变性刺激坐骨神经。

3.周围组织疾病

邻近梨状肌和坐骨神经的疾病，如盆腔炎、骶髂关节炎等，可侵及梨状肌，或使骶 1、骶 2 神经根或骶丛神经受到刺激，亦可继发梨状肌痉挛，而出现坐骨神经痛，以女性多见。

(二)中医病因病机

中医学多将本病归属于“痹证”“伤筋”“环跳风”及“腰腿痛”的范畴。中医认为本病多因肝肾不足，气血亏虚，风寒湿热等邪侵袭腠理或闪挫劳损，筋膜受伤，流注经络，经络痹阻，气血运行不畅，不通则痛，猝然发病。

二、临床表现

1.症状

本病的临床表现与损伤程度有关。轻者臀部酸胀、发沉，自觉患肢稍短，轻度跛行，大腿后外侧及小腿外侧有放射性疼痛，有时仅表现小腿后侧疼痛；重者臀部疼痛并有大腿后外侧和小腿外侧放射性疼痛、麻木，自觉臀部有“刀割样”或“烧灼样”疼痛，跛行明显，少数感阴部不适或阴囊有抽搐。严重者双下肢不敢伸直，臀、腿疼痛剧烈，伸直咳嗽时双下肢窜痛。日久患肢肌肉萎缩，大腿后外侧麻木。主要临床表现是臀部或腰骶部疼痛，其特点如下。

(1)患者自感患肢变短,由于疼痛常伴有跛行、行走困难或身体半屈,自觉患肢短缩。臀部酸胀、疼痛和感觉异常,大腿后面和小腿外侧有放射性疼痛,或伴有小腿外侧和足趾麻木感。

(2)严重者可呈牵涉样、烧灼样、刀割样疼痛,有时疼痛难忍致使患者坐立不安或改变体位,可影响患者的精神、情绪、食欲和睡眠。

(3)疼痛可因腹压增大(如咳嗽、喷嚏)和体位变化(如内旋关节)等加重,致使患者呈胸膝卧位。

(4)常有放射和(或)触电样窜麻感,疼痛常沿大腿后侧向足底放射。

(5)有时伴有沿神经区域的感觉麻木,这与坐骨神经、腓总神经和阴部神经受损有关。

2.体征

(1)腰部无压痛与畸形,活动不受限。坐骨神经症状,直腿抬高试验阳性,臀中部可触及条索状硬结或隆起的梨状肌,压痛明显并向下肢放射。腰臀部无异常发现,侧位触诊可触及梨状肌痉挛、肿胀、肥厚形成条索状硬结,并有明显的压痛。直腿抬高试验60°以内有明显疼痛,超过60°反而疼痛减轻。从而排除根性神经痛。亦可有梨状肌呈弥漫性肿胀、肌束变硬、弹性差。病久者,伤侧臀部肌肉萎缩、松软、肌张力低。下肢腱反射正常,屈颈试验和颈静脉压迫试验均为阴性,此点可与腰椎间盘突出症相鉴别。

(2)梨状肌紧张试验阳性:一种方法为患者取仰卧位,当直腿抬高试验受限时,再将下肢做内旋动作,若出现坐骨神经疼痛症状加重为阳性;另一种方法为患者取俯卧位,患肢屈膝,操作者一只手按在患者患侧臀部,另一只手握住踝关节向外扳,使髋关节产生内旋动作,若出现坐骨神经疼痛症状加重则为阳性。

3.辅助检查

X线检查,要排除腰椎间隙变窄及髋关节骨性疾病,必要时行腰椎MRI检查,以排除腰椎间盘突出症引起的坐骨神经痛。

三、诊断

(1)患者常有下肢损伤或慢性劳损史,如闪、扭、跨越、下蹲,由蹲位突变直立和负重行走等,或部分患者有受凉史,常发于中老年人。

(2)臀部疼痛,严重者呈持续样“刀割痛”或“烧灼样痛”,多伴有下肢放射痛、跛行或不能行走。

(3)梨状肌局部压痛明显,可触及条索状硬结,直腿抬高试验60°内疼痛明显,超过60°后疼痛减轻,梨状肌紧张试验阳性。

(4)X线检查排除腰椎间隙变窄及髋关节骨性疾病。

四、治疗

以手法治疗为主,配合药物、针灸、穴位注射等疗法。

1.手法治疗

急性期手法宜轻柔和缓,切忌暴力,以理筋手法为主。

梨状肌弹拨法:患者取俯卧位,上肢向后伸,医者立于患侧,术者先施以四指推法、𢷬法、掌揉法按摩臀部、腰部痛点，使局部有温暖舒适感，手法应轻快柔和，目的是使臀部的肌肉放松。然后，术者以双手拇指重叠，触摸清楚梨状肌，用弹拨法来回拨动该肌，弹拨方向应与肌纤维相垂直。该手法能直接刺激梨状肌，可缓解梨状肌的痉挛，使粘连组织分离，促进损伤组织的修复，是治疗的重点。弹拨 10～20 次后，再在痛点做按压，最后由外侧向内侧顺梨状肌纤维走行方向作推按舒顺，手法由轻到重，时间由短到长，隔日 1 次。

2.针灸疗法

(1)刺法：取穴以足太阳膀胱经、足少阳胆经和足阳明胃经三阳经上的腧穴为主。常用穴位有秩边、环跳、承扶、委中、阳陵泉、承山、丘墟、阿是穴等，每次选用 4～6 穴。疼痛重者，采用平针法或平泻法；疼痛轻者用平针法，最好配合电针，中等或中强刺激。秩边、环跳、阿是穴可深刺 3 寸以上，使局部酸胀或麻电感向下肢放射，留针 20～30 min，急性期每日针 1 次，好转后隔日 1 次，10 次为 1 个疗程。

(2)灸法：在梨状肌投影处做温和灸 15～30 min，每日 1 次。

3.针刀疗法

常规消毒、铺巾后，局麻满意后，选用 3 号针刀，垂直于局部皮肤，刀口与坐骨神经走行一致，快速刺入皮肤达皮下组织层，然后慢慢深入，当出现第 2 个突破感、患者有明显酸胀感时，表明针刀已到达梨状肌病灶部位，此时需将针刀刀体做“十”字形摆动 3～4 下(钝性摆动剥离，可避免对神经、血管的损伤)，患者出现非常明显的酸胀感或向下肢的放射感即可，出针按压3 min 以防出血，无菌纱布或创可贴外敷治疗点。每 5 天治疗 1 次，2 次为 1 个疗程，疗程间休息 2 天。

4.中药治疗

(1)风寒湿阻证：臀腿疼痛，屈伸受限。偏寒者得寒痛增，肢体发凉，畏冷，舌淡苔薄腻，脉沉紧；偏湿者肢体麻木，酸痛重着，舌淡苔白腻，脉濡缓。治宜祛风散寒、化湿止痛，方选蠲痹汤加减。常用药物有羌活、独活、秦艽、川芎、桑寄生等。

(2)湿热蕴蒸证：臀腿灼痛，腿软无力，关节重着，口渴不欲饮，尿黄赤。舌质红，苔黄腻，脉滑数。治宜清热化湿、疏风通络，方选薏苡仁汤或加味二妙散。常用药物有茯苓、薏苡仁、泽泻、黄柏、牛膝等。

(3)气滞血瘀证：臀痛如锥，拒按，疼痛可沿大腿后侧向足部放射，痛处固定，动则加重，夜不能眠。舌红苔暗黄，脉弦。治宜活血化瘀，行气通络，方选桃红四物汤加减。常用药物有桃仁、红花、川芎、当归、鸡血藤等。

(4)肝肾亏虚证：臀部酸痛，腿膝乏力，遇劳更甚，卧则减轻。偏阳虚者面色无华，手足不温，舌质淡，脉沉细；偏阴虚者面色潮红，手足心热，舌质红，脉弦细数。偏阳虚者治宜温补肾阳，方选右归丸或补肾壮筋丸加减；偏阴虚者治宜滋补肾阴，方选左归丸或大补阴丸加减。常用药物有当归、熟地黄、山茱萸、牛膝、菟丝子、山药等。

5.手术治疗

一般经正规、有效非手术疗法治疗，症状缓解满意。而治疗无效，症状反复发作影响日常生活者，可考虑手术治疗。术中应完全暴露梨状肌与坐骨神经关系(变异)，根据压迫情况可行部分或全部切断梨状肌，并行彻底松解以解除神经周围粘连。

6.其他疗法

(1)穴位注射疗法:主穴取臀中穴(股骨大转子与坐骨结节连线为底边,向上做一等边三角形,其定点即是),配穴取陵后、委阳。穴位皮肤常规消毒,用7号麻醉注射针头连接20 mL注射器,抽吸10%葡萄糖注射液19 mL加地塞米松2 mg混合药液后,将针头快速直刺进入皮肤,稍作提插,待有酸、麻、胀等明显针感得气时,经回抽无血后,缓慢注入药液。如下肢疼痛明显,则加注射陵后或委阳穴,5~7天1次。

(2)局部注射疗法。

1)局部皮肤常规消毒,用5 mL注射器抽取1%利多卡因注射液2 mL加复方倍他米松注射液1 mL,连接6~7号长封闭针头刺入皮下,再深达局部压痛点深部病灶内,即将上述混合液注入,每周注射1次,1~3次为1个疗程,疗效欠佳者,考虑手术治疗。

2)慢性梨状肌肌腹损伤,可选用醋酸泼尼松龙混悬液25 mg(1 mL)加透明质酸酶针剂1 500 U及0.5%盐酸普鲁卡因注射液18 mL,确定梨状肌损伤部位后,局部皮肤常规消毒,用22号麻醉针头连接20 mL注射器,穿透皮肤、皮下组织、臀大肌筋膜后,进入臀大肌,再继续进针至梨状肌时,有一种针尖进入豆腐的感觉,固定好针体,将上述混合药液注入,为促使药液弥散,可加压注射。每5日注射1次,1~3次为1个疗程。注射前,盐酸普鲁卡因注射液应常规做过敏试验,待皮试结果阴性后,方可使用。

五、预防与调护

急性期应卧床休息,宜保暖,避风寒,将下肢保持在外旋外展位,避免髋关节的旋转活动,使梨状肌处于松弛状态。疼痛缓解后应加强髋关节及腰部活动和功能锻炼。

第四节 跟痛症

跟痛症是一组以足跟部疼痛为主要临床表现的多种疾病的总称,是临床常见的足部疾病之一,多发生于40~60岁的中老年人,常由跖腱膜炎、足跟脂肪垫炎、跟下滑囊炎、跟腱滑囊炎等引起,属于中医学“痹证”“筋伤”等的范畴。

一、病因病机

(一)病因病理

西医学对本病发生的确切病因及机制仍未完全明确。从解剖上看,足跟是人体负重的主要部分,而足的纵弓是承力的主要结构。足的纵弓由跟、距、舟、第1楔骨和第1跖骨组成。跖腱膜起自跟骨跖面结节,向前伸展沿跖骨头面附着于五个足趾的骨膜。在正常步态中,体重下压的重力,均可集中于跟骨跖面结节。跟下部皮肤增厚,在皮肤和跟骨之间有弹性脂肪组织存在,称为脂肪垫或跟垫。足底部这种由弹性组织包围脂肪形成的无数小房,在人体负重时起到一个重要的缓冲作用。在跟垫与跟骨之间有跟下滑囊存在。另外,在跟腱止点的前、后部和前下部,各有微小的滑囊，以保持跟腱免受损伤。上述各种解剖结构在人体中发挥着重要作用，随着机体体质的下降，长期慢性的劳损以及持久站立、行走及运动的刺激，均可使滑囊壁充血、肥厚、囊腔积液；跖腱膜附着点处产生充血性渗出、钙化性改变；脂肪垫充血、肥厚；跟腱附着点处或跟腱纤维撕裂、组织渗出；甚至跟骨亦出现骨赘等退行性改变，从而产生各种跟骨周围痛症表现。

（二）中医病因病机

本病病因可分为内、外因两类。内因主要与年龄、体质、解剖结构有关；外因除了外力直接损伤外，外感六淫诸邪亦可致病。其病机与肾关系密切，肾主骨生髓，肾气虚弱，则易受风寒湿邪侵袭，寒凝气滞至足跟部，则经脉瘀阻不通，或骨失所养，不荣则痛而发病。

二、临床表现

1.症状与体征

跖腱膜炎表现为负重站立、步行等动作时足跟下或足心疼痛，足底胀痛感，压痛点通常在跟骨结节的跖筋膜的附着部。

足跟脂肪垫炎：主要表现为跟下痛，晨起、久坐后加重，行走后减轻。足跟偏内侧压痛，有时可见轻度肿胀，可触及结节。

跟下滑囊炎：行走或站立时跟下疼痛，跟骨结节下方可有肿胀、压痛，按之囊性感。

跟腱滑囊炎：跟腱附着处肿胀、压痛，行走时因与鞋摩擦疼痛加重。

2.辅助检查

实验室检查无特殊表现。X线片常见有跟骨骨质增生，但不完全与临床表现成正比，对排除其他原因引起的足跟部疼痛有鉴别诊断价值。

三、诊断

年龄、疼痛部位、压痛点、X线检查是诊断与鉴别诊断跟痛症必不可少的要素，再结合疼痛性质就不难作出明确诊断。老年人的跟痛症多因跖腱膜炎、跟骨下滑囊炎、跟骨脂肪垫炎引起，而以跖腱膜炎发病率最高。

（1）起病缓慢，多发一侧，可有数月甚至数年病史。

（2）足跟部疼痛，行走困难，尤以晨起或久坐后站立行走时明显，行走后可疼痛缓解。

（3）跟骨的跖面和侧面有压痛，局部无明显肿胀。如跟骨骨赘较大时，可触及骨性隆起。

（4）X线可见跟骨下方常有骨质增生改变。

四、治疗

本病初期以中药治疗，配合推拿、针灸、理疗等保守治疗，必要时可采用针刀治疗，顽固性长期不愈者，可采用手术治疗。

1.中药治疗

内服可根据患者症状、舌脉辨证论治，虚者滋补肝肾、壮骨荣筋，实者祛风散寒、除湿通痹、活血通络止痛；外治多用祛风散寒、活血通络药以缓解症状，红肿者可加清热化湿、利水消肿药物。可选用药膏、膏药、熏洗、涂擦等方法。

2.针灸推拿

针灸能疏通经络,祛痹止痛。以局部取穴为主,结合远侧循经取穴。推拿手法用点、按、推、拿、捏手法在疼痛部位施术,可舒筋通络而减轻疼痛。

3.针刀疗法

针刀治疗时,对局部皮肤消毒麻醉处理后,将针刀垂直刺入痛点,直达深筋膜,切割梳理松解粘连的软组织。不捻转,不留针,出针后按压针孔片刻,防止出血,用无菌敷料覆盖。但要在注意定位准确的同时,切忌直接大范围横断切割足底跖筋膜层,以防止继发足弓松弛而疼痛。

4.手术治疗

大部分患者可以通过保守治疗获得症状的缓解,但也有极少数患者需手术治疗,在至少1年的保守治疗后效果不佳时可考虑手术。手术方法主要包括软组织松解、足底神经松解、跟骨截骨、跟骨骨赘切除及跟骨减压术等。

5.其他治疗

超声波、冲击治疗,口服非甾体抗炎镇痛药(如散利痛、布洛芬等)。选择适宜的足垫与鞋子对改善症状十分重要。

五、预防与调护

可适当进行踝关节及足趾功能锻炼,使双足能经常得到舒展活动,促进局部气血运行,疏经活络。要避免足部持续负重,需要长途行走或长时间站立时要注意间断休息,防止足部过度疲劳。每日用温水泡脚,保持足部卫生和良好的血液循环。穿鞋要宽松,鞋底要有弹性、柔软。通过上述方法可预防跟痛症的发生和复发。

附:红星骨伤赋

南囿秋风[①],呦呦鹿鸣[②],红星骨伤,薪火相传。安氏手法[③],正骨理筋源宫廷,任贾携手[④],正脊整体研古籍。创业艰辛,披荆斩棘,同心同德,青蓝相继。奋发图强志弥坚,沐雨栉风展新颜。集医道之精妙,培杏林之沃土,继中华之绝学,承先贤之遗志,怀无限忠诚以执业,持坚定信念以前瞻,施仁术而心慈,凭妙手而雀然,防骄矜以励志,履新途以扬鞭,扬传统之优势,兴特色之专科,厚德传承,精医笃行[⑤],春风化雨,大爱无疆。

注解:

①南围秋风:是明清时代的"燕京十景"之一。南囿,指北京城南的南苑,又叫南海子,医院坐落于此地。

② 呦呦鹿鸣:出自《诗经·鹿鸣》,中国特有的珍稀物种麋鹿就生活在大兴区南海子麋鹿苑。

③安氏手法:指安广林独特的祖传推拿技术。

④任贾携手:指任玉衡和贾国庆携手开创了医院骨伤科事业。

⑤厚德传承,精医笃行:是北京市大兴区中西医结合医院的院训。

参考文献

[1]陈中定.中医骨伤实训教程[M].北京:化学工业出版社,2017.

[2]程爵棠,程功文.骨伤科证治妙方[M].郑州:河南科学技术出版社,2019.

[3]冯贵平,李振起,王艳君.实用中西医结合骨伤诊疗学[M].北京:科学技术文献出版社,2017.

[4]冯帅南.实用中医骨伤学[M].天津:天津科技翻译出版公司,2017.

[5]贾国庆,王海英,郭勇.红星骨伤流派推拿手法图解[M].北京:中国中医药出版社,2019.

[6]井夫杰,张静.推拿学[M].济南:山东科学技术出版社,2020.

[7]李宏彦.新编实用骨伤科学[M].西安:西安交通大学出版社,2017.

[8]李声国.骨伤中草药使用图册[M].福州:福建科学技术出版社,2019.

[9]李郑林,尚鸿生.中西医结合骨伤科疼痛管理[M].北京:华夏出版社,2017.

[10]龙翔宇.骨伤疼痛分期诊疗学[M].北京:中国中医药出版社,2017.

[11]莫文.中医骨伤常见病证辨证思路与方法[M].北京:人民卫生出版社,2020.

[12]王和鸣.中医骨伤科学.第2版[M].北京:中国中医药出版社,2017.

[13]王华兰.推拿技能实训教程[M].郑州:河南科学技术出版社,2020.

[14]徐林,刘献祥.中西医结合骨伤科学临床研究[M].北京:人民卫生出版社,2017.

[15]尹志伟,侯键.骨伤科影像学[M].北京:中国中医药出版社,2016.

[16]岳端利.临床骨伤科学[M].西安:西安交通大学出版社,2018.

[17]展振江.新编临床骨伤科学[M].乌鲁木齐:新疆人民卫生出版社,2015.

[18]张建军.现代骨伤诊断与治疗[M].长春:吉林科学技术出版社,2017.

[19]赵文海,詹红生.中医骨伤科学[M].上海:上海科学技术出版社,2020.

[20]朱敏,贾晋辉.老年骨伤疾病中西医诊疗精要[M].上海:上海科学技术出版社,2020.